河出文庫

成功者K

羽田圭介

河出書房新社

目次

成功者K

Kは成功をおさめた。

それはもう、多大なる成功だった。

成功をおさめて一ヶ月あまりは、連日のように自宅に花束やシャンペン、電報が届けられ、狭い1Kに足の踏み場がなくなるほどだった。成功者Kは、どうするんだよまったく、と部屋で一人胡蝶蘭（こちょうらん）を見下ろしながら嘆いたりもしたが、それは嬉しい悲鳴でもあった。

七月半ばの芥川賞受賞から二ヶ月が経っても、成功者Kは忙しくしていた。芥川賞をとってから一ヶ月ほどは取材対応で忙しい、と歴代の芥川賞受賞者たちから聞かされてはいたが、Kが直面している忙しさは、それらとどうやら種類が違う。

日曜の朝、豆からひいて淹（い）れたコーヒーを飲み干したKは、バリスティックナイロン製のメッセンジャーバッグに荷物を入れていった。財布（さいふ）、携帯電話、イヤフォン、印刷物を収めたクリアファイル、手帳、トラベルピロー、ハンドタオル、エチケット用品。衣装のスーツは、昨夜のうちに紙袋へ入れ準備してある。

一一時過ぎにKはマスクをかけ黒いワークキャップをかぶり、変装した。口と鼻、額から上を隠してしまえば、顔のパーツでいうと両目くらいしか露出しなくなる。五階の部屋を出ると、一階共同玄関の郵便受けに挟まっている日経新聞を抜き取り、最寄り駅へ向かう。

高架の自動車道とビルの間からふりそそぐ日差しが強く、キャップとマスクのＫは暑苦しさを感じていた。駅前商店街の近くの交差点では、横断歩道の信号が青になるのを待っている人々が大勢いる。杉花粉の時期でもないのにキャップとマスクという、暑苦しく怪しい格好の男へ目を向ける人はいても、その男が成功者Ｋであると気づいている様子の人は皆無のようであった。

電車に乗った成功者Ｋは窓を向いて立ち、誰にも顔を見られない安心感から、マスクを鼻下まで下げる。少し息がしやすくなった。続いて、バッグの中からクリアファイルを取りだす。日々順番を入れ替えたりしているそのファイルには、テレビ局やイベント会社からの仕事依頼の確定案件と未確定案件の書類がともに入れられている。制作会社から送られてきた収録スケジュールのＰＤＦを印刷したものに目をとおし、今日の集合場所が六本木のテレビ局で、一一時四五分の入り時刻にも間違いがないことを確認する。

成功者Ｋはどの芸能事務所にも属していない。一人気ままにやる本業の小説執筆と異なり、多人数が関わるテレビの仕事では穴を開けることが許されないため、色々なバックアップ対策をとっていた。アラームは必ず別個に五個かけるし、携帯電話が壊れても無事に仕事場へたどり着けるよう、データでもらった依頼書やスケジュール表も必ず印刷し持ち歩いた。そういった、ビジネスパーソンとして当たり前の約束を守りとおそうという慎重な姿勢こそ、成功者Kが成功者たる理由の一つかもしれない。

再びマスクを鼻の上まであげ六本木駅で下車し、一〇分ほど歩いた成功者Kは、全体的に曲線がかったデザインのガラス張りのテレビ局内に入る。エントランスには同局の長寿アニメ番組のキャラクターオブジェや、対談番組のセット、人気ドラマのキャラクター等身大パネルなんかがあり、休日だからかそれなりに混んでいる。成功者Kはそれらにほとんど見向きもせず一直線に関係者出入口の受付に進み、応対する受付嬢にだけわかるようマスクを顎下まで下げつつ出演番組名と名前を告げた。

「地下一階のB控え室となります、いってらっしゃいませ……出演者様です」

受付嬢から無線連絡を受けた警備員の立つ両開き自動ドアを通ったKは、すぐ左にある出演者用の狭いエレベーターのボタンを押す。本職の芸能人や有名人がたむろするここでマスクと帽子をつけることを恥ずかしく思うのは毎度のことで、ただちにそれらをバッグにしまいながら地下一階へ降りる。降りた先ではADが待ちかまえていて、控え室へ誘導されるのを「いいです」と途中で断り勝手に進んだ。

アルファベット順にずらっと並ぶ控え室にはそれぞれの部屋ごとに印刷された紙が貼られており、番組名と出演者名が記されていた。人がたくさん突っ立っている一角を通り過ぎる際にKが控え室の貼り紙を見ると、別の番組に出る大御所女優だとわかった。他にも廊下には、出演者たちのマネージャーやスタイリストらが突っ立っている。

付き人一人いないKは、わずかに開かれたドアを押して入り、磁気カード式の入館証をドア枠横のホルダーに差し入れる。すぐに部屋の照明と空調が稼働し、ストッパーを外し油圧で閉められたドアがオートロックされる音を聞きながら革靴を脱いだ。

座敷の空間に造りつけの低いテーブルの上には、弁当が二種類に紙パックのお茶が二本。

収録開始時刻まで一時間ある。その間に衣装に着替え、メイクルームで一〇分程度のヘアメイク。番組内容からして、打ち合わせも五分以内に終わるだろう。他出演者への控え室挨拶はいつも迷うところだが、置かれている最新の台本を見る限り、控え室挨拶しないことを不満に思いそうな出演者はいないようにKには思えた。

今日の収録は、約一ヶ月後の祝日の昼間に放送する、スタジオでVTRを見てコメントする番組だ。放送時間帯がら低予算で、スタジオの出演者もKを含め五人と少ない。他の出演者たちとなるべく鉢合わせしないよう、Kはすぐにメイクルームへ向かった。

「『人に話したい世界のトンデモ映像五〇』に出ます、Kです、お願いします」

出演番組名を告げながら入ると、世間話をしていた様子の女性三人のうち一人にうながされ、Kは鏡台がいくつも並ぶがら空きのメイクルームの出入口近くに座る。二〇代半ばくらいの女性がコットンにつけた化粧水でKの顔をならしてゆき、三〇代後半くらいの女性がドライヤーと櫛で髪をとかす。

されるがままのこの時間、相変わらずどうしていればいいかがKにはわからない。下を向いたり目を閉じたりして過ごすのもダサいので、鏡に映る自分の顔の鼻のあたりをぼんやりと見る。いつもと同じ流れだ。首回りだけをおおうエプロンから露出した顔のうち、出来物等で肌荒れしている箇所を中心に肌色のクリームで隠されてゆき、濃く塗られたそのあたりとなじませるように、顔全体に数種類のクリームを塗られ最後にパフで色止めがなされる。

首と顔の色がだいぶ違うな、とKは今日の自分を鏡越しに見て感じた。肌荒れの赤みが強いとそれだけ色の濃いメイク材を使われ、顔だけ綺麗にできても、色白のKの場合、首との明暗差が大きくなりツートーンになってしまう。寄りで見ると不都合なものを隠せているようでいて、引きで見ると余計に違和感を増しているだけのような気もするのだった。

ただ、メイクを終えた顔を見ると毎回、Kはこれから収録スタジオでどんな恥ずかしいこともやっていいと、思えてくるのであった。少なくともメイクを施された自分は本職である小説家の自分とは違う感じがして、そこでどんなことをしようとも、本来の自分になんら悪影響はないというふうに安心できた。メイクは、あとですぐに落とせる。

「髪、こんな感じで、スプレーしちゃってもいいですか？」

「はい、お願いします」

顔のメイクの完成から少し遅れて、ワックスでセットされた髪の上から軽くスプレーをかけられる。これでむこう数時間、堅く固められたKの髪は乱れることもない。全身中で頭髪の時間の流れだけが止まったままかのような状態が、自宅でシャワーを浴びるまで続くのだ。

控え室に戻って鏡の壁に向き合うようにあぐらをかき、一個目の弁当を食べ終えたとき、携帯電話がバイブした。また受賞以来毎日届く新規の仕事依頼かと思ったKが見ると、女性からのプライベートメールだった。

一週間前に行われた書店でのサイン会に来てくれた人で、その際に渡された手紙に連絡先が記されてあった。〈高部清美〉はスレンダーで目の大きい美人だった。年齢は二〇代半ばだろうか。一〇〇人近くほとんど女性客だったサイン会では手紙や贈り物を数十もらったが、彼女がくれた特徴的な紫色の便箋はもらう際の一瞬で記憶した。この美人は、この紫色の便箋。

フリーメールのアカウントを新規作成したKが〈高部清美〉へ初めてメールを送ったのは、六日前だった。ファンに連絡をとるなんて、御法度と言われているし、危なすぎる。芥川賞を受賞してしばらくは頑なにそう思っていたし、今もそう思っている。ただ、サイン会の翌日だったあの日、番組収録のためテレビ局の控え室で時間をつぶしていたとき、バッグに入れっ放しだった手紙の束のうち、〈高部清美〉からの紫色の便箋は、怪しい求心力を放ちKの欲望を刺激していた。本番収録後の帰りのタクシーの中で、ついメールを送ってしまったのだ。それ以来、一日に一、二通ほどのやりとりが続いている。

〈高部清美〉は、世田谷区のワンルームマンションに一人暮らしをしているとのことだった。さすがに、会おうとは思わない。しかしこの収録後、局から出してもらうタクシーで世田谷区のワンルームマンションに行き、スレンダーで目の大きい美人の〈高部清美〉と性交をすることを夢想してみると、Kの男根がうずいた。常時、なんとなくの期待をもち、財布の中にはエチケットというか身を守るためのラテックス製コンドームを一個入れている。

〈高部清美〉がKと個人的な関係を結びたいのは、一昨日からのメールのやりとりでも明らかだ。そして彼女は今日、いつもどおり午後八時頃までには帰宅予定で、Kもコンドームを持参している。条件は、揃っている。だが、冷静になってみると、それはやはり危険なことだとKは思った。芸能ニュースでしか知らないが、そうやって何人もの芸能人たちが厄介事に巻き込まれたりしている。今は、そういう時期ではないのだ。さらなる成功を手にするため、欲望を我慢するべき時期なのだ。いっぽうで、じゃあなんで自分は〈高部清美〉にメールを送ったのだろうとも、鏡に映るメイク済みの己の顔を見ながらKは思った。文通がしたかったとでもいうのか。単に、熱にうかされ送ってしまったメールのやりとりを、惰性で続けていただけなのかもしれないが。

ノック音に、Kの身体が自動的に反応した。ドアを見ると、縦に細長い磨り硝子の向こうに、ぼやけた人影が見える。出演者による控え室挨拶であれば「ご挨拶よろしいでしょうか」、スタッフによる打ち合わせであれば「打ち合わせお願いします」の一言でも聞こえておかしくないはずだが。想像上の性交に興奮し、気づかなかったか。Kはドアまでゆっくり歩きながら、ペニスの勃起を鎮めた。ビジネスの場では性欲を隠すという律儀さを発揮させるところも、Kが成功者たる理由の一つなのかもしれない。

ＶＴＲを見てコメントする番組の収録本番で、Kは素人なりに精一杯努力した。世界の奇想天外な事件映像や、安っぽいヒューマニズムの映像等どれを見てもなんの関心もひかれず本心ではなんとも思わなかったが、周りの本職の芸能人たちがずっとコメントし続けている姿を見ていると自分もそうあらねばならないと感じ、ＶＴＲ明けにコメントを求められたりすると、思ってもいないようなことを大きな声で言ったりする。

収録が終わり、メイクルームで他の男性出演者たちに挨拶しながらメイクを落とし、控え室に戻っても、Kの脳は本番収録中の、なんでも大袈裟にやっていいんだという状態をひきずっていた。弁当が余っていれば二、三個まるごと食べてしまいたいほど腹が減っていたし、とにかく女を抱いて色々と放出したい衝動が身体の中で渦巻いている。思わず携帯電話を手にとったKは、〈高部清美〉宛のメールを作成した。

〈収録終わりました。今から、タクシーで直接お家へうかがってもいいですか？〉

ためらいが生ずるより先に送信ボタンを押したKは、廊下の長机に置かれていた弁当の余りを二つとってきて控え室で食べ始める。いつもはカロリー管理にも気をつけているが、こういうときはなぜか、食物のカロリーが脂肪として蓄積されないような気がするのだった。本番収録前後のテレビ局手配の弁当には、現実味が感じられず、架空の食事にカロリーは存在しない気になってしまう。Kが二個目の弁当のフタを開けたとき、〈高部清美〉からの返信があった。

〈お仕事お疲れさまです！　え、いいんですか？　私は大丈夫です。ちょっと散らかっていますけど…。Kさんがよろしければ、ぜひいらしてください！〉

「え、いいんですか⁉」

Kの口から思わず、さっきまでやっていたVTRへのコメントのようなわざとらしい独り言が出る。

「性交を、させてくれるんですねぇ……へぇ……」

Kはペニスを勃起させながら二個目の弁当をかき込むように一瞬で食べると、APの案内でタクシーに乗った。運転手に世田谷区の住所を告げ、〈高部清美〉には到着予想時刻を伝えておく。

なんだか変な感じがしている。窓の外の風景を見たりしている自分の姿を、まだカメラで撮られ続けているような気が成功者Kにはしていた。八月に二週間ほど、バラエティ番組内のワンコーナーの密着取材を受けたからだろうか。あのとき初めて、タクシーの中でカメラを回されたのだ。

芥川賞を受賞する前は、このような感覚におそわれることもなかった。今年四月から、歌人で小説家でもあるカトチエに誘われ、本を紹介したりする深夜のインターネット生放送番組に、毎週水曜日担当MCとして出演するようになった。お台場のテレビ局本社で無人操作カメラの前でやっていたが、視聴者数などたかがしれており、Kは自分がカメラに映されている人間だと自覚したことはなかった。

同番組を三ヶ月ほど続けていたところ、年のはじめに発表していた作品が芥川賞候補となった。

カトチエと同じくメインMCであるKは、芥川賞選考日の一〇日ほど前の回を、休んだ。休んだ理由は、月に二、三回の出演でいいかなとKが思い始めた頃だったからだ。代わりに、先輩作家にあたる佐森氏が出演してくれた。番組では、毎月定められた短歌の七・七の下の句のお題に対し、一週間のうちにSNSのツイッターを通じ投稿された五・七・五の上の句を読んでゆく、大喜利に近いコーナーがいつもどおり行われた。

それを仕事の休憩時間にネットをつなぎ、なんの気なしに家で見ていたKは、「成功者K」という番組開始当初から使い続けている筆名で、有名ヘヴィーメタルバンドの歌詞をもじった付け句を投稿した。普段自分が出ている番組に自分が投稿するのが新鮮だった。

ユーシャルネ　バリタンホーム　ハハハハハ　夏のせいって　ことにしておく（成功者K）

すると、たまたまリアルタイムでKの投稿に気づいたスタジオの佐森氏が、元ネタのヘヴィーメタルバンドの話をした。四〇代の佐森氏にとっては世代で、それどころか音楽活動もしていた氏は同バンドの大ファンだったという。

その生放送を見ていたのはKだけではなかった。Kがお世話になっているもう一人の先輩作家、大島氏も見ていたのだ。佐森氏と同世代で同じくバンドのファンだった大島氏はすぐにSNSでメッセージを送ってきた。ヘヴィーメタル限定カラオケ大会をやらないか。なんなら、Kの芥川賞選考待ち会にぶつけてしまえばいいのではないか、と提案された。

それまで芥川賞やその他の文学賞の選考結果を待つ際、Ｋは喫茶店で担当編集者と二人や、自宅にて一人で待つことが多かった。受賞した際記者会見場に一時間以内に行けるのであれば、どこで待っていてもいいのだ。ただ、受賞かどうかもわからない選考結果を待つためだけに、忙しい編集者や作家友だちをつきあわせることに、Ｋは抵抗があった。人を集めたからといって選考結果が変わるわけでもなく、むしろ、たかが選考待ち会で編集者や同業者を何人も集めお祭り騒ぎをしたがる小説家を疑問視してさえいた。

だから、自身の芥川賞選考結果を待つためだけにお祭り騒ぎをすることには抵抗があった。しかし、ヘヴィーメタル限定カラオケをいずれ開催するのが確定していて、それを選考の待ち会にぶつけるという建前(たてまえ)であれば、ありかもしれないと思えた。それに、人に迷惑をかけるとかダサいとか作家としての美学とかそういうことに、以前よりは鈍感になっていたのかもしれない。

Ｋが開催を決めると、当日インターネット番組のカメラが入ることとなった。

七月一六日、カトチエや佐森氏、大島氏たち数人の小説家や編集者、インターネット番組のディレクターら一〇人ほどが集まったヘヴィーメタル限定カラオケで、Ｋはヘヴィーメタルバンドのボーカル〝Ｄ閣下(かっか)〟のメイクを自分の顔に施した。白塗りベースに、頬を灰色、目の周りを赤く塗るメイクは、その数日前に画材屋で道具を揃え、一度練習済みだった。お祭り騒ぎが嫌いだった自分がなぜそこまで熱を入れていたのか、Kも今となってはよくわからない。ただ、インターネット番組のカメラが入っていなければそこまではしなかったと思っている。カメラを向けられる前提であったから、白塗りのメイクを施しKはD閣下となり、恥ずかしさも感じなかったのだ。

築地の料亭で選考会が始まるのと同じ午後五時から始まったヘヴィーメタル限定カラオケで、KはD閣下として歌い続けた。選考結果が出る平均的な時間帯といわれる六時半頃になると、周りがそわそわしだした。落選し慣れているKは皆があまり歌わなくなった中、受賞の知らせが電話でかかってきた七時頃までの間に、歌いまくっていた。その間に、たしかカトチエがKのD閣下メイクアップ姿をSNSで投稿した。すると、三〇分弱のうちに数千件と、カトチエにとっても最多なほど拡散されていったとKは記憶している。しかし、今冷静に考えてみると、いくらカトチエでも選考中にそんな危険な投稿をするだろうか。選考中にもし選考委員の誰かがSNSで拡散された投稿を見て、ふざけた態度ということでKが失格となったらどうするのだ。つまり今いえるのは、たぶん受賞決定の電話がきて一同が高揚しているときにカトチエが投稿し、大反響がきたのだろうということだ。やはり芥川賞の影響力は甚大(じんだい)だ。

その後メイクを落として挑んだ帝国ホテルでの記者会見では、Kは特に話題を呼ぶようなことはなにも起こさなかった。近年、芥川賞の受賞を機に有名人になる人たちは、記者会見でなにか目立つようなことをやっていた。Kは、質問に対し真面目に答えるだけだった。いくら直前までD閣下メイクを施していたからといって、そんな格好で記者会見に臨めば現実の会見ではスベるだけだとわかっていた。選考結果にかかわらず、Kはカラオケボックスから出る際にはメイクを落とすことを最初から決めていた。

だから、芥川賞受賞を機に受賞作が一〇万部程度刷られ、それに関連し刊行済みの各作品が少しずつ増刷されればいいくらいに思っていたKにとって、芥川賞の受賞とそれによりもたらされた恩恵は、少なくとも約半月、すなわち七月いっぱいまでは、Kの想定の範囲内だった。

新聞のエッセイ執筆や各誌インタビュー等で忙しくしていた七月末、地上波の二三時台にやっている、本の紹介とは全然関係のないバラエティ番組から出演依頼がきた。どうやらカトチエのSNS投稿で拡散された〝D閣下〟の写真で興味をもったようで、取り次いだ編集者が「断りますよね？」と当然のように断ろうとしていたところ、Kはなにか勘がはたらき、迷わず依頼を引き受けた。

その番組が放送された八月六日の翌日から、変化は起こった。

八月七日、目覚めると、Kの世界は変わっていた。

昼、昔お世話になった人と飲むために都心のビールバーへ向かう途中、自宅マンションの近所で、反対方向から自転車で走ってきたおばさんが急ブレーキで止まりKを振り返り、「こんにちは」と口にした。「こんにちは」と返しはしたが誰だかわからないでいるKにおばさんは、「芥川賞とった人ですよね」と口にした。着いたビールバーでも、本など全然読んでいなさそうな若い男性店員から「おめでとうございます」と言われた。同じ日の夕方に、ラジオ収録のため赤坂へ向かう電車の中と駅ホームで、男性二人に握手を求められた。嬉しくはあったが、Kの戸惑いも半端ではなかった。

芥川賞を受賞し取材対応で忙しくしていただけで日常生活にそれほど変化のなかったKだったが、その日を境に、外出時に帽子をかぶるようになった。芥川賞を受賞した七月一六日やその翌日に感じた変化よりも、出演したバラエティ番組が放送された翌日の八月七日に感じた変化のほうが、なにかが決定的に変わってしまったという実感としては大きかった。

そしてテレビ出演の反響が次なる出演依頼につながり、Kはカメラに映されることに慣れ、今月、九月頭くらいから、帽子だけでなくマスクもつけるようになった。

普段よりめいっぱい縦に広げたマスクで顎から鼻柱まで隠し、黒いワークキャップを眉毛にかかるくらい深くかぶったKは、支払いを済ませ車外に出る。ロケ撮影のために、ロケバスから出るような心地だ。タクシーが去り、閑静な住宅街に一人で立っている。帽子のつばのせいで狭くなっている視界の中、四階建てのマンションが目の前にあった。

自分はなにをしているんだろう、と今さらにしてKは思った。

やけに静かだ。ひょっとして、誰かが罠でも仕掛けているんじゃないか。さっき送ったメールを軽く後悔した。しかしカメラの気配などないし、美人局が手配するには、場所にこだわりすぎている。それにタクシーは去り、退路が断たれてしまっていた。Kの意識が冷静になろうとしている今も、それとは別個に独立した器官のような下半身が、さっさと門をくぐれと全身にけしかけてくる。Kは、どこかに迷い込んだ気分でエントランスへと足を踏み入れた。

オートロックのかかったエントランスで、三〇四と呼び出しボタンを押すとすぐに、「はい」という電子音の声が聞こえた。まるで自分がこれまでに聞いた二〇代女性たちの平均的な声であるかのようだ。自分から呼び出しボタンを押したくせに、Kは関わりをもってはいけないなにか異次元からの呼びかけを聞いたかのように感じた。

「あ、来ました」

——どうぞ。

ガラスの両開きドアが、開けられた。

数歩進んだKは、一階に止まっていたエレベーターに乗る。

三〇四は、エレベーターから降り右側に歩いて二つ目の部屋だった。室外機はつい今し方まで稼働していたようで排気口からわずかに湯気を出しており、シャワーを浴びるなり掃除でもしていたのだろうか。客を迎え入れる〈高部清美〉の緊張を表しているようだと思い、Kも緊張した。

　呼び出しボタンを押すと、ヌードカラーのひらひらした服を着た女性が、顔を出した。その顔は、凍りついたように硬くなった。まるで、入れてはいけない者を招いてしまったことへの後悔と絶望感におそわれているかのように。その段階でKはようやく、自分が黒いワークキャップを目深(まぶか)にかぶりめいっぱい広げたマスクという殺人鬼みたいな格好をしていることに気づいた。

「お邪魔します」

　Kがマスクと帽子をとりながら玄関に上がると、身を硬くさせていた高部清美はすぐに上目遣いの笑顔になり、興奮したような艶のある高い声を発した。

「ええっ……すごーい、本当に、Kさんなんですね」

「そうですよ。……って、そんなことに、わざわざ驚かなくても」

「うそー、本当っ、信じられないです」

　ほとんどなんの繋がりももたなかった——Kが芥川賞を受賞した七月半ばまでは一切関係のない人生を歩んでいた大きな瞳の美しい女性が、こうして迎え入れてくれている。居間まで案内され挨拶もそこそこに、Kが高部清美を立ったまま正面から抱きしめると、彼女も強く抱き返してきた。

　そしてKは、一二年間の小説家人生で初めて、ファンとの性交を行った。

平日の午前中から雑誌インタビューを三件、そして午後三時から六時間にもおよんだクイズ番組の収録をこなし、Kは帰宅した。アラームを二〇分後にセットし、服のままベッドに横たわる。

アラームが鳴り仮眠から目覚めると、疲れはかなりとれ、また新しい一日が始まったかのような心地がした。白い枕カバーがわずかに肌色に染まっている。収録終わりにメイクルームでシート二枚を使っただけでは落としきれなかったのか。

今夜のうちに済ませておかなければならないことが沢山あった。明日午前中からのテレビ収録二本分の準備と、文藝春秋プロモーション部の長谷川氏から日中届いていたおびただしい量のマスコミ各社からの依頼転送メールへの返信。他出版社からの依頼等も含め、日に二〇通は届くメールに返信するだけで毎日小一時間を要した。出演する番組からの事前アンケートにも答えようとすると、もっと時間がかかった。しかしそういった事務作業が、Kは好きだ。表舞台でチヤホヤされることや、創作の悩みとも、事務作業は無縁だった。周囲の人々が芥川賞やテレビの世界での自分を過剰にもてはやすほど、地味な事務作業の遂行はKにとって、己の冷静さを確認でき、地に足をつかせるようだった。

Kは、長谷川氏が週に一度更新して送ってくれるスケジュール管理のエクセル表と、仕事の他にプライベートの予定も記載された自分の手帳も参照しながら、新たにきた依頼類をどうするかの返事をしてゆく。たとえば、絶対に出たくない類(たぐい)のテレビ番組案件に関しては即答で出演を断り、比較的引き受けたいほうだがギャランティが明記されていないテレビや広告案件では必ず金額がいくらになるかを問い返し、頭ごなしに断るわけでもないが積極的にこなしたくない案件では断る前提でギャラのつり上げ交渉をした。五万円できたＢＳの番組では源泉徴収後一二万円になる額を提示し、地上波のバラエティ番組では二〇万円以上を提示した。気乗りしない依頼であれば、それで依頼を取り下げられてもＫに後悔はなかった。

芥川賞受賞直後の七月中は、ギャランティの交渉などしていなかった。小説家たちが宣伝の拠り所にしている、土曜の午前中に本の紹介をしてくれる老舗情報番組には毎度同じく無償で出たし、地上波関東ローカルの小説家を招く深夜の三〇分番組では、後から支払通知書が届けられ、初めて出演料が五万円だと知った。

七月末に、本の話題とは全然関係ない人気トークバラエティ番組からの出演依頼がきて、Ｋはそれを受けた。本の話をしないのであれば三〇分間、お笑い芸人たちにイロモノ扱いされて終わると予想はついた。しかし、それだけでは終わらない気がした。番組の放送日と芥川賞受賞作の単行本発売日が共に八月六日と重なっているというのが、大きな理由ではあった。もう一つの理由としては、小説家を小説家として扱わないテレビのそういうノリに、多少は馴染みがあったということもある。

Ｋは小説家としてデビューした直後の大学一年生時、友人から頼まれ、当時放送していたゴールデン帯の人気バラエティ番組内の「一度はやってみたかった」というワンコーナーに五度出演していた。素人が無茶でバカバカしいことに挑戦する一人あたり五分ほどのコーナーで、番組制作会社のＡＤがカメラをかまえる前で、Ｋは小説家とは名乗らず「どうもＫです」と素人として実名で自己紹介したうえで、友人たちと協力し七味唐辛子の薬味をそれぞれ全部ピンセットで分け、どの薬味が一番多いかを数えたり、五人全員で振ったサイコロの目が全部「１」の目で揃うのは何回目になるか等を、毎回一〇時間近くかけて撮影した。後から聞かされた話だが当時制作会社のＡＤがピンハネしていたらしく、手渡されていた協力費は一回一万円弱で、七回収録したうち五回ぶんが放送された。小説家のＫが出ていると気づいた人はあまりいなかったようで、あくまでもＫは仲間内からの反響を聞くのみの内々で楽しんでいた。

一〇年ほど前にそういうことを経験していたから、芥川賞受賞を機にやってきた小説と全然関係のない番組への出演にも、Ｋは抵抗がなかった。元来、お調子者なのかもしれない。ただ昔よりは自覚的で、既存の過当競争市場にひしめく保守的な小説家たちがやらないことをやってこそ、未開拓市場へ一歩踏みだすだけで簡単に多くを得られるだろうという計算のもと、Ｋは出演を決めた。それに対しＫ自身は勘がはたらいたのだと思っていたが、後になってから、自分の明確な意思決定があったととらえ直している。収録日の一週間ほど前に喫茶店で行われた制作スタッフたちとの打ち合わせでは、テレビで使えそうなエピソードを根ほり葉ほり、それでいて要領よく訊かれた。収録の現場では、用意された進行台本どおりにＫはエピソードをしゃべり、レギュラーメンバーの芸能人たちはプロの技で面白おかしく受け身をとり、広げてくれた。

結果的に放送終了後の反響は大きく、放送翌日から街で気づかれるようになり、本は売れに売れ、数万部単位での増刷が決まった。単に本の発売直後だから番組の影響は関係ないのではないかという指摘も受けたが、そんなことはないとKは思っていた。出版不況の影響でここ数年の芥川賞受賞作の出版部数は平均的に七万部ほどといわれている。そんな状況下で、発売後すぐに一〇万部を超えたのだ。芸能人でも若く美人な女性作家でもなしにそんなに本が売れるのは、テレビの影響以外に考えられなかった。

自分が書いた本の話をしなくとも、テレビに出さえすれば、本が売れる。

そのことを知ったKは以降、自身テレビは所有さえしていないが、テレビの力を信じるようになった。同番組を見た各局他番組からの出演依頼がたくさんきて、Kは二番、三番煎じのそれらの番組への出演をこなしていった。そのうちに、出たい番組、出たくない番組を選り好みするようになり、その過程でギャラのつり上げ交渉を覚えた。

Kをメジャーにしてくれたあのバラエティ番組に対し、Kは今でも感謝しかない。地上波なのに出演料は数万円で、今となっては信じられないほど安い。しかしテレビでなんの実績もない素人を起用して三〇分の番組を作ってしまう勇気と有能さはもちろん、素人をイジって面白く見せてくれたＭＣの神業には、敬意を感じるばかりだった。

チャイムが鳴った。好恵だ。経済的理由でここに越してきて一年以上経つが、共同玄関のオートロックがない安マンションの、ワンクッションがない感じにＫはいまだ慣れない。今朝部屋をざっと片づけ、やましい痕跡がないか注意を払いはしたが、考えてみれば女の家に行っただけでここに呼んだわけではない。それでも、玄関ドアまで歩いてゆく間にあちこちを見回してゆく。

ノブを回しドアを外側にゆっくり開けると、丸顔に大きな目の慣れ親しんだ顔がそこにある。

「疲れたー」

言うなり部屋に入ってきた好恵の顔は赤い。仕事の後、女数人で飲んできたらしい。そこでストレスはだいぶ吐き出してきたのだろうとＫは思ったが、勝手知ったように厚手の衣類ハンガーにジャケットを掛けた好恵はシングルベッドの端に腰掛け、仕事の愚痴を話し始めた。

「この前話した、例の事務の新人アルバイトの子がさ。また無断で……」

小さい商社の総合職で働く好恵は、よく愚痴を口にした。あまり受け答えをせずとも、勝手に話してくれるぶん、楽ではあった。しかし、数ヶ月前までの暇だった頃ならまだしも、多大なる成功をおさめた今のＫにとっては、家にいる貴重な休息の時間に、対面や電話で愚痴ばかり聞かされるのは、自分の時間を奪われるようで勘弁願いたかった。

「知らんぷりされて、でも、暗にウチらからの説明がなかったことに全面的に非があるみたいな……」

ＯＡチェアにリクライニングし、Ｋは足先が触れる距離にいる好恵の言葉にうなずき、時折笑ったりして相槌（あいづち）を入れる。大学の一学年下の後輩だった女から飲み会に誘われ、そこで出会ったのが好恵だった。二人は共に小さい商社の総合職に就いており、現在入社七年目で、神奈川出身の好恵も以前数年間は大阪に赴任していたとのことだ。

Ｋは、好恵が一般職ではなく総合職に就いているところを、美点だと思っている。仕事を腰掛け程度にと考えていない証拠だからだ。逆をいうと、親に高い学費を払ってもらってまで、アルバイトに福利厚生がついた程度の給与しかもらえない一般職に就く人間に対し、もったいないと思ってしまうのであった。

志が、低いじゃないか。人は誰しも、成功者になれる可能性を秘めているというのに。

「新潟の人でしょ」

「そう、あれ、話したっけ？　その新潟の彼が……」

Ｋは好恵の話す愚痴の内容に興味はないが、適当にあしらいはしない。事実、これまでに聞かされてきた愚痴の詳細を、結構覚えている。逆に好恵のほうが、自分が彼氏になにを話してきたかいちいち覚えていないようで、同じ話を何回もする。

　彼氏の住む狭いマンションが三点ユニットバスであることにも文句を言わない好恵は、これまで誕生日やクリスマスの祝いで豪華に遊べずろくなプレゼントをもらえなくとも、喜んでくれた。道徳的で、贅沢は言わない、それでいて総合職で自立している、とてもいい女だとKは思っている。だがたまに見せる、嫌なことが続くとなんにでも当たり散らすヒステリーっぽさについてゆけず、ただ時間が過ぎるのを待つしかない絶望を味わうことがあった。

　好恵の仕事終わりに毎夜のようにかかってくる電話の頻度は、Kが多大なる成功をおさめてから、むしろ増えた。夜の思索の時間を奪われるのは、本当に辛い。忙しくなった彼氏の時間を占有することで、自分はそういう権利をもつ特別な女であると主張するかのごとく、好恵は愚痴を話した。

　そのいっぽう、Kが愚痴や自慢話をたまにしてみると、それは全然聞いておらず、適当に受け流して愚痴の続きを話し始めるのだった。人の話には全然興味を示さない彼女といると、Kは自分がものすごく人に話を聞いてもらいたい甘えた人間だと気づかされるようで、恥ずかしい嫌な気持ちになる。適度に人の話を聞いてくれる女のほうがいいと、思ってしまうのを抑えられない。男は女の精神性とは関係なしに相手の身体だけを貪ることができるが、女のほうもまた、男の精神性とは関係なしに、一方的な会話で相手を人形のように扱いヤリ捨てられる動物だとKは思うようになった。

「シャワー浴びるね」

衣装ケースから着替えを取りだした好恵が服を脱ぎ、下着姿になる。廊下に面したバスルームへ彼女が入ったところで、Kは玄関近くの洗濯機を囲うように置かれたステンレスラックからゲスト用の白いバスタオルを取り、リビングのLEDシーリングライトの真下で広げてみる。まさかとは思うが、不随意的に外から持ち込んでしまった他の女の髪の毛等、特になにもついていないかを確認し、バスルーム外のタオル掛けに掛けた。

事務処理の続きをしようと掃き出し窓近くの机に向かいかけた際、Kはカーペットの上にある、薄い線に気づいた。腰をかがめ線に触れてみると、二〇センチ近い長さのある茶色の薄い線は手に取れた。

好恵の、ほとんど黒に近いダークブラウンの髪ではないように見える。高部清美だろうか、それとも全然知らない女の髪の毛だろうか。衣服やバッグの底にでも付着し持ち込んでしまったか。念入りに掃除機をかけたのに、髪の毛はカーペットの目立つ場所に落ちていた。LED照明の白い光にかざされ、脱色で色素が抜け細くなった髪は、透明のようだ。それにしても抜け落ちた女の髪は、どんなに掃除しても家主や他の客人たちに己の存在を主張するかのように、ふとした隙に姿を現す。細いくせに、その存在感たるや大きすぎる。太さや長さの違いはあれど、せめて世間の女性が全員、同じ髪色に染めてくれれば良いのにとKは思う。

「もう少し、明るめの色に染めてもいいんじゃない」

風呂上がりにドライヤーで髪を乾かし終えた好恵に、Kは提言した。

「そうかな。ところで、玄関に置いてあったあのマスク、少し汚れてたよ。捨てたら」

「ああ」

「黒い帽子も塩が浮いてたし。相変わらず、変装して出かけてるわけ?」

笑いながら好恵に訊かれ、Kはわずらわしく思った。

「変装しないと外なんか歩けないよ。気づかれちゃうんだから……。世を忍ぶ仮の姿が必要なの」

「へえ、世を忍ぶマスクと帽子ねえ」

茶化したように言ってくる好恵は、彼氏が置かれている状況を冗談のようにとらえ、理解してくれない。すれ違いが生じているとKは感じた。

「たしかに友だちは皆、テレビでKのこと見たってたまに私にも知らせてくるけど。なんか、シャチと触れ合ったんでしょ?」

「ああ、あれもう放送されたんだ」

Kは自分の出演番組を見ないが、好恵もまた全然見ない。出始めの一ヶ月くらいは録画までして見ていたようだが、最近はそこまでしなくなり、仕事が忙しいからかリアルタイムで見ることもなくなったとのことだ。

Kはその後、好恵を抱いた。俺は二年つきあっている彼女ともちゃんとヤっているぞ、と思いながら性交した。

Kは今まで、誰にも家の合鍵を渡したことがない。

午前中にエッセイを書き終えたKは、衣装等持ち物のチェックを済ませるとマスクと帽子で顔を隠し、電車で麴町へ向かった。

文藝春秋の出入口ですぐさま帽子とマスクを外す。受付で担当者が来るのを待っている間、二ヶ月前からずっと飾られている、Kが芥川賞をとったことに関する各社からのお祝いの胡蝶蘭を眺めていた。札(ふだ)を見れば、製紙会社から出版社宛の、増刷のお礼だとわかる。枯れ落ちた花は取り除かれているようで、以前来たときより、隙間が増えている。

「おはようございます」

プロモーション部の長谷川氏に案内され、エレベーターに乗り応接室へ向かう。

「先方、もういらしていて、撮影のセッティングも終わったみたいです。約束の一時まであと五分ほどあるので、お好きなタイミングでどうぞ。一応、隣の部屋もおさえてあります」

「大丈夫です。トイレで髪整えたら、すぐ行きます」

今日は、取材等をまとめてこなす日だった。新聞、雑誌、ウェブ媒体の取材に、テレビ番組の打ち合わせ。各一時間ごとの制限時間で、五本こなす。一週間から一〇日に一回は、文藝春秋の社屋をこうして貸してもらっていた。

以前は二、三人が、各取材の場に立ち会ってくれていた。しかし受賞から三ヶ月経ち一〇月にもなると、長谷川氏一人が取材始まりと終わりのごく数分のみ顔を出すだけとなっていた。K自身が、お手間をとらせては悪いので余計な付き添いは不要と申し出たこともあるが、本の売り上げ増につながるかどうかもわからない取材や打ち合わせの数々に、出版社側がつきあいきれないと思ってきているのもたしかだろう。

「それではすみません、もう少し、笑顔をいただけますか？」

女性誌のスチール撮影で、髭の男性カメラマンに笑顔でうながされ、Kは一瞬だけ笑顔をつくった。しかしすぐに、なんで笑わなきゃいけないんだろうと思い、顔の筋肉をもとの無表情に戻した。「もう少し笑顔を……」という声を、平然と無視する。何回か前のスチール撮影で初めてその指示を無視して以降、自分にはそれをする権利があるのだと思うようになった。笑顔は、不特定多数に警戒心をもたれず好いてもらうためのツールだ。だからなんの能力や魅力もない人間ほど、笑う必然性がない場面でやたらと笑顔をふりまくのだとKは考えている。女は男からそれを求められがちだから仕方ないとして、男に笑顔を求めていったいどうしたいのだ。それに応えるように男のくせしてえへらえへらと無闇やたらと笑っているなんて、最悪だ。自分は人に警戒心をもたれてもいいし、媚びを売って必要以上に好かれる必要はない。なぜなら、そんなことをしなくても評価される立場にいるからだ。そう思うKはその次のウェブ媒体での撮影でも、笑顔のうながしを無視した。

「新たな依頼がいくつかきたのですが、一つは、大阪でのサイン会の依頼です」

ウェブ媒体の取材が早めに終わり次のテレビ番組打ち合わせまで一〇分の空き時間ができた際、応接室に現れた長谷川氏が書類を見ながら言った。

「またですか」

小説家人生一二年において初の大阪でのサイン会を、Kは八月に行ったばかりだった。依頼をくれたのは、この前とは別の書店だった。

「文芸書担当の小原さんはいかにも大阪のおばちゃんという感じのパワフルな方で、うちの営業のほうからもぜひにと頼まれているのですが、大阪へは八月にも行きましたし、個人的には無理に行かなくてもいいと思います。どうしますか」

「たしかどっかの土日に大阪の番組の収録依頼がきてましたよね。それとまとめられるんだったら、収録とかぶらない時間帯に入れちゃってください」

「わかりました。じゃあ、テレビ局から出演料についての返事がきてKさんの納得できる値段だったらそっちを固めて、ついでにサイン会も固めちゃいます」

「お願いします」

「あと、バラエティ番組からドッキリの依頼もきました。もちろんお断りになるかとは思いますが」

聞くと、Kが小学生の頃からやっている、週末夜放送の有名番組からの、ドッキリ企画の出演依頼だった。

「最初電話で問い合わせがあったんですが、Kさんは芸能事務所に入られているわけではないので、私が仲介するのは難しいと伝えました。そうしたら、数ヶ月間のうちにこの番組からドッキリを仕掛ける旨だけなんとなく伝え、それに関し出演可否を聞かせてほしい、もしくはKさん本人と打ち合わせの場を設け、OKとNGの線引きをなんとなく決めさせてほしい、とのことでしたが……」

「出ます。ギャラ次第ですが」

「え……えーっと、僕は個人的にあの番組のドッキリ企画を何回か見たことあるんですが、けっこう大掛かりなことやってますよ。『週刊文春』に移った沖からも聞きましたけど、あれで本当に怒っちゃった出演者もいるくらいで……」

長谷川氏は、Kの判断が意外だというような顔をしている。Kは、一応打ち合わせの場を設けてくれるんだし、そんなに躊躇することかと思った。それに、自分でコンシーラーを塗って顔をつくり、笑顔のうながしを無視してきた先ほどの自分の勢いに背中を押され、テレビの仕事だったらなにをやっても平気のような気がした。

「いいですよ、それくらいやりますよ。落とし穴に落ちようが、怖い人にからまれようが、放送時間の枠におさまるだけのフィクションで、現実の日常にはなんら影響をおよぼさないわけですし。こちらから提示するギャラをのんでもらえるなら出ます」

「ギャラ次第、ですね。わかりました」

長谷川氏はKが明確に意思表示すると、それ以上は反対しない。Kが高額の出演料を口にし、長谷川氏はそれを無言でメモ書きした。出演を依頼してきたテレビ局や番組制作会社、番組の放送時間帯と放送時間、内容、拘束時間で、文化人に支払われるギャランティ上限の相場はもうなんとなくわかる。最初は雑誌インタビューと同程度の出演料でこなしていたテレビ出演だが、出始めて二ヶ月強も経った今、Kは長谷川氏を中心とした周りの出版社社員数人を窓口に、えげつないギャランティ交渉をしていた。洗練された社会人である彼らは口にこそ出さないが、かなりウンザリしているはずだ。彼らに任せるのもそろそろ潮時かもしれないと、Kは感じている。

芸能事務所数社から誘いがありそれぞれ話を聞く場も設けたが、今のところKはどこかに入る気にならなかった。本職の芸能人たちは、芸能人として高額のギャランティを仕事相手からもらえるいっぽう、事務所に半分ほどマージンをとられる。事務所から強引に仕事を入れられたりしない文化人としてだとギャランティは安くなるが、事務所にとられるマージンは三割で済むケースが多い。だったら、自分の好きなタイミングで仕事を入れ自分でギャラ上げ交渉をして、マージンをとられないのがベストだろうと、Kは今のところ思っている。

金の問題とは別に、表の業界で生き残りたいのであれば事務所に入り客観的な目線でマネジメントしてもらうのが最適であろうが、Kはそちらで生き残る気もなかった。テレビ業界から消えるのが怖くないから、やりたくない仕事に関しては、断る返事の代わりに高額のギャランティをだめもとでふっかけた。そのうちの半分ほどは通ってしまうから、金につられてこなすと、各社の経理部門にあるらしいKへの支払い実績が残り、出演料の最低ラインはどんどん上がっていった。特にテレビ局なんかは、一度上がったギャランティの基準は、なかなか下がらないらしかった。だからおもしろいことも言わないぽっと出のテレビ業界ド素人のくせして、たった二ヶ月間でKのテレビ出演基準額は、文化人ギャラ以上芸能人ギャラ未満の水準にまで上がった。各番組の予算規模からして、いくら以上提示すると先方から断られ、いくらまでならギリギリでのんでもらえるかも、Kには大体わかってきた。

「それでは次、もう先方は下にいらっしゃってるんで、通しちゃいますね」

文藝春秋の社屋でこなす最後の用件は、一〇年以上続く有名な密着番組の打ち合わせだった。芥川賞を受賞した直後の約二週間、Kには別のバラエティ番組の密着取材がついていた。軽めの密着取材をこなしながら、本家の密着番組にも取材してほしいとあのときには思っていた。各テレビ番組やイベントへの出演で忙しくしている最中でいざ本家の密着取材が決まったわけだが、やはり嬉しかった。

「……というように、お手間をとらせてしまうのも、ひとえに、Kさんの素の顔を沢山撮ったうえで、番組の方向性を決めていきたいからなんですね」

Kのスケジュールが書かれたエクセル表の印刷物をもとに打ち合わせをしていると、この先一二月頭まで入っている仕事の三分の一ほどに同行したがっている制作会社のディレクターが述べた。

「普通のテレビ番組なら、取材対象者からある程度お話を聞かせてもらった後、こちらで物語の大筋を作って、それにあう画を狙って撮ればいいだけなんでこんなに密着することもないんですが。この番組はあくまでも、密着して撮れた素材を吟味しながら、なんとか方向性を探ってゆきますので、取材対象者の方にはどうしてもご負担をかけてしまいます。だから、二三分の映像のために、一〇〇時間の密着映像のほとんどを切り捨てることになってしまうのですが」

来年四月に定められた放送日の直前まで、約半年間も密着されることにKはずいぶん長丁場(ながちょうば)になるなと他人事のように思う。しかし大変なのは同行するスタッフたちであるし、なにより、ヤラせをしないで済むのは気が楽だ。

「僕は本当に、わざとらしいことはしませんからね。小説家の日常なんて、地味で画になりませんけど」

「はい、かまいません」

それからはもっと具体的に、カメラに映していい部分、映してはいけない部分の選別について煮詰めていった。同番組では、事務所に入っている芸能人、特に若手俳優たちに密着するときは、事務所側からのNGが本当に多くて、素の顔が全然見えず苦労するのだという。

Kの同業者である小説家たちに密着するときも、NGは多いらしかった。数人の小説家の例を聞かされるうちにKは、密着取材番組の依頼を受けておいてそれはないだろうと、過去に出演したという同業者たちの顔を思い浮かべながら思った。外見を売りにしているわけでもなく、仕事の大半は原稿に向き合う地味な画しか提供できない職業であれば、せめてNGくらいはできるだけ少なくするべきで、それができないのであれば依頼を断るのが筋だ。

Kは真剣に考える。番組側がわざとらしい物語ありきで撮ろうとはしない、真摯な態度は伝わった。そうであるのなら、撮られる側である自分も、自分にとって都合の良い部分だけ開示し、格好良い自分の物語を作って見せるのは自重すべきだ。

「早速なんですが、ご友人のカトチエさんとやられているインターネット番組に、同行させてもらってもよろしいでしょうか？」

「今日ですか？」

「ええ。まだ先方に申請も出していないので、うかがえるかはわからないのですが」

「僕はいいですよ」

打ち合わせを終えたKは、文藝春秋からタクシーを出してもらい、お台場のテレビ局へ向かった。

首都高を通り湾岸のほうへ行くと、テレビ局社屋の球体の部分が、青や紫の光に照らされているのが見えた。芥川賞をとる数ヶ月前の四月から、その局が運営する深夜のインターネット番組にカトチエと毎週出演している。通い慣れつつあった局だが、同じ局内でも、狭い部屋に無人カメラ三台で生放送するインターネット番組と地上波の番組では、使うスタジオもスタッフたちの人数も大きく異なった。

午後六時過ぎに受付で入館証をもらい、二階の控え室へ足を運ぶ。午後八時から九時まで放送の生放送バラエティ番組に出演する。Kが小学校低学年の頃から知っている、伝説的お笑いコンビの番組だった。そしてその後、午後一一時から午前一時まで、同じ建物の一四階にある小さなスタジオで、件のインターネット番組の生放送がある。生放送続きだ。

テレビ番組の生放送まで二時間もあった。Kは控え室のテーブルに置かれていた台本の出演者欄に目を通し、メイクルームへ向かう。いつも、メイクルームに入る前は緊張した。鏡の前に座っているメイク前だったりメイク中だったりする人たちが誰だかわからない場合も多く、自分が出演する番組の出演者なのかどうかの判別には気をつかう。出演者だとわかっても、特に女性芸能人たちはヘアメイク担当者にまかせつつ自分でもなにかメイクの作業をしている場合もあるので、挨拶で邪魔をしていいものかKは迷った。だから、メイクルームが怖い。

「おはようございます」

「……はようございます」

メイクルームの出入口近くに座っていた、同じ番組に出る中年男性のお笑い芸人から先に挨拶され、Kはあわてて挨拶を返したあと、先に挨拶された非を補うかのように数度軽く会釈をした。前に一度共演させてもらっていた。色黒の顔を、パフではたかれているところだ。男性芸能人は外での撮影等で日焼けしている人が多いから、出来物や髭剃り跡を隠すようなメイクを施された後スタジオで会うと、全体的に、粉塗り感が目立つ。他に出演者はいないようで、数席離れた椅子に案内され、Kもメイクを施された。

ここのところ、肌荒れは落ち着いていて、メイク材の色も薄めとなり、首と顔の明暗差はほとんどない。鏡の中の自分を見てKは自然な感じだと思ういっぽう、これでテレビに出るのかと、少し心細さも感じた。

控え室に戻ってすぐ女性ADとの打ち合わせを済ませると、弁当を二個食べる。いつものことだが、テレビ局で食べる弁当には、カロリーがないように思えてしまう。硬いソファーの上に工夫して寝転がり一時間ほど仮眠をとったあと、迎えが来て上階のスタジオへ足を運んだ。

天井の高さが一〇メートル近くある大きなスタジオの壁沿いには黒いビロードが垂れ下がっている。スタッフたちの怒声に近い大声や誰かが走りまわる足音なんかが聞こえる。深いドレープになっている黒のビロードがそれらの音や光も吸収しているからか、実際の慌ただしさのわりには、妙に静かで落ち着いた雰囲気の空間になっていた。

Kは向かい合わせにされた六台の長机でできたたまり場の端に座り、お菓子を食べコーヒーを飲む。やがて芸能人や文化人など他の出演者数人がやって来ても、簡単に挨拶を済ませ、日頃自分で買うことのないようなお菓子を食べ続けた。自分の出番は頭の一五分ほどで終わるから、尿意に気をつける必要はなく、コーヒーもぐびぐび飲む。

すると突然、一瞬にして周囲の空気が変わり、Kもパイプ椅子に座りながら思わず姿勢を正した。よろしくお願いします、という、Kたちに向けられたのとは異なる緊張感を秘めた挨拶の声が数メートル離れたところから連続して聞こえる。伝説的お笑いコンビの二人、あるいはどちらかが、現場に現れたのだろう。動線が違うのか、Kたちのいるたまり場からその姿は見えない。しかし、周りのスタッフたちが瞬く間に緊張した様子を見て、Kにもその緊張感は伝わった。他人が緊張すると自分も容易に緊張するのだと、Kは実感した。

地上波の生放送番組の出番を終えると、Kは控え室へ戻る。

「お帰りのタクシーは、いつでも大丈夫なので」

女性ADに言われ、この後インターネット番組の生放送がこの建物内であることを告げ、キャンセルしてもらう。事前にメールで伝えていたはずだが、バラエティ制作局ではなく報道局が運営しているインターネット番組のことを、よくわかっていないようだった。そんなやりとりをしていると、Ｋの姿を見つけた密着番組のスタッフ二人がやって来た。

「生放送お疲れさまです。あそこのモニターで、見させてもらっていました」

ディレクターに言われ、Ｋは会釈する。

「お入りください」

他局の番組であるから廊下では撮影できないはずで、Ｋは自分の控え室へ二人を通した。

予告もなく静かに、カメラマンがカメラを回し始めた。Ｋは合皮の硬いソファーに座る。携帯電話を見ると、メールやＳＮＳでのメッセージが数件届いていた。

「ご友人たちからの、生放送へのご感想ですか？」

「ええ、まあ。でも、だいぶ落ち着きましたよ。テレビに出始めの八月頭頃までは、出演番組が放送される度、数十件のメッセージが届いたり電話着信があったりしました。今となっては僕がテレビに出ること自体が珍しいことではなく友人たちにとっての日常になったからか、せいぜい生放送番組に出た際に届くくらいです」

控え室内での撮影は、テレビ局のスタジオや、ロケ先でのそれとも違う。どうせ後でチェックを入れられる、雑誌媒体とのインタビューとも違う。自然な感じで話しつつ、しゃべり言葉としても最低限、整理して話す必要があった。誰に言われたわけでもないが、強いていうなら、ここ控え室の鏡にも映っているメイク済みの自分の顔に、

Kはそれを要請されているような気がしていた。

「すごく、女性からモテるんじゃないんですか」

「そんなことないですよ」

「Kさんは、今、どういった目的でこんなにもテレビに出ていらっしゃるんですか？」

「本の宣伝です。本が売れない期間を長く経験しましたから、とにかく顔を売ってから本を売る、というチャンスを逃したくないと思ってしまうんでしょうね」

なぜだか、客観視とも違う、他人事のような口調でKは自分のことを言っていた。自分が別の誰かに言い、別の誰かに言われているような気がする。

インタビューがひとまず落ち着いたところで、ノック音がした。Kがドアを開けると、男が二人立っていた。

「お忙しいところすみません、はじめまして、私……」

男たちは、週末夜に放送されている人気バラエティ番組のディレクターと構成作家だった。先ほど文藝春秋の長谷川氏経由で出演を了承してもらった、ドッキリ企画について打ち合わせをしたいのだという。

「ちょうどこちらにいらっしゃるということで、手短に済ませますので、五分、一〇分、お時間をいただけないでしょうか」

Kが提示した出演料はのんでもらえたということで、Kは密着番組のスタッフにいったん出てもらい、控え室内でドッキリの打ち合わせを始める。

「よその番組のドッキリとは異なりまして、当番組のドッキリは本当にヤラせなしで行っております。なので、打ち合わせ、NGラインの線引きといっても、できうる限り具体的な話は避けたく思っておりまして」

「過去に放送された、文化人の方も出ている同録DVDです。よろしければ」

Kは構成作家から、ケースに入ったDVDを三枚渡される。

「ご自宅で見ていただければ、芸人さんじゃない方には、それほど変なことはしないとわかっていただけるとは思うのですが」

Kは、身近で対面する人たちからのイメージが悪くさえならなければ、テレビの枠の中でなにをしようと、かまわなかった。仕掛けられたときにいくら驚いたり怖い思いをしたりしようが、ドッキリに現実の生活を変えられることなどない。

「わかりました。自宅にワニを放たれるとか、そういうのじゃなければ大丈夫ですよ。落とし穴に落ちるくらい、ケガしないんだったらオッケーです」

「そうですか、ありがとうございます」

ディレクターに感謝されたところで、手短な打ち合わせはお開きとなった。

再び入れ替わりで密着番組のスタッフたちが控え室に入り、インタビューが行われる。やがて午後九時半にインターネット番組のスタッフに呼ばれ二つ隣の控え室へ行くと、カトチエと他のスタッフ数人がいた。カトチエにも話はいっていたようで、密着取材のカメラがついてきても、会釈する程度だった。

「よろしくねー」

「うん」

三〇歳のKより二つ年上のカトチエは高校生のときに歌人としてデビューし、今は小説も書いている。社交的な彼女は報道局のエグゼクティブプロデューサーとも仲良くしており、エグゼクティブプロデューサーが生放送専門のインターネット放送枠を開設する際、深夜のバラエティ枠の水曜日を担当しないかという話をカトチエにもちかけた。その際、カトチエは一人で二時間しゃべるのは心細いからと相手を探し、話をもらったKが二つ返事で引き受けた。売れない小説家が自著や自分を宣伝できる大きなチャンスだと思った。あの頃のことをKは遠い過去のように感じるが、つい半年前のことだ。

「Kさん、来月はいつ出られます?」

制作会社のディレクターから訊かれ、Kは手帳を開く。

「一一月は、年末番組の依頼がたくさんきていて、確定案件と、未確定の仮押さえ案件とかも含めると、うーん……」

芥川賞を受賞する前は、カトチエと同じ番組のメインパーソナリティとして、月に三、四度のペースで出演していた。八月以降、月に二度になってしまい、予定とすりあわせる限り、来月一一月はそれも厳しい。インターネット番組の出演料は、雑誌インタビューと同じくらいの安い値段だった。ＣＭで稼ぐわけでもない試験的な事業モデルからしてそれも妥当だと思うし、売れる前のＫからすれば安定して入る大きな収入源であった。今となっては、地上波番組の一〇分の一ほどしかもらえない、かなり安い仕事となってしまっている。

しかし、インターネット番組は、芥川賞を受賞する数ヶ月前にもらった仕事だった。つまり自身が成功者になる前からやっていた仕事であり、どこの誰だかもわからない素人に任せてくれたことに関しては恩義がある。それを忘れて自分から降板するのは、人の道に反しているとＫは思っていた。Ｋは自分が休みの回でも時折、無名作家が自ら名乗る自虐として作った歌人名「成功者Ｋ」で、生放送中にコーナーへ投稿し、番組を盛り上げることを忘れていない。芥川賞受賞直後、文藝春秋の「文學界」に「成功者Ｋのペニスオークション」という掌編小説を掲載し、番組の宣伝活動にも努めた。

おすすめ本の紹介や短歌のつけ句のコーナー、視聴者からのメッセージをひろってのフリートーク等を行い午前一時までやり終えた後、帰り支度をした。

「明日昼から収録なんだよ」

「えー忙しそう。まあ、出まくってるもんね、成功者Ｋは」

金曜日の深夜には他局でラジオ番組のパーソナリティも務めていることもあり、冗談めいた言い方をするカトチエの話術は巧い。だがＫには、それだけではない本音の含みもあるような気がした。

「カトチエがいなかったら、こうはなっていなかったよ。あの日、閣下のメイクをした写真をカトチエが拡散していなければ、どの番組からも声なんてかからなかったわけだし」

「ふーん。じゃあ私に感謝して、もっとこっちの番組に出てよ。私も休みたいし」

カトチエはまたも冗談の口調で返す。

「私はこれから代官山」

「またかい。よく集まるね」

カトチエは頻繁に、この番組が終わるとカードゲームをする集まりへ足を運んでいた。ベンチャー企業の役員をやっている人の高層マンションや、若手俳優の友人が経営する代官山にある表札のないバーで、夜な夜なカードゲームをやるというのだ。俳優やグラビアモデル、バラエティタレント、社長、学者等様々なメンツが集まり、酒もあまり飲まず、深夜から明け方までゲームを行い、タクシーで帰るらしい。

「……ちゃんから、この服もらったんだよ前回」

鮮やかな青色のパンツを指さしながらカトチエが言う。服をくれた四〇代の女性タレントとはタメ口で話す仲のようだった。そのような社交界の話を聞く度に毎度、Kはカトチエを特殊だと思う。カトチエはごくたまにBSなどの文芸系のテレビに出演する作家だが、そんなことをいったらKのほうが何十倍もテレビに出ている。しかし、親しくなった芸能人などほとんどいない。収録の前後に挨拶や世間話をしても、失礼のないようにとかまえてしまう。カトチエは家でテレビをつけながら仕事をしたりすると以前話していた。テレビが好きだから浮かれた感じで社交界に出入りしている、という雰囲気は皆無で、むしろ逆のようにＫは感じている。テレビや芸能人に対する幻想がゼロでなんとも思っていないからこそ、すぐ仲良くなれるのだ。テレビに出まくっているＫに苦言を呈する小説家たちの反応のほうがまだ、自然だと思えた。テレビに出ることを俗なことだと思っている人たちは、テレビに対する幻想をもっている。

カトチエとは別のタクシーに密着番組スタッフたちと乗り、成功者Ｋは自宅の住所を運転手へ告げた。

「高速使っていいですか？」

「それでお願いします」

後部シートの右側にＫは深く身を預ける。

「お疲れさまでした」

ディレクターの言葉にＫが会釈を返すと、その時点で、助手席のカメラマンからカメラを向けられていた。密着番組の撮影は、予告なしの無言のうちに始められるのが普通らしい。日常と非日常の境目が曖昧になった。

成功者Ｋはなんとなく手持無沙汰で携帯電話をバッグから取り出しかけ、すぐにしまう。誰かから連絡がきていても、以前のように即座に返したりする必要はない。車はレインボーブリッジの左側レーンを走っており、左手の進行方向の先にはオレンジ色のライトに照らされた無数のクレーンが、海の向こうには、さっきまでいたテレビ局社屋が見える。首都高から見える外車ディーラーのディスプレイや高層ビル、東京タワーなんかを、成功者Ｋはただぼうっと眺めていた。

「大忙しでしたね」

「はい」

ディレクターからの質問が発され、Ｋは端的に答える。テレビの地上波バラエティ番組収録現場でもＫは、ＭＣからふってもらったときのみボソボソしゃべるだけの、つまらない無力な素人にすぎなかった。しかしこうしてタクシーで移動していると、成功者感がたちあがる。タクシーの中はまぎれもない密室だ。なのに、外だという感じがする。少なくとも、テレビ局の外ではある。誰かの目を気にしながら成功者になっている感覚は、家とテレビ局以外のどこに行ってもつきまとった。

「明日のイベントにも、ご自宅から同行させていただきますので、よろしくお願いします」

それから後、ディレクターから特に中身のある質問をされることもなかった。成功者Ｋは、深夜までねばってこの人たちはなにを撮ろうとしたのかと思った。そして、タクシーでただぼうっとしているだけでもカメラを向けられ画になってしまう己の商品価値に、あらためて気づかされてしまう。

午前一時半近くに、マンション近くの街道に着いた。Ｋはカメラが回っていないときと同じように、帽子とマスクで顔を隠し、車外へ出た。降りたKに、ディレクターが挨拶し、Kも軽く頭を下げる。そのままマンションのほうへと一〇メートルほど歩いてから後ろを見ると、ハザードを点滅させたタクシーの傍らで、カメラマンがかまえるカメラのレンズがKへと向けられていた。Kは誰もいない道の真ん中を芝居がかったような疲れた感じで歩き、マンションのエントランスについてようやく脱力した。今日一日、やりきったという実感につつまれたKは、郵便受けにどっさりきていた郵便物を抱え、五階の部屋に入る。たった一分強つけていただけのマスクと帽子が息苦しく感じられすぐ外したが、深夜のマンションのエントランス前から自室までというわずかな距離でも、それらを外すことはできない。Kは、近隣住民に自分の正体を知られたくなかった。

クレンジングでメイクを念入りに落としシャワーを浴び、明日のスケジュールをチェックし衣装の準備をする。携帯電話のアラームと目覚まし時計三個とCDコンポのアラームと計五つのアラームをセットしてようやく、Kはベッドに身を横たえた。

しかしなかなか、Kは眠りにつけなかった。急激な不安に、おそわれている。テレビ局のスタジオでたちあがる、過剰なほど明るい照明に皆が大きな声でしゃべる独特の熱気に押し流され、今日もよけいなことをしゃべってしまったのではないか。Kは自分の出た番組や、インターネット上の評判どころか自著の素人レビューも昔から一切見ないから、世間が自分に対しどんな感想を抱いているのかわからない。あらゆる発言が記録され、テレビでの格好悪い姿なんかもキャプチャー画像で残されてしまう現在、自分みたいなテレビのルールを知らない素人がテレビに出まくるのは、危ないことなのではないか。大学時代に本名で出演した番組の素人挑戦コーナーとはわけが違う。小説家Kとして、露出しているからだ。一度出してしまった情報を、元に戻すことはできない。そういった恐怖に、Kは一〇日に一度はおそわれ、翌日以降に入っているテレビの仕事をすべてキャンセルしたくなるほど、本当に心細くなるのだった。

「今日一日、お疲れさまでした」

「……した」

自宅のOAチェアに座るKは、トレーニングベンチに座る制作会社ディレクターへ返事をする。

「初のオールナイトニッポンはどうでしたか？　ラジオにテレビに、大忙しでしたね」

カメラマンから、Kはカメラを向けられている。テレビ局でメイクを落としたあとにまだカメラを向けられるのは、疲れた。小説家としてくすぶっていたつい数ヶ月前までは憧れていた密着番組だが、いざ密着されて数回目ともなると、早くも鬱陶（うっとう）しくて仕方がない。

同様のことは今日Kが昼に収録したラジオ番組にもいえた。レギュラーではなく単発だったものの、伝統のある冠がついた番組のパーソナリティを自分が務めることは高校生くらいの頃からの憧れだったような気もするが、いざ出演依頼がくると、テレビ番組のように周りの出演者がツッコんでくれるのを待つことができないことに気づいた。ラジオの場合、芸のある人ならともかく、素人がやる場合はネタを入念に準備しておかないとおもしろくはならない。しかも出演料は安いしで、テレビで楽をしてきたKには面倒に思えた。結局ろくに準備もできず、トークもボロボロで、我ながら酷い内容だったとKは自分で思う。もう少し忙しさが落ち着いて、ちゃんと準備ができる頃に依頼をくれれば……。だが、そんな言い訳が通用しないこともKはわかっている。余裕をもってトークの準備をできたりするほどの暇人のもとには、そういうオファーはこない。実力はなくても旬で忙しい人のもとにのみ、かつて憧れていたような仕事のオファーがいっぺんに舞い込むのだ。

「ラジオでは、入り待ちの方がいましたね」

「ええ」

「私たちが話を聞いたところ、Kさんの入り待ちのためだけに山形から来た女性で、一時間待っていたらしいです」

「びっくりしますよね」

「生放送でもないのに、よく入り時間の見当がつきましたね」

「本当ですよね。なんでかなぁ」

あたりさわりなくそう答えたKはすぐに、思い当たる節を見つけた。カトチエとやっているインターネット番組で前回、ラジオの収録時間帯を話した気がする。というより、確実に話した。なぜ、そんなことを話したのか。出入り待ちを嫌がるパーソナリティだったら、そんなことは絶対に話さない。

「やはり街でも、女性なんかに声をかけられたり、すごくモテるんじゃないですか？」

「そんなことないですよ、全然」

ディレクターから同じ質問を、Kは既に何度もされている。同じ内容の言葉を、違う画の中で言わせたいからだろう。編集作業を考えての保険だ。それを受けてKも、毎度同じような内容を答える。一度目より二度目、二度目より三度目のほうが、端的で無駄のない言葉になる。そのぶん、細部の些細なニュアンスはそぎ落とされた。大ざっぱでわかりやすい言い回しになるほど、ディレクターたちは満足げな様子を見せた。

「え、なんでですか。入り待ちの女性がいらっしゃるくらいなのに……ちなみに、おつきあいされている女性はいらっしゃらないんですか？」

「もう二年半もいませんけどね」

「なんでですか……今なんか、出会いがたくさんあると思うのですが。Kさんとつきあいたい方なんか、そこら中にいらっしゃると思いますよ。この前のサイン会でも、一〇〇人近くのお客さんのほとんどが女性でしたし。お綺麗な若い女性たちから何通も、お手紙を渡されていたじゃないですか」

「いや、ファンの方に手をだすのは、ねえ……御法度というか。たまたま知り合った女性がファンとかだったら、つきあう可能性もありますけど。それに実際のところ、人と出会う機会なんてないですから」

「テレビ局とか仕事現場で、日本中のトップクラスの美人のアイドルや女優さんとも会われるわけじゃないですか」

「そんな素晴らしい方々と自分が釣り合うなんて考えるほど、僕は驕り高ぶってはいませんよ。それになんていうか、美しさを売りに仕事している芸能人の方々は美しさのオーラが記号的になってしまうので、なにも感じないいんですよね」

「そうですか」

「仕事終わってタクシーで自宅に帰る、その繰り返しですよ。外での仕事がない日は、家に籠もって本業の執筆をやらなきゃならないので……だから、出会いなんてないです」

　実際の異性関係のことくらい、嘘をついてもいいだろうとKはいつのまにか判断していた。そのかわり他のことに関しては、本当のことを話している。しゃべっている自分でもかなり平板な気がして、無難なごまかしでもしているんじゃないかと勘ぐるほどだったが、ちゃんと本当のことを話していた。バイブ音を聞いたKは、バッグの中から携帯電話を取り出す。好恵からメッセージを受信していた。画面をカメラに映らないような角度に傾ける。

〈弟が、やっぱりエントリーシート見てほしいって。〉

三人姉弟の長女である好恵には、三つ下の妹と、七つ下の弟がいる。弟はテレビ業界志望で、大学三年時にキー局と準キー局まで、アナウンス職から制作、営業職まで受けたが駄目で、国内ベッドメーカーの内定をとった。しかしテレビ業界への夢を諦めきれず、大学四年の秋から再度選考を受けられるところには再チャレンジする予定で、なんなら地方局を受けるため就職浪人も視野に入れているらしい。Kは携帯電話をバッグにしまった。ここ数ヶ月、いつも誰かに頼りにされていた。

「Kさんは、どういった出演者さんをすごいと思ったりしますか？」

「カメラが回っていないときも、テレビでのキャラクターをずっとやり続けている人ですかね。たとえば、今日の収録終わりにエレベーターでご一緒させてもらった際の……」

好恵の弟は、テレビ局に入りたがっている。九年前、K自身も就職活動でテレビ局をいくつも受けていたから、その憧れの感覚はわかる。テレビ業界を特に志望していたわけではなかったが、文章力はあったからほとんどの局のエントリーシートは通ってしまい、面接を受けに各局へ足を運んだ。その際、大学生兼売れない小説家であったKには、テレビ局に出入りする芸能人やアナウンサー、疲れた顔をしたスタッフたちの全員が、成功者に見えた。かつてのKや、好恵の弟だけでなく、一般の人間にとっては、テレビの世界は輝かしい異世界だ。だが各局へ頻繁に出入りするようになったここ数ヶ月間で、Kはどのテレビ局の建物内でも成功者の姿を見かけなくなった。

「お疲れさまでした」

　自宅での生活の様子を少し撮ったあと、スタッフたちは帰っていった。携帯電話に届いていたメッセージで約束の相手が既に帰宅していることを確認済みのKは、急いでナイロンパーカーと七分丈パンツに着替え身支度(みじたく)をして、マンションの駐輪場へ向かう。ナイロンパーカーのフードをかぶり、ロードレーサーで目的の場所へと走りだした。日中に家を出たときと違い、霧のような小雨が降る夜、かなり風が冷たい。

　Kの家から私鉄で二駅ぶん離れた場所に、大学時代のクラスメートが住んでおり、一度ヤったその女友だちの家へこれからヤりに行く。先ほどテレビ局の控え室から、今日行ってもいいかとメールで訊いたのだった。大学を卒業してからも、正月や盆など年に数回飲むような関係ではあったが、あくまでもただの女友だちだった。ここ一、二年は会っていなかったが、芥川賞受賞後の七月末にむこうから連絡が来て少しいい気分になり、久し振りに飲んだ。その際、自分を見る彼女の目がなんとなく変わっていたのをKは感じた。知人なのに、まるで別人に会っているかのような心地がした。そして二人とも意外なほど近くに住んでいることがわかった。それから二ヶ月ほど経った先週、Kの家の近所で飲んだ後、知り合ってから一〇年経ち初めてセックスをした。坂本可奈代の、思いの外豊かだった胸の感触やくびれた腰回りのシルエットを思いだすと、成功者Kのペダリングも高速回転になった。

外資系システム会社の総合職として働いている坂本は小一時間前に帰宅しシャワーを浴びたらしく、Kが来訪したときにはスウェット姿でつまみを食べながらビールを飲んでいた。エントランスも小綺麗なオートロックのしっかりした賃貸マンションだが、学生が住むような狭めの部屋だ。ベッドはセミダブルだった。

Kはなんとなく手洗いとうがいをしてから、座クッションに座りテレビを見ている坂本可奈代の隣に座る。

「さっき、映ってたよ。終わりのほうのちょっとだけ見た」

「……俺が？」

坂本がうなずき、Kも思いだす。七時から八時まで放送のバラエティ番組の、自分が出演した回の放送日だった。それについて二人とも、特に盛り上げたりするような会話はしない。まるで男女の仲になって長い年月が経つ二人みたいな間合いだ。その後テレビを見ている彼女の横顔にKからキスをしたことで始まった性交も、まるで大学一年時に知り合ってから何度も為されてきたとでもいうような、無駄のない性交だった。今年三〇歳になる者同士、二〇歳前後の頃のように性欲や好奇心がたぎって仕方がないというほどではないが、肉体だけは十二分に若く、淡々と求め合う。

「坂本、それはダメ……」

尻の谷間、アヌスに触れるか触れないかの箇所から金玉袋の裏筋あたりまでをどうやっているのかわからない舌さばきで舐められ、Kはマットレスの上に崩れ落ちた。容赦ない責めから逃れるように、相手の胸へ顔をうずめ上半身にしがみつく。

中肉中背、なんなら少し痩せ気味という印象だった坂本可奈代と初めて性交におよんだ先週、Kはその乳房の大きさと綺麗さに驚いた。服を脱いだ彼女の胸は明らかに巨乳で、寝ても平たくならない程度に弾力のある白っぽい乳房の真ん中には、淡い色の小さめの乳輪に小粒な乳首が備わっている。上半身を起こした際に、釣り鐘形の乳房の先で乳首が少し上を向いている光景は、Kがそれまでに見たどんな胸よりも美しかった。そんなことにも一〇年間気づかなかったし、今さらでも気づけてよかったと思いながら、Kは今日も両方の乳首を口に含み吸いついたり舐めたりする。

五分くらいの休憩をはさんだだけのほぼ二連続でコンドームに射精したKは、シーリングライトの常夜灯とテレビの明かりで照らされた坂本可奈代の顔を下から見る。昔はギャルっぽい少し派手めの化粧をしていた彼女も、落ち着いた髪色にすっぴんの顔を見ていると、切れ長の目と綺麗な額が特徴的な、和風美人の顔をしている。酒に強く学生時代からよく外で飲み歩いていた彼女と定期的な交流の場をもっていたのは、単なる友だちとしてだったのか、それとも内に秘めた性欲を隠してのつきあいだったのか、Kにはわからなくなっていた。

「この前出てた、コメンテーターやってた……」

坂本可奈代は、以前Kが出演した、平日の日中に生放送されている情報番組の感想についてふれた。体調を崩し会社を休みでもしていたのかとKが訊くと、Kが出演する番組に関して、いちいちHDDレコーダーで予約録画登録を行っているのだという。それにはKも驚いた。昔から沢山いた飲み相手の一人としてしかとらえていなかったであろう俺に対し、この子はこんなに関心があっただろうか。まるで、ファンの一人みたいだ。坂本のほうが、よりこの関係性を楽しんでいるという気がした。自分は旬の季節魚かとKは思った。ただKとしても、最近現れだしたばかりのファンたちと違い、ミーハーとはいえ、互いに昔を知っている安心感とノスタルジーがあり、心をゆるせた。

「廊下にたまってたの、あれ、空き缶だよね？」

「そうなの。缶と瓶回収の日に二週連続で出し忘れちゃって」

「家でも結構飲むんだね」

「最近は、家でばっかり飲んでるよ」

聞けば、同年代の友人たちが結婚したりしてそう頻繁に遊べなくなってゆくにつれ、活発な性格の彼女も昔ほどは外で遊ばなくなったという。

「坂本も変わるんだ」

「そうだよ。みんなは、どうしてんだろうね」

坂本の口から発された「みんな」という語から、Kは大学一、二年時の基礎教養科目でよく顔を合わせていたクラスメートたちではなく、大学のサークル同期たちの顔を思い浮かべた。卒業後すぐに結婚したサークル内同期カップルの結婚式には、全員とまではいかないまでも、同期ほとんどが集まった。それがまた別の誰かの結婚式、二〇代半ば、二〇代後半となるにつれ、結婚式や二次会への参加率は悪くなっていった。土日祝祭日に開かれるそれらの行事に、仕事を理由にしての欠席が、多くなった。Kも何回か、仕事を理由に欠席していた。本当に外での仕事が入っているときもあったが、そうでないときもあった。半分以上の同期たちが誰かの結婚式や二次会に参加したがっていないという暗黙の了解が広まって久しかった矢先、つい二ヶ月前の八月下旬、Kの芥川賞贈呈式が帝国ホテルで開かれた。

金曜の午後六時からの開始であったにもかかわらず、Kをのぞいた同期全員二二人中、遠方に住んでいる男二人以外、二〇人も集まった。中には、飛行機で来たり、わざわざ勤務先の半休や有給休暇をとって来たりした人たちもいた。勤め人も既婚者も、女は全員来た。ほぼ全員で集まったのは、卒業式の日に武道館の前で集合写真を撮って以来だった。平日の夕方に集まれてしまった事実は、土日祝祭日に開かれる結婚式に参加していなかった面々が忙しいフリをしていただけという化けの皮を剝がすような恥ずかしさが付帯(ふたい)していたが、Ｋが見た限り、皆そんなことはどうでもいい様子だった。もちろん、わざわざ祝いに来てくれたことはありがたかったが、出不精(でぶしょう)になってきていた同期たちにちょっとした同窓会を開かせてしまうほどの力はなんなのだろうと思った。自分に人望があったわけではないとＫはわかっている。自分に人望がなくても、戦前から続く芥川賞や、マスコミが大挙しておしよせる芥川賞・直木賞贈呈式には、求心力があった。

そのことを、裸でいる坂本可奈代に訊いてみようとして、Ｋはやめた。彼女もまた同じだ。Ｋの受賞を知って久々に電話してきたのだ。芥川賞という形でＫが獲得した大きな力は、Ｋ自身を素通りして、多くの人々を惹きつけ浮かれさせる。特に、女性たちに絶大な効力を発揮した。ただの友人知人だった女性たちが、急に近づいてくるようになった。

Ｋはここ数ヶ月間で、皆から人気があると思われている人、お墨つきの人のことを女性たちの多くは好きなのだと知った。それもＫが性的魅力を感じる若い女性から、老女まで、年齢に関係なくだ。するとＫには、歌舞伎とか伝統芸能の人たちがやたらと女性からモテる理由も感覚的にわかるようになった。いくら金があっても、ＩＴ成金はダメなのだ。自分は金を持っている、というアピールをするため散財しなくてもいい身分の男が理想なのだ。その点芥川賞は、ＩＴ成金ほどの金持ちにはなれないし下手したら受賞一年後にはそこらのサラリーマンより貧乏生活を送っている可能性すらあるが、本を読まない人たちにとっては大層立派で由緒正しきものに映るのだろう。だから、その人の実力を超えた求心力を発揮する。そうでないと、自分がこんなにもチヤホヤされることの説明がつかないとKは思っている。

掛け時計を見ると、もう午後一〇時半だ。さすがにコンドームをつけて三回目を行うには一時間以上の休憩が必要で、それをするとなるとかなり帰りも遅くなるな、と他人事のようにKが考えていると、ローテーブル上にディスプレイを伏せるようにして置いていた携帯電話がバイブした。全裸で取りに行きその場で見ると、好恵からのメッセージを受信していた。

〈仕事疲れた…。顔見たいし、そっちに行っていい？　一時間後くらいになるけど。〉

露骨に嫌な顔でもしていたのか、Kは坂本から「彼女？」と訊かれた。半ば反射的にうなずいてすぐ、坂本と会っているとき、行為におよぶ理由をなんとなく作るために好恵への不満をやたらとこぼしていたことを思いだす。他の女と浮気をしていることよりも、本人が不在のところで悪口めいたことを言ったりしたことを、Kは申し訳なく思った。それに関しての贖罪の気持ちもあったし、こういう不意打ちに近い来宅を断ったときこそなにか疑われるんじゃないかと感じたKは、帰り支度を始めた。好恵に対する態度は、なにをしても大丈夫なテレビ収録の現場や、ファンやミーハーな女性たちを相手にしているときとは、まったく違う。今のKの中で、彼女との関係性だけが、地に足ついた日常ともいえた。

　部屋を出るとき、とりあえず下着だけは身につけ玄関まで見送りに来てくれた坂本可奈代に、またセックスしようでもまた会おうでもなくどう挨拶しようかと逡巡した後、「おやすみ」とだけ言い、マンションから去った。

　来たときより雨粒の大きくなった天候の中、ロードレーサーの細いタイヤでスリップしないようカーブやマンホール上での横滑りに細心の注意を払いつつ、直線の道で急いでペダルを漕ぐことで、十数分で自宅に帰り着いた。ロードレーサーには泥除けフェンダーがついていないため、化学繊維の上下衣服の尻から背中にかけて直線状に砂利が付着していた。それらを脱ぎ、カゴにたまっていた衣類ごと洗濯機に入れ洗濯ボタンを押してから、洗うべきものが他にもないかと探す。前回好恵が来宅して以降この部屋に他の女を連れ込んだりはしていないから、特に怪しい形跡もない。洗濯機の稼働音を聞きながら、Kは戸棚等部屋の数ヶ所に隠していた好恵の専用物を、それぞれの置き場所に戻していった。赤色の歯ブラシに、化粧品の入ったポーチ、枕、DEAN & DELUCAの赤いマグカップ——。Kは好恵がいないときは彼女の物を隠すようになった。今のところ、むこうから来た女としかしていないKは、交際相手がいることを話しそびれたまま自宅に連れてきた場合を想定している。開示していたものをあとから隠すことはできないが、隠していたものだったらそのまま隠し通すか開示するか、あとで選択の余地がある。

「ねえ、台湾に行こうよ」

来てすぐに今日の仕事の愚痴を缶ビールで晩酌しながら話していた好恵が、前置きなく突然言った。

「え」

「なんなら、バリか四国でもいいよ。仕事相手を駅で待っているときに旅行会社の店先のパンフレットをパラパラめくってたら、行きたくなっちゃった」

それに最近二人で旅行に行ってないし、そう言われたKは、好恵とどこかへ泊まりがけで出かけたのがもう一年近く前だと気づく。去年末に、千葉県の温泉旅館へ行った。好恵とどころか、最近Kは全然羽を伸ばしていない。テレビ局やイベント会場に呼ばれて行くか、時間を捻出できたら自宅に籠もって黙々と執筆しているか、暗く狭い部屋でコソコソと性交におよんでいるかだ。

「たしかに、最近どこにも出かけてないしな」

そう口にしながら、Kはまた旅番組のロケ撮影に行きたいと思う。ＮＨＫ－ＢＳの番組で、今月頭に北海道で過ごした五日間は最高だった。Kを主軸にした温泉番組のロケで、ロケバスやバイクで陸地を延々と移動しては温泉に入るという日々には、首都圏で過ごすのとはまったく違う時間が流れた。ちょっとした小金持ちが金を積んでも行けないような場所に、テレビ局の力で行けた。スタッフたちが面倒くさい手続きを経て用意してくれた行路を、ただ身一つで行くだけで特別な体験ができたし、おまけに出演料までもらえた。仕事で、旅をした。

するとKの中で、台湾や四国やバリで羽を伸ばすことが、あまり魅力的に感じられないように思えた。たとえ金を積んだとしても、宿泊先やグルメも、金を払ったぶんだけの楽しみしか享受できず、特別な場所には入れない。それに一連の準備や移動が面倒に思え、金を払ってなんで面倒なことをしなければならないのかと思ったし、なによりも、遊んでいる時間がもったいないと感じた。現実逃避は、自腹の旅ではなく、ロケ撮影でしたい。遊びではなく、仕事でないと、旅には行きたくない。仕事だったら、その結果を通じて他の仕事につながるかもしれないが、プライベートの遊びはただの遊びとしてそこで完結してしまう。そう損得勘定をしてしまうのはテレビに出始めた人間がおそわれる禁断症状なのかもしれないとKは思うが、はっきりとはわからない。なぜなら自身が、テレビに出始めたばかりの人間だからだ。長年テレビに出続けている本職の芸能人たちは、そうは思わないのかもしれない。

「でもやっぱり、今の俺には突然仕事が入ったりするからなあ……数十万円もらえるチャンスは、おいそれとフイにはできないし」

「うーん、たしかに……」

Kの言葉に、それは仕方がないというふうに好恵がうなずくが、眉間（みけん）がこわばり瞬きが急減した表情は、あきらかに不満がっている。

「むこう一週間以内に俺のスケジュールが空いてる日を数日間確保できて、旅行の予約もとれそうだったら、行こうよ」

妥協点を探ったかのようにKは言うが、基本的に土日祝祭日が休みの会社員である好恵は、急に有給休暇でもとらない限り、Kの休みにはあわせられない。つまり、旅行の実現性は低い。途端に冷めたのか、好恵はユニットバスへシャワーを浴びに行った。

Kがシャワーを浴び終わり居間へ行くと、好恵はベッドに寝転がり携帯電話を操作していた。いつも一方的に話したいことを話すか携帯電話をさわっているか寝ているかだな、とその姿を見てKは少しウンザリするが、この家にテレビがないからそれも仕方ないのかもしれないとも思う。テレビがあったら、それについての感想をなんとなくつぶやいたりというふうに、愚痴以外の話もたくさん出てくるだろう。

髪を乾かしKもベッドに横たわると、以前にも何回か聞かされた、いくつかの人間関係における不満話を好恵が始めた。Kはまた、自分の身体を管にされているような心地に陥った。彼女は、自分の言葉が彼氏の身体に蓄積されるとは考えず、話したという記憶さえ、話し手である彼女の心身に残らない。不毛だ。俺は今日、ラジオ、テレビ、セックスでとても疲れているんだ……。

「そうそう、部長も、Kのテレビ見てたらしいよ。文化人がたくさん出るクイズ番組があったんでしょう?」

好恵は、録画予約までする坂本加奈代らとは対照的に、Kが出演するテレビ番組を見ない。芥川賞受賞前からつきあっているからだろうか、とKは思った。

その後、互いの言葉も少なくなってきた段階でKがシーリングライトの明かりを常夜灯に切り替えると、好恵が身を寄せてきた。性交を求められているときの身の寄せ方だとKはわかるが、間違った解釈をしたフリをし、キスをしてから手をつないだり、身体を撫でたりしてごまかす。つい四日前は二連発でヤった。そこからの差からすると、全くヤろうとしない今夜は彼女からすれば不自然に感じるかもしれないが、一時間ほど前に二連発で済ませてきたばかりのKは、今から前戯や挿入といった一連を行うことが億劫(おっくう)で仕方ない。寝かしつけるため背中を一定のリズムでさすっているとき、Kはふと思いだした。

洗濯物を干し忘れている。好恵との会話中か、自分がシャワーを浴びているときに鳴ったはずの自動洗濯の終了を告げる音に、気づかなかった。ベッドから出て、洗濯かごに入れた洗濯物を、居間と廊下を隔てるドアの鴨居のようになっている箇所にアームではさんだ六連ハンガーとピンチハンガーに、かけてゆく。

「どこか、出かけたの?」

「ラジオと、テレビの仕事でね」

廊下のダウンライトで照らしだされた好恵の顔の下半分が、白っぽく膨張して見える。

「じゃなくて、その後で」

「いや。家の中で軽く密着取材の撮影を受けただけで、外には出てないよ」

　Kがつとめてすました口調で答えても、好恵からの返事はない。ラジオとテレビの仕事の後でどこかに出かけたかなど、なにを見てそう思ったのだ？　梅雨時でもないのに夜中に洗濯されたパーカーやその他少量の洗濯物を見たくらいでは、自転車でセックスフレンドの家に行って帰ってきたとは思わないだろう。自分は今、とてもシンプルな嘘をついてしまったとKは思う。仕事から帰ってきて以降は出かけていない。それを好恵は嘘だと思っただろうか。

　洗濯物を干し終わったKがベッドに戻ると、好恵はさっきのことがなかったかのように、仰向けで目を閉じていた。身を寄せてくるでもない。するとKは、なにか見透かされたかもしれない、と感じた。いくら隠しても、ある地点にいる人には、見えてしまう。K以外の誰にも俯瞰できないKの人間関係に関して今のところ、正式な交際相手である好恵が、もっとも見渡せるポジションにいるだろう。ひょっとして自分は、彼女から全部見通されている中で、彼女のことを隠し、彼女以外の女性たちに会っていたのかもしれない。背後を、見せてしまっているのではないか……。今からセックスをするのでは、遅いだろうか。急にそうする必要性を感じたKだったが、いきなり急な流れを作るのもそれはそれで好恵からなにかを見透かされそうで、身動きがとれなかった。

「おはようございます」

「おはようございます」

密着番組のディレクターから挨拶され、Kはまったく同じ言葉を返す。数分前に、東京駅の東海道新幹線改札口でも挨拶し、少し話している。

「今日はこれからどちらへ？」

「大阪で、サイン会と、テレビの収録です」

カメラを向けられ、胸にピンマイクと腰に送信機の膨らみもある。一〇月第四週の土曜の午前八時台は東海道新幹線のホームに人気も多く何人もの人間に見られ、Kに気づいたのか携帯電話のカメラレンズを向けてくる人もいた。それでも、清掃待ちのグリーン車両のそばに立っているからか、数車両離れた普通車両乗車位置の人混みと比べたら、かなりマシだ。

「大忙しですね」

「ええ」

帽子とマスクもしていない成功者Kの顔を見て足を止める人が増えてきて、Kは段々苛々（いらいら）してくる。だいたいスタッフたちは東京駅、もしくはJR東海の撮影許可を事前に得ているのだろうか。無許可で画だけ撮っておいて、後で申請して却下される可能性もある。一〇〇時間密着して撮る素材の一部として、このやりとりが二三分間の放送枠の中で使われる可能性がそもそも少ないが。さっさと切り上げたいと、Kはインタビューの返答を端的にして終わりを急かす。

「それでは後ほど」

ディレクターにそう言われ、Kは撮影スタッフ三人と文藝春秋の単行本担当者と営業担当者の二人を残し、グリーン車両乗車口へと歩く。カメラで自分の姿をとらえられている気配は、アルミ内装の乗車口へ足を踏み入れたときにようやく消えた。

大阪のテレビ局から送ってもらったグリーン券フリー回数券二枚のうち一枚を使い、Kが自分で山側の窓側席を指定していた。午前中に海側であり南側でもある席を指定してしまうと、シェードをおろさない限り日差しが強く新聞も読めない。席につきジャケットを窓側のフックに吊るし、リクライニングシートを少しだけ倒し、シェードを半分下げ、フットレストを調整し、バッグからコーヒーの入ったボトルと日経新聞を出す。新大阪までの約二時間半を過ごす住処があっという間にできあがった。

静かに発車したグリーン車両はすいていて、成功者Kは気を良くする。ここ数ヶ月間ですっかり乗り慣れた新幹線のグリーン車両が、好きだ。公共交通機関で移動しているのに煩わしさがない、というのが大事なのだ。それを感じられるのは、新幹線のグリーン車両か国内線飛行機のプレミアムやファーストクラスしかない。それらに乗る人の多くは会社の経費で乗るスーツ姿のおじさんたちだから、仕事で忙しく日頃あまりテレビを見ていないのか成功者Kの顔に気づかない可能性が高いし、気づいたとしても、無視する作法が備わっている。次に多いのは、富裕層らしきわりと物静かな外国人の乗客たちだから、日本文学に日本の放送業界というドメスティックな業界でやっている成功者Kは認知されていない。

　撮影スタッフや出版社の付き添いの人たちは「のぞみ」の同じ号の普通車両指定席に乗っており、新大阪でまた合流する。成功者Kは新幹線の普通車両がどんなものか、よく知らない。子供の頃に家族で何回か乗ったのと、中学の修学旅行で京都に行った際に乗った程度だろうか。貧乏小説家時代は、たとえば友人の結婚式で京都へ行くのでも、前日深夜発の夜行バスに乗り明け方に京都へ着き、狭いシートで痛めた腰を京都タワーの地下にある銭湯に三時間浸かり癒したりと、とにかく貧乏くさい移動方法ばかりとっていた。乗り慣れていなかった新幹線に芥川賞受賞後いきなり頻繁に乗るようになってからは、仕事相手から渡されるチケットがどれもグリーン券だったから、普通車両がどんなものか成功者Kには本当にわからない。

　客室乗務員の女性から手渡されたおしぼりで顔と手をぬぐった成功者Kは、コーヒーを少し飲んでから、日経新聞を読み始めた。日銀の政策とそれに付随する為替相場についての記事なんかを読んでいると、ヤングエグゼクティブ感に拍車がかかった気がする。新幹線や飛行機に乗りこういうことをしながら移動しているときにこそ最も、Kは成功者になった。

予定どおり、サイン会は正午から始まった。東京のとある書店でやった際、一〇〇名程度の定員のうち二〇人近く、Kに特に興味のなさそうな風体の中高年男性たちが来た。彼らは通称〝背取り〟で、つまりは転売業者、もしくは転売業者から雇われたアルバイトの者たちだろうとのことだった。しかし大阪のこの書店では、それがない。サイン会の告知から数週間で書籍購入とあわせての整理券を先着順で配布する際、店員が背取りを見抜き、その人たちには売らない方針を貫いていた。その分、貴重な制限人数を無駄にせず、Kは多くの読者、あるいは読者ではないテレビを見てのファンとふれあえた。

起立して挨拶後、サインを書いて握手して写真撮影にも応じる。Kは一人一人にそう対応するぶん、時間はかかった。ずっと座ったまま対応する作家のほうが多いらしいし、座って立っての動作を繰り返すのはスクワットをやり続けることになる。しかしKは客商売として当たり前のことというふうに、立って座ってを繰り返した。その様子も、密着番組のカメラにとらえられ続けている。

客のほとんどが女性だ。というより客は女性であることが前提であるかのごとく、二〇人に一人くらいの割合で文学青年風の若い男性や、読書家っぽいおじさんが目の前に現れると、中学高校が男子校だったKは心が和むくらいだった。東京と大阪で書店のサイン会やイベントを何回か開いているから、常連のお客さんも結構いた。緊張して手汗をかきまくっている女子高校生は微笑ましかったし、中学生くらいの娘と母の組み合わせも珍しくなかった。九二歳だという背筋のしゃんとした薄くなった総白髪の女性もいた。三分の一くらいの割合で、プレゼントや手紙を渡された。

性的魅力をおぼえるような美人女性から手紙や、紙袋の中に封筒ののぞけるプレゼントをもらうと、Kは興奮した。それが表情に出ないようすました顔をとりつくろいながら、目の前にいるこの綺麗な女性がこの色の封筒に入った手紙をくれた、と瞬時に記憶するよう努めた。昔、小説の題材として記憶術を扱った際に古代ローマから続く記憶術の歴史や技法についても勉強したKにとって、そんなことはお手のものだった。もっとも、性的魅力を覚えるほどの美人女性がなにをくれたかなど、記憶術を使わずとも脳が勝手に記憶してしまうのかもしれないが。

整理券一二〇枚配布したうち、実来場者一〇八人、約二時間にもわたったサイン会を終え、Kは書店の控え室に戻った。

書店員たちからねぎらいや感謝の言葉をかけられても、Kは心ここにあらずだった。脳裏に、一人の女性のシルエットが残っている。一〇〇人ほどいた女性たちの中で、超絶的な美女だった。その美女は、手紙もプレゼントもKに渡さなかった。サイン会を行うと、だいたい一人はそういう超絶的美女がいる。もしくは、手紙やプレゼントを渡されなかったからこそ、Kの中で印象に残る超絶的美女になるのだろうか。手紙やプレゼントをくれた美女も、何人かいた。

次の仕事先であるテレビ局へ向かうべく、書店員や文藝春秋の社員たちと別れたK

は、密着番組のスタッフたちとタクシーに乗る。

「大盛況でしたね」

「ええ、ありがたいことに」

カメラが回されている中、Kはディレクターに返答する。

「ほとんど女性で」

「まあ、女性のほうがこういうイベントへ積極的に足を運びますからね。男は保守的で出不精ですし」

「でも、いくら男性作家さんのサイン会とはいえ、女性ばかりであんなに偏ることはないって、文芸書担当の方もおっしゃっていましたよ」

「そうなんですかね」

自分が成功者なのだから仕方ない、とKは内心思う。

「ものすごいプレゼントの量ですね。やはり、さっき控え室ですすめられたように、全部、宅配で自宅まで送ってもらったほうがよかったんじゃないですか？」

「半分は頼みましたけど、もう半分は、早めに食べるなりあげるなり、冷蔵庫に入れるなりしたほうが良さそうなものだったりしますからね。ある程度のものは、自分で持って帰りますよ。どうせタクシーと新幹線で、ドアトゥードアの移動ですし」

予定していた入り時間である午後三時より二〇分早くテレビ局に着いたKは、六畳ほどの控え室に入ってすぐ、仮眠したいという理由で密着番組のスタッフを閉め出す。

収録開始が午後四時からで、それまでに適当なタイミングでメイクルームへ行きヘアメイクを一〇分程度で済ませ、番組担当者が来たら打ち合わせを一〇分ほど行う流れだろう。まるまる一時間ほど、自由時間があった。

東京の番組より予算が少ないのか、弁当が一つと小さなかごにお菓子数個、ペットボトルのお茶と水が一本ずつ置かれているだけだ。いつもならそれらを一瞬ですべて食べ尽くすKだったが、それらにはかまわず、もらったばかりのプレゼントや手紙をローテーブルの上に広げる。気にしていたいくつかを、優先的に開けていった。

ショッキングピンク色のチョコレート店の紙袋を真っ先に開け、中に入っていた封筒を取りだし数枚におよぶ便箋へ目を走らせる。今日なにか物をくれた女性の中で、Kが最も性的魅力を覚えた女性だった。ネイビーの秋用コートを着た、二〇代半ばから後半くらいの、目の横幅のあるはっきりした顔立ちの女性だった。自分はたぶんあいう、どこかにはっきりとしたパーツがあって立体感のある顔が好きなのだとKは思う。しかも大阪在住の会社員ということで、アルバイト感覚で簡単に仕事を辞めたりしない人間特有の、自立しているというか凛(りん)としたたたずまい込みで惹かれたのだろう。しかし三枚中三枚目の便箋まで目を通しても、電話番号やメールアドレス、SNSのID等は書かれていなかった。なにか落としていないかと紙袋の中をあらためもするが、手紙の入っていた封筒に、住所と名前が記されているだけだ。文通でもしろということなのか。住所は地番止まりで、マンション名や部屋番号を示すような数字はない。実家住まいの女性に手紙を送れるものか。Kは迷う。当然むこうは、連絡がほしかったら実家住まいとわかる自宅の住所だけでなく、手紙に電話番号等他の連絡先を記すはずだ。そうしたほうがいいとわかっていながらも、連絡先を書くという自意識の発露に恥ずかしさを覚える奥ゆかしい性格なのか。それともただ単に、Kが自分に都合の良いように解釈しようとしているだけで、相手は純粋にKの小説を読んで好感をもったから、気軽に手紙を書いてくれただけかもしれない。そこまで考え至るといつも、純粋な思いを己の欲で踏みにじってしまったようで、Kは軽い罪悪感を覚える。

　次に、ライトグリーンの封筒を手にとった。プレゼントはなしで、この手紙のみ渡された。握手をした後、せがまれてツーショット写真を撮るため横並びした際、己の左腕や肩に触れた肉の感触が残っている。封筒の中には便箋が一枚あるだけで、内折りにされたそれを開いた際、Kの目には下部に記された数字の連続と、英数字の連続が真っ先にとびこんだ。携帯電話の電話番号と、メールアドレス、ＳＮＳのＩＤだ。

　途端に、Kの全身に力がみなぎった。手紙の主の姿や声を思いだす。びっくりしたような感じで見開いた目はわりと大きく、顎のラインもシャープで鼻筋もまっすぐ通っていた。二六歳くらいだろうか、白い肌が綺麗だった。背も高かったように思うが、ヒールを履いていたかどうかは覚えていない。そして胸がけっこうあり、グレーのニットで強調されていた。明らかに、胸を強調するという意思が感じられた。つまりは、

Kに対し自分の性的魅力をアピールし、相手の欲求に働きかけなにか行動を起こさせたいと望んでいる証左である。

Kは携帯電話を手に持ってから、意識的に深呼吸する。連絡をとっていい相手かどうか。高部清美を皮切りに、これまで四人のファンに連絡をとりそのうち三人と性交を行い、今のところなんのトラブルも起きていないからといって、次も大丈夫だとは限らない。

そこでつい先日、バラエティ番組の収録で共演した、自称〝一発屋芸人〟の男性から、休憩中、カメラが回っていないときにもらった助言を思い出す。二〇年近く売れない時期を過ごし、三〇代後半にしてようやく成功をつかんだ、左腕に五〇〇万円の腕時計をつけているその人はこう言った。連絡先を教えてくれたファンには、早く手をだしたほうがいい。ためらうな、考える暇はない。好みだと思った顔と電話番号が一致したら、バカになって連絡しろ。売れてから半年以上経って、自分の旬が過ぎすべてが冷めてから電話をかけても、もう遅い。門は閉じられてしまっている。いいかい、門は閉じられてしまっているんだよ。決して、入れさせてはもらえなくなるんだ――。黒く日焼けし、間近で見ると人としての年輪を感じさせる人生の先輩から言われると説得力があったたし、Kは受けたばかりのそのアドバイスに従わないのも失礼な気がした。それに、自宅の書斎でファンレターを読んでも冷静ぶって臆病になってしまうが、テレビ局にいると、なんでもうまく成立しそうな気がしてくる。

メール作成画面の宛先で相手のメールアドレスを打ち込んだ後、Kは相手の名前を確認する。便箋と封筒の両方を確認しても同じで、女の名前は「紗友子」とだけあった。苗字はないのが気になるが、ためらうな、という声が響いた。

〈紗友子様
さきほどはサイン会にお越しくださり、ありがとうございました。これから一七時半までテレビの収録なのですが、それが終わったら少し時間があります。どこかの部屋等で休んだりする時間、ございますか?〉

相手から明確な好意を寄せてもらっているので話も早く、Kは一通のメール文面に、お礼から用件まですべて書く。ふと、出演を承諾したドッキリ番組のことが頭に思い浮かぶが、文化人相手にこの手のドッキリは行われないだろうと思う。Kは瞬時にメールを送信した。

携帯電話を控え室に置き、メイクルームへ向かう。わりと肌荒れしていたため、メイクは濃くなった。今のKには、どうせ局メイクで隠せてしまうのだからと、肌をきれいに保つため摂生(せっせい)した生活を送る気など消失していた。売れていなかった頃のほうが、そういうのを気にしていた。新聞のインタビューなど、すべて素顔で露出していた。男の自分がメイクを施すなどという概念がなかった。今は違う。いくらでも厚く塗っていい。どうせ、クレンジング剤ですぐ素顔に戻れるのだから。

メイクルームから戻ってくると、〈紗友子〉からの返信がきていた。

〈え、本当にKさんですか⁉　なんだか信じられません。まさか本当にお返事がもらえるなんて…というか、手紙を読んでもらえるかどうかも信じられないくらいなのに…。

今日は本当にお疲れさまでした！　あんなにご丁寧な対応をされるなんて、やっぱりKさんは素敵だなと思ってしまいました。

私はまだ梅田で諸用を済ませているだけで、このあと特に予定はないです。Kさんのお仕事終了後、お会いできたら嬉しいです！　時間を無駄にしないよう、場所をご指定くだされればどこへでもうかがいます。

紗友子〉

読み終わったKの中で、高揚感がみなぎった。二分弱くらい会って性的魅力に魅了された女性と、これから性交ができる。一度連絡をとっただけで、そこまで至ったのだ。どこにも接点のなかった異性と、手紙やメールというあやふやなものを経て、現実のこととしてセックスの約束ができてしまう。この快楽は、このときにしか味わえない。その先にあるセックス自体がもたらす快楽とも、別物だった。身体も脳も興奮してアドレナリン等が大量に分泌（ぶんぴつ）されるのか、ついさっきまでなんとなくあったKの鼻の詰まりも、ものの見事になくなっていた。早速携帯電話でシティーホテルを探し予約すると、場所を指定するメールを〈紗友子〉に送った。

嬉しく思ったKは収録終了後にすぐセックスができるよう、弁当を一瞬で完食し、ついでにかごの中のお菓子も全部食べた。どうしても、テレビ局で出される食物には、カロリーがないように思えてしまう。実際には、ここ数ヶ月間、テレビ局で弁当とお菓子を食べ続けたせいで体重と体脂肪率が右肩上がりだが、Kはそこに因果関係を感じない。不摂生して太って肌荒れして、美容院に行かず伸びきった髪がボサボサでも、テレビ局のヘアメイクで欠点は隠せてしまうし、ぱんぱんに膨らんだ顔で表に出続けても本は増刷され出演料ももらえ人気も出て魅力的な女性たちとも簡単にセックスできるから、己の体形や服装なんかが本当にどうでもよくなってくる。より多くの人々の目にふれる機会が増えることで、Kの中で人からどう見られるかに関してのミクロな自意識は減っていった。どうせみんな薄目で、なんとなく方向づけてデフォルメさせたようにしか、見ていない。

上は伊勢丹で買ったブランド物のジャケット、下はファストファッション店で買った一九八〇円の綿パンツというちぐはぐな格好で収録に挑んだKは今日も、事前の打ち合わせどおり〝モテない〟キャラクターとしてモテなかったエピソードを話し、彼女がいない設定を通した。話芸もない素人だからこそ、テレビではモテない話をするに限るとKは実感する。〝モテない〟話は周りの出演者たちからツッコんでもらえる要素を多く内包しているから、バラエティ番組では使い勝手がよく、そのおかげで色々な番組に呼ばれてお金がもらえるし、Kの話したモテないエピソードに好感をもった女性たちがセックスをさせてくれる。良いことしかなかった。

午後五時四〇分に収録を終えたKは、メイクを落とさないまま、密着番組のスタッフたちに言う。

「カメラのないところで、大阪の街を歩き回って、インスピレーションを得ようと思います」

「インスピレーションですか。我々も、最初の一〇分くらいでいいので、同行させてもらえませんか」

「すみません、ダメです。創作者にとって、必要な時間なんで」

Kは強引にそう押し通して密着取材のスタッフたちをまき、テレビ局から出してもらったタクシーに乗り新大阪駅へ向かった。テレビ局から渡されたチケットはテレビ局から新大阪駅までと乗車区間が決まっている。Kは新幹線乗り場の近い南口のロータリーで降ろしてもらった後、早歩きで目的のホテルまで向かった。新大阪駅から歩いて一〇分弱のところに、シティーホテルを予約していた。〈紗友子〉には場所を指定済みで、近くで待機してもらっている。Kがチェックイン後に連絡してから、直接部屋に来てもらう。

土曜夕方のホテルロビーは中国人観光客で混んでおり、帽子にマスクの怪しい格好でKはフロントに向かう。フロントの若い女性はチェックイン票に手書きで記載されたKの名前を見ても特に変わった反応は示さなかった。鍵を持ちエレベーターに乗ると途端に中国語の喧噪から離れ静かになり、Kはホテルに着いたと〈紗友子〉に部屋番号まで記したメールを送る。一一階で降りると、足音を吸収する厚手のカーペットの廊下を部屋まで進んだ。

部屋に入ってすぐ息苦しいマスクと帽子を外し、Kはシャワーを浴びた。クレンジングオイルでメイクを落とし、全身をくまなく洗った後で鏡を見ると、メイクが落ち点々とした赤みの目立つ白い顔が、なんとも頼りなげに見えた。疲れているのだろうか。少しでも体力を回復させようと、クイーンサイズのベッドへ横になる。新大阪から東京行きの最終の新幹線が出るのが、午後九時二三分だ。三〇分前にはこのホテルを出るとして、二時間半ほどしかここにはいられない。疲れや眠気に邪魔されず思う存分楽しむため、そして相手に存分に尽くしたプレイをするためにも、Kは眠った。

チャイムの音で、Kは目覚めた。

完全に意識が途切れていて、深く眠ったような気もするが、時計を見ると午後六時一五分で数分しか経っていなかった。ふと、メイクを落としたときの疲れた感じが消えているのをKは実感する。まるで一瞬の眠りとチャイム音が、テレビ番組の本番収録前のキュー出しであるかのように、自分の中のなにかを切り替えた。

スリッパを履き歩いて行き、ドアを内側に開けた。

「あ……」

サイン会で数時間前に会った際と同じ格好をした紗友子が廊下に立っていて、口に手を当て目を見開いていた。

「えー、本当に、本人……ですね。すごい」

一人目の高部清美から始まり、Kが同じような手はずを踏んだとき、女性たちは必ず同じ反応を示した。既視感の渦の中で、Kは今まで他の地方やホテルで対面した他の女性たちを思いだす。「すごい」「本当」と上ずった声で言われると、盛り上がる。

「どうぞ、中へ」

「すみません、お邪魔します」

自分と目線の高さが一〇センチも変わらない女が前を通り過ぎるとき、Kは胸や尻の張りの厚さに見とれた。視覚を通し視床下部が刺激され鼻息荒くなることなど街中で美女を見かけたときなんかによくあるが、そんな対象に、これから自分が直接的に関わりを持つことができるという事実は、なにものにも代え難い興奮をもたらした。そして同じ相手と関係をもつとき、その興奮に関しては初回の今がピークであることもKは知っている。

「紗友子さん、だよね」

「はい」

「とりあえず、鞄、そこに置きなよ。上着も」

自分でも、妙に自信家の口調だなとKは思う。芥川賞を受賞して以降、発言内容が自信家になることはあったが、口調が自信家になることはほとんどなかった。密室の中で、女性の前だから、なのだろうか。

窓際の丸テーブルに鞄を置いた紗友子は、おそれ多いとでもいうような感じで会釈しながらジャケットをKに渡した。ニット越しに見える胸の立体感がくっきりとし、細めではあるが肉の柔らかさが想像できる二の腕を近くで見て、Kの興奮は高まる。

「もっとくつろいでいいよ」

「いえ、だって、緊張しちゃって。えー、本当に、信じられない……」

「ほら、そこ座って」

いちいち誘導しないと次の行動をとらない紗友子を面倒と感じることさえなくソファーに座らせ、Kは室内用の使い捨てスリッパを彼女の足下に置いた。エナメル製で肌色の、ヒールが高めのパンプスを履いている。モテないエピソードを話すテレビ番組でやたらと背が高い女性が好きですと言いまくっているからかな、とKは思った。

肘掛けのない三人掛けのファブリックソファーにKは腰をおろす。左側にいる紗友子との距離は三〇センチほどだ。三人掛けのソファーというのがミソだなと思う。相手との距離をいかようにもとれるように思えるが、そもそもホテルのクイーンサイズベッドの部屋に来ている時点で、距離をいくらでも詰められることが確定している。

つまりは茶番だ。実際には目先の快楽が担保されているうえで、ねぶるように相手との距離を詰めてゆくのが楽しいのだろう。

Kは、左側に座る紗友子の顔をまじまじと見る。恥ずかしそうに下を向いた紗友子の頬や首の重力に負けていない張りは若く、それでいて二〇歳前後の子らのように、肌が硬すぎてどこにも脂肪がつきにくい感じではない。胸や尻、ふくらはぎの女らしさからしても、二六歳くらいだろうか。

「今日は、来てくれてありがとう」

「まさか、今日この日に連絡があるなんて、思わなくて、びっくりしちゃいましたけど、嬉しかったです」

Kはサイン会に来てくれたことへのお礼を述べたつもりだった。かまわず続けた。

「サイン会に、まさか紗友子さんみたいな美しい女性が来るなんて、思わなかった」

「いえ、私なんて、そんな……Kさん、丁寧にサインを書くことに集中なさっていたんでしょうけど、あまり私と目を合わせてくれなかったし」

「あまりにもタイプの美女が来て興奮してたんで、悟られないよう、素っ気なく振舞ったんですよ。本当は、手紙をもらった瞬間からテンションが上がって、この美女がくれた手紙はこの色の封筒だ、って頭に焼きつけるのに必死でした」

「いやだ……嬉しい。渡しておいて、よかったです」

苗字を訊いてみようと思ったが、じっと見つめられKは訊き損ねる。

「ちょっと、立ってみて」

「はい……？」

Ｋは自分がソファーの前に立ち、相手をうながした。さしだされたスリッパには履き替えず、パンプスを履いたままの紗友子がおずおずと立ち上がると、目の高さが近かった。

「ちょうどいい」

そう言ったＫがソフトに抱きつくと、紗友子は一瞬だけ身体を硬くさせた後、すぐに両腕を軽くＫの背中にまわした。

「僕、彼女いますよ」

「え……」

「テレビとかでは、嘘ついてるから」

「えー、本当、ショック……でも、そうですよね、彼女がいないわけ、ないですよね。モテて仕方ないでしょうし」

Ｋの背後の壁に向かって、紗友子の言葉が吐かれる。本当、というなににかかっているのかよくわからない語の使い方が、Ｋには少しひっかかった。

背中にまわされた両腕や、身体の密着具合からも、Ｋの告白を聞いたことによる拒絶の反応はまったくといっていいほど感じられない。

「それでも、いい？」

「はい」

その言葉が、その契約こそが大事だった。再び苗字を訊いてみようと思いつくが、強く抱きついてキスをするとどうでもよくなり、ベッドへ移動し、Kは左腕で支えながら紗友子をマットレスの上にゆっくりと倒す。ニット越しの豊かな胸のふくらみに顔をうずめたあと、マットレスから飛びだした紗友子の綺麗な脚の先、パンプスのつま先に、新大阪の高層ビルの明かりや室外機が見える。

服の上からさすったり、露出した肌へキスしたりしながら、Kは徐々に紗友子の服を脱がしてゆく。やがて、ベッドの左右にあるナイトライトで照らされた手首のあたりに、色素が沈着してできた線状の跡がいくつか、それも両腕にあることに気づいた。

「肌が、弱いんですよ。夏に汗疹（あせも）で、すごいかいちゃって」

Kの視線に気づいたのか、下着姿の紗友子が説明した。

下着を脱がし、さらに丁寧に前戯をし、K自身も色々としてもらったあと、硬くなってはちきれんばかりのペニスに、東京から持参したコンドームをつけ始めた。このときだけナイトライトの光量を調節して明るくし、ラテックス製コンドームの先を指でつまみ空気を抜いた状態で装着し、竿の根本までおろし、ミスがないか目で見て確認する。

挿入した瞬間、これはドッキリなんかじゃないんだと今さらながらにKは思った。ドッキリ要員だったら、挿入などさせてくれない。濡れに濡れた紗友子の中は出入口あたりが肉厚で柔らかく、Kは自分が全面的に受け入れられているように感じた。このマンコにはなにをしても許される。すぐに射精してしまわないようにKが抑制したリズムで腰を動かす度、それと連動して紗友子は大きな声を出した。決してぽっちゃり体型ではないのに立体的で豊かな乳房は、寝ても全然ぺたんこにならない。Kがちょっと激しめのグラインドで腰を動かすと、揺れる大きなおっぱいはホットケーキの上に丸盛りのチャーハンがのっているような二段式に見えた。こういうおっぱいは、ポルノヴィデオで見たことがある。ひょっとして、シリコン入りの豊胸おっぱいなのだろうか。そう仮定してみると、胴体(どうたい)や肩回りの肉付きからして不自然なほど胸が大きいことの説明がつく。しかしKは、己の推測を唾棄する。別の女性と性交をすればするほど、女性たちの身体の個体差を知らないことに気づかされてきた。巨乳の種類にも色々あって、余計な脂肪のない紗友子の身体の上で揺れるホットケーキとチャーハンの二段式に見えるこのおっぱいも、天然のおっぱいなのかもしれない。それに見て触って吸って舐めて顔をうずめたりしてもどうしようもなく興奮するしチンコを受け止めるマンコも温かくて柔らかくて気持ちよかったからおっぱいが天然かシリコンかなどどうでもよくなった。

あまりにも気持ちがよくて、Kは体位を変えることなく正常位で射精した。しばらくすると紗友子は脱ぎ捨てられた自分の下着や服を畳み、シャワーを浴びに行った。その間、Kは洗面所で外したコンドームに水を入れ膨らまし、精液ごとシンクに流しきってから、口をきつく縛りティッシュにくるみ、部屋のゴミ箱に捨てる。

寝転び休んでいると、バスローブに身を包んだ紗友子がデュべの中に入ってきた。

「すごい、優しいんですね」

「ん、俺が?」

「あんなに色々なところにキスしてもらったり、優しく丁寧にされたの、初めてです」

「そうかな。普通だと思うけど……まあ、俺は男とヤったことないから、他の男がどんなふうにするのか、知らないけど」

「今までの人生で最高でした。彼女さん、羨ましいなあ」

「……自分の彼女に対しては、さっきみたいに丁寧にはしてないけどね。ただ、別れる気はないから、満足してもらえるようにはしてるけど」

別れる気はない、と口にしてから、なぜ自分はそう思っているのかとKは考える。初めてのセックスだから今たかぶっているというのを差し引いても、性的な顔つきと身体でKをより魅了するのは、好恵でなく紗友子のほうだった。約二年前、好恵と初めてセックスしたときのことをKは思いだすが、ここまで興奮しなかった気がする。それは順にデートを重ねゆっくりと距離を詰めていった末のセックスだったからか、貧乏だった自分の東京郊外の賃貸マンションでのセックスだったからか。見て興奮するようなイイ女と初めて出会って数時間後に、まるでドッキリのごとく嘘のようなスムーズさでホテルの一一階でヤれているからこそ、好恵と初めてしたときより興奮しているのか。Kにはわからない。ただ、互いのことを知ってから交際し、交際してからも月日が経っているからか、好恵の丸顔に大きな目は、思いだすだけで安心感があった。紗友子も目は大きいが、瞼の切れ目が長く、まばたきする度にびっくりしたように見開く感じは、雄孔雀の飾り羽根を連想させた。眼球そのものが大きい好恵とは、違う。

どういうわけか安心感や親しみは感じさせないが、紗友子の線でひいたようにくっきりとした二重の目は、孔雀の羽根の目の模様のごとく、異性を性的に誘う。性的な誘惑だけを目的に形作られたようなのは、目だけではなかった。すっと真っ直ぐ整った鼻や、先が細く過不足のない顎、そして寝ても平べったくつぶれない大きく立体的な胸。

最近はまっている音楽や趣味の話なんかを聞きながら、苗字を訊こうとしたことも忘れ紗友子の身体を触ったりしているうちにKが興奮し、二回戦目が始まった。快楽の大きさに一度目の射精で精液を出し尽くしたのか、紗友子に舐めてもらった直後にコンドームをつけてもペニスがしぼんでしまった。中途半端に広げくちゃくちゃになったコンドームを念のため破棄し、また舐めてもらったりして勃起した直後にコンドームをつけて挿入すると、今度はそこで萎えてしまった。こんなに興奮しているのになんで萎えるんだ、とKがペニスを勃起させる術を思案していると、Kのかたわらに座った紗友子が言った。

「私、生理重いからピル飲んでるんで、ナマでして中に出してもいいですよ」

色々と体位を変えながらの二回戦目をコンドームの中に射精したKは、シャワーを浴び身支度を整えると、午後八時五五分に紗友子を残し部屋を出た。フロントで会計だけ済ませ、早歩きで新大阪駅へ向かう。

窓口で手続きを行うとがら空きの車内なのに前後に人がいる席にされる場合があるため、Kは新幹線の回数券を自動券売機に差し入れ、自分で指定席の予約を行う。自分が座る席は自分で決める。九時二三分の東京行き最終の「のぞみ」六四号のグリーン席A列を予約し、一五分ほど時間があるため落ち着いて改札内のトイレで用を済ませ、スターバックスでコーヒーを、キヨスクでマネー誌を買ってから、二四番線のホームに停車しているN700系車両に乗った。

平日でも午後六時から八時台まではグリーン車でも混んでいることもあるが、最終電車ともなると、空いていた。ジャケットをフックに掛け、飲み物や雑誌を適切な場所に置き巣を作っているうちに、「のぞみ」は静かに発車する。前後に誰もいない窓側の席でリクライニングを半分くらい倒し、Kは一息ついた。終点が東京駅だから寝ていてもかまわないという安心感が、Kを落ち着かせる。同時に、自身が疲れていることにも気づいた。朝家を出てサイン会にテレビ収録に性交二連発をしたのだからそれも当たり前だろうが、途中で仮眠を挟みもした。やはり最後の性交で消耗したのだろう。東京に戻ったら好恵に浮気を勘づかれてしまうかもしれないという不安が、Kの疲労感に拍車をかける。

ただセックスをするだけなら、プールで泳いだ後のように、激しい運動で熱したあと冷ました肉体に虚脱感はあっても心身ともにすっきりし、疲れたようには感じない。好恵とセックスするときはそうだ。そのあと一緒に寝るときに狭いベッドで寝返りがうてないから翌朝疲れていることはあるが、セックスそのものでは疲れない。

初対面の紗友子と出会ったその日にセックスして、自分もかなり気が張っていたのだとKは思う。最初のうちは、ドッキリの可能性を少し考えていた。それに手首の線状の跡は、汗疹（あせも）をかきむしってできるものかどうかは疑わしかったし、ナマで挿入して中に出していいと言われたときは、喜ぶどころか一気に警戒心がわいた。俺の精子を着床させて、結婚にでももちこむ気なんじゃないか——。

そこまで考えて、Kは自重する。いくらなんでも、驕り高ぶった考え方だ。手紙を渡したその日のうちにセックスをさせてくれたからといって、相手のことを心底（しんそこ）好きでたまらないとは限らない。Kが軽い気持ちで接触したのと同じで、紗友子のほうもまた、己の性的魅力を武器に、最近流行りの男に軽い気持ちで接触しただけの可能性のほうが、高いだろう。互いに、テレビを見るような軽い感じで、消費しあったのだ。

それに紗友子は、思い詰めて一つの方向に暴走するような類の女ではないはずだ。その証拠に、フェラチオがうますぎることもなかった。たとえば、セックスで相手に奉仕することでしか己を認めてもらえないと思い込んでいる、どこかメンタルを病んでいるっぽい女性はえてして変態的な男たちにどえらい性技を仕込まれフェラチオがめちゃくちゃ上手で尻の穴など汚いところも平気で舐めてきたりAV女優みたいなセリフを真顔で言ったりするが、紗友子はそんなこともなかった。本当に生理が重いという理由でピルを飲んでいるからナマでの中出しをすすめてくれた、心優しい女性なのだろう。結局苗字も職業も住まいも何も聞かなかったが、たいした問題ではない。

成功者Kは、紗友子とまたしたいと思った。今度大阪へ来るときもしよう。


午前一〇時少し前に、密着番組のスタッフたちがKの自宅へやって来た。二四平米の狭い1Kマンションで機材のセッティングを済ませる間、Kは特に髪形を整えたり寝癖を直したりという、見栄えをよくすることはしない。日常に密着する番組だというのに、はりきった感じで格好つけてしまうほうが、ダサいだろうとKは思う。だったら、ダサい格好をしていたほうが、よほどダサくならなくて済む。他のテレビ番組とは違い、密着番組はノンフィクションだからだ。

「それでは、スタッフはいないものとして、いつもと同じように執筆なさってください。そのお姿をしばらく、こちらのカメラで撮らせていただきます」

小説の執筆風景が撮りたい。

撮影期間前の打ち合わせ段階から先方はそう希望し機会をうかがってきたが、Kは「今はその画は撮れない」と断ってきた。本当にそうなのだ。芥川賞の選考会の日の時点で、長編小説一つと中編小説一つの直しを抱えていた。芥川賞を受賞しても、受賞を逃していても、本業でやることは変わらない。執筆の仕事で多く依頼がくるのはせいぜい新聞各紙のエッセイや書評といった短い原稿のみで、そういった執筆風景ならいつでも撮影可能だとKは提案したが、密着番組のディレクターはそれらの画は不要と言ってきた。あくまでも、「テレビ等では見せない、本業たる小説執筆に取り組む真剣な姿を撮りたい」らしかった。それもヤラせなしで。

そっちがその気ならこちらもつきあおうと、Kは今、机の前でOAチェアに深く腰掛け、右手に赤ペンを持ちながら、印刷した原稿の束をひたすらにらみ続ける。

「なかなか、筆が進まないいんですか?」

なにか動きをほしがっているのか、ディレクターが口にした。

「原稿の直しです。これがリアルです。他の作家の密着映像なんて、ほとんど嘘っぽちですよ。カメラの前で、いかにも新作の原稿を書いていますみたいにカタカタやるなんていうヤラせは、したくないですから」

いかにもカメラを意識していないふうに答えるKのその姿も、カメラにとらえられている。

小説の直しを二本抱えていて、執筆作業全体において本編第一稿の執筆に費やす時間の割合が一割ほどしかない純文学作家のヤラせなしの〝執筆風景〟は、このとおりだった。時折赤ペンを原稿の上に走らせたかと思うと、数文字を変えたり、文章の一部を線で塗りつぶしたりするだけで、まとまった文章を書くという画はいつまで経っても撮れない。

皆が息を殺している。撮影スタッフたちは動きのある画を撮れず、Kも直しの作業にあまり集中できないという不毛な時間が続いた後、ディレクターが音をあげた。一〇分ほどしか経っていなかった。

「それではKさん、天井に設置したあの定点カメラで撮影させてもらいますので、我々はしばらく消えます。大体一時間くらいで戻ってくる予定です」

「三〇分でお願いします。どうせ集中できないんで」

「わかりました」

きっかり三〇分後、スタッフたちは戻ってきた。部屋を出ていく前となんら変わらない姿勢でいるKを見て落胆したように、カメラマンによる手持ちカメラでの撮影が再開される。Kも数分間つきあったが、やがて原稿から離した目を、ディレクターに向けた。

「どうせこの先、撮れる画は変わりません。わかりました、僕が折れますよ。なんなら、ヤラせくらい、つきあいますよ？　エッセイを書くので、それをもってして、小説を書いている体（てい）にしましょうよ。もちろん、こちらから提案しているわけですし、実はヤラせというか演出だったなんて、他の番組やエッセイなんかで他言はしませんから」

Kがそう譲歩しても、あくまでも真実が撮りたいのだと、またしても断られた。Kの普段どおりの地味な仕事風景はだめで、かといって自発的に歩み寄ったテレビ的演技、演出もだめ。むこうの言う真実とはいったいどこにあるのだろうとKは思った。

やがて、事務作業に切り替えた。

「今、なにをなさっているんですか？」

「請求書作りです。ここ数日間で出た番組の出演料の請求書を、まとめて作っちゃいます」

ワープロソフトで作成した請求書を印刷し、捺印後、封筒に入れる。封入口を糊付けし最後に切手を貼り、テレビ局やイベント会社に送る。ギャランティがよかった仕事の封筒には記念切手を貼り、そうでなかった仕事の封筒には、普通の八二円切手を貼る。一連のことを、カメラの前で説明しながら行った。

「仕事選びから、スケジュールの管理、そして請求書の作成までぜんぶご自分でやられるなんて、大変じゃないですか？　どこかのプロダクションとかには入られないんですか？」

同じ質問は、時と場所を変え、もう何度もなされている。

「どうせこんなお祭り騒ぎ、もうすぐ終わりますし。プロダクションに入るほどのことではないですよ。それに一応会社員経験もあるので、それと比べれば、たいしたことないですよ」

Kが開いてみせた手帳の月間予定表や、仕事の予定が記されたエクセル表、確定・未確定仕事案件についての書類がはさまれたクリアファイルなどを見て、ディレクターが驚きの声をあげる。映像の作り手であるディレクターも、演技をしていた。

「Kさんはなぜ、ここまでしてテレビに出続けるんですか？」

「可逆性の問題です。今しか宣伝できない、後で暇になってからしたくなっても、波が去った後では遅いじゃないですか。どうせすぐ終わるから、今のうちにやっておくんですよ。それに経験にもなるし」

「なるほど、経験にもなる、ですか。そういえば先日大阪でサイン会とテレビ収録を終えられた後、Kさんは、インスピレーションを得たいとおっしゃって、大阪の街を歩かれたとのことですが……あの日、なにをされていたんですか？」

Kは、そんなふうに言って密着スタッフたちをまいたことを思い出した。脳裏には、ホテルで散々むさぼり楽しんだ紗友子の肢体が浮かぶ。

「ふらっと立ち寄った串カツ屋で、気のままに飲んでいました。もちろん一人で。その後十条商店街をしばらく散歩して、東京行き最終近くの新幹線に乗りましたね、たしか」

するとディレクターは、意外だというような顔をした。

「串カツ屋に、一人で行かれたんですか」

「僕だって、たまには一人で飲んだりもしますよ。最近は忙しかったからそういうこともできていなかったんで、意外にもお思いでしょうが」

「そうなんですか。テレビの収録が終わってから新幹線の最終近くまでとなると三時間ほどあると思いますが、串カツ屋に行かれる前とかにも、特にどこかに行ったりしなかったんですか?」

「ずっと串カツ屋にいましたよ。行き慣れていない大阪の街で一人飲む程度でも、インスピレーションは湧くので。不慣れな街で一人、という孤独が貴重ですよね、今の自分にとっては」

何を言ってもディレクターが納得の様子を見せないので、Kの口数は自然と多くなる。その後もしばらく事務作業や、気分転換のための腕立て伏せやスクワットといった筋力トレーニング、昼食の自炊の画を撮ったスタッフたちは、一二時半頃には帰っていった。

Kは手帳を見て、スケジュールを確認する。次に外での仕事があるのは日曜の午前中だ。金曜の午後から土曜終日まで、空いている。なにか見落としがないかと不安なKはエクセル表等でも二重にスケジュールのチェックを行った。最近の仕事は、常に大勢の人たちが関わっているから、それらをすっぽかす事態だけは避けねばならない。間違いなく、今から明日まで、丸一日半が空いていた。

そんなにものまとまった時間が空くのは本当に久しぶりのことだ。ふと、数ヶ月前の時点で、明日夜の日程で先輩作家からトークイベントに参加してくれと頼まれていたのを思いだす。予定していた仮押さえ案件がなくなったため今となっては出られるが、もう遅い。Kは最近度々、先輩作家たちからのそういった依頼や文庫本解説等、断りまくっていることを振り返る。先輩や、お世話になった人たちからの頼みを断るなど、昔の自分だったら考えられない行動だが、忙しいのだから仕方ないとKは思う。そしてそれらを断る際、妙な快楽が付帯していたことも、否定できなかった。まるで、自分にはそういう行いをする力が備わったとでもいうように。否、むしろ、昔からそういった力を自分は有していたような気さえKにはした。

Kは事務作業の続きを行う。スケジュール帳とすりあわせながら、溜まっていた仕事の依頼メール等に返信してゆく作業を淡々とこなしているだけなのに、豊かな休日という感じがした。請求書を作ったり、不要な郵便物を捨てたり、無茶な仕事依頼を断ったりという、黙々と手を動かしてなにかを確実に前進させる行為が、楽しくて仕方なかった。

少し前までは、あまり気乗りしない仕事を体よく断るためのギャランティつり上げ提示だったが、今はそれで効率よく稼ぐための価格交渉へとシフトしている。なにかの仕事依頼は他の依頼とバッティングしている場合が多々あり、拘束時間やギャランティの額、本の販促効果を考えて、どれにするかK自身が決めてゆく。同じような内容の仕事だったら当然ギャランティが高いほうを選んだ。テレビや広告、出版物のインタビュー等でもギャランティが明記されていない仕事がほとんどのため、メール返信の一通目ではまずギャランティを訊ね、提示してきた金額が少なかった場合、だいたい足下を見てギリギリ出せそうな金額をKのほうから提示した。各番組や広告、講演会の相場はそれぞれいくらほどなのか、Kにはわかるようになってきていたので、Kが価格のつり上げ交渉をしても、八割ほどの確率で受理された。ただ、交渉に失敗し、内容的にわりと良いと思われた案件も破談になったりして悔しい思いもしたが、それも仕方ないとKは諦めた。自分が最初に提示したギャランティの値下げをしたり、先方が提示した安い言い値で了承し色々な仕事を受けまくることは、それだけ自分が消費されるスピードを早めてしまうだろうし、なにより、安い金額で請け負ったら自分の価値もそれだけ下がるようで、嫌だった。

ギャランティ交渉は真剣で、没頭すると怒りやすくなる。出版業界においても、単行本刊行後五年以上放っておかれた作品が急に文庫化され、芥川賞受賞を機にようやくKの小説は芥川賞受賞作をのぞきすべて文庫本が出揃った。そんなサラリーマン的編集者たちにここぞとばかりに復讐するかのように、雑誌対談やインタビューの依頼でも、新芥川賞作家にかかった一時のブーストを利用したがる人たちの足下を見て、Kはなんでもデカい声で押し通した。ほとんどの依頼ではギャラをつり上げたし、インタビューを受ける候補日時なんかは一日しか提示せず、場所もKから指定した場所限定で、それらを承認してくれない依頼は断った。出版社の社員たちにとっての休日である土日祝日に設定することにも、なんのためらいもなかった。なぜなら、自分が土日祝日関係なく仕事しているのだから、相手が会社員だろうが知ったことかというふうに、今のＫは感じていた。

　Ｋは元来、謙虚な性格だった。

自信をもって自分のことをそう分析するＫだったが、芥川賞受賞以降のここ数ヶ月間で、人が生意気になるプロセスを知った。自分でぜんぶ判断してゆく限り、態度を大きくし優先順位を明確にさせていかないと、すべてをさばけないのだ。

　たとえば新しくきた気乗りのしない仕事依頼に、日本人特有の、嫌われたくないあまりの婉曲（えんきょく）な言い回しで断ってみても、相手はまだ可能性が残っているのかと食い下がってきたりする。それに対しメールで再度断りの返事をするという二度手間は、暇なときだったらこなせる。ただ同じような依頼が日に何件もくるような時期には、無理だ。提示された金額に不満があったら挨拶の文面は無視し真っ先に希望額を提示し、断る仕事は単刀直入に断った。依頼を無視して返事もしないよりはマシだと、Ｋは考えている。限られた時間ですべての仕事依頼に意思決定をくだし返事をだすために、大きな声と態度で強気に押しとおすのは、その人の人間性というより、時間と体力的な理由に起因するものなのだ。

　本業とあまり関係ない仕事は一切断り、さっさと新作小説を刊行して手早く売り儲ける道もあったが、Ｋはテレビや広告、講演の仕事をこなす道を選んだ。それにともないギャランティの交渉をするという付随的行為が己に麻薬的快楽をもたらしている自覚も、Ｋにはある。よその業界からぶんどってきてやるという、攻撃的な意志がはたらいた。なにかに復讐している感じがした。自分の本を並べてくれなかった書店や取次業者などではなく、矛先はテレビ局やイベント会社等に向けられた。直接の仕事相手であるそれらにギャランティつり上げ交渉という刃をふるいながら、実質的には、自分を今まで無視してきた読者や世間に、復讐しているつもりなのかもしれない。芥川賞受賞作だからという理由で本を買ってくれる人たちのことをＫは本当にありがたく思っているが、同時に、芥川賞受賞作にとびつくだけのミーハーな心理の総体のようなものに、復讐したいような感情も備えていた。

　Ｋは、自分がテレビで、高いギャランティに見合うような仕事をしているとは思っていない。ただ、テレビには、つまらない人間が入り込めてしまう歪みがある。そしてそれを見た人たちから、さらにテレビやイベント出演の依頼がくる。誰もＫのことをおもしろいと思っていなくても、世間がＫのことをおもしろがっているらしいと推測し、Ｋに依頼をくれる。株式投資で、上場企業の株価が実績や決算関係なしの思惑買いで急騰したりするのと同じだ。

　Ｋは人々がなにを人気者だと判断しどのように動くか、肌でわかるようになってきた。人々がおりなすその波を読めるようになったからか、以前から漫然とやったりやらなかったりだった株式投資のスイングトレードが、急にうまくなった。Kはパソコンで証券会社の口座のマイページを開く。先月急落したとある銀行と商社の株それぞれを四日前にほぼ底値で大量に買い、直後に出した指し値での売り注文が、今日の午前中で二つとも約定（やくじょう）していた。

たった四日間にわたる売り買いの取引で、Kの総資産は約一・三倍になった。短期間で暴利をむさぼるその手腕は、まさに〝東証の狼〟。Kは自分のことをそういうふうに思ったし、人々からもそう呼ばれているような気がした。

気をよくしたKは、これだけ稼いだのだから少しは消費しようと、以前から気になっていた国産の高級腕時計を通販サイトで試着もせずに買った。愛国心が強くて仕方ない大柄な現首相が使っているのと同じモデルだ。ただ物欲を満たしただけなのに自分が成功者としてさらなる飛躍をとげたかのように感じたKは、欲しい車でもないかと各自動車メーカーや中古車業者のホームページを見て回る。トヨタのセンチュリーと、日産のプレジデントを欲しいと思った。大きくて漆黒（しっこく）の車体のこれらに乗ったら、まるで社長じゃないか。

形式だけでなく、中身も大事だ。成功者グセをつけようと、日本経済新聞社から刊行されている、様々な企業の社長たちの成功譚が載っているインタビュー本をインターネット通販で数冊買った。試し読みをする時間がもったいない。忙しい成功者にとって、時間は貴重だ。成功者が以前より時間を大事に扱うようになったとき、成功者としての勢いはグンと増してしまうだろうとKは感じた。

スケジュール調整や請求書作成、出演するテレビ番組からの事前アンケートへの回答といった事務作業もすべて終わらせると、直している最中の原稿に向き合ったKだったが、すぐには切り替えができなかった。新しい小説を書き出すのであればこの忙しい時期にでもできるが、すでに一度書き上げた小説の直し作業は、そうもいかない。どこかに問題があるから直す必要があるということなので、どこに問題があるのか、どう直せばいいのか、深い思索が必要になってくる。興奮した状態からくる勢いで書けてしまう側面もある、第一稿の執筆とは、まるでわけが違う。その物語世界に入り込んで思索する必要があるため、一日のうちの数時間や、一週間のうちにたまたま空いた丸一日等の隙間時間では、なかなかこなせない。

どうせあと一ヶ月くらい経てばテレビ等の仕事依頼もなくなるから、中途半端に小説の仕事をこなそうとして時間を無駄にするより、むこう一ヶ月間くらいは、空いている時間には気晴らしで遊んだほうがいいのか。Kは、誰かと遊ぶことを考えた。

すぐにセックスが頭をよぎったが、セックスなら外での仕事終わりにでもできるし、むしろそれくらいがちょうどいい。セックスなんていつでもできると、最近のKはとらえるようになっていた。きっかけは、高部清美だろうか。ファンである彼女とする前は、ファンレターやファンを警戒しきっていたが、それも馬鹿らしい心配だった。一人としてみると、誰としても大丈夫なのだということに気づけたし、誰に連絡してもいけそうな気がしてきた。Kは先日、友人に誘われて行ったクラブで、「あー、テレビに出てる作家の人でしょ」と言ってきた埼玉のミーハーな女から逆ナンパされ、タクシーで自宅に連れ帰り性交をしている。セックス以外の遊びがしたいとKは思った。好恵と遊ぶか。彼女はいつも週末、遅くまで寝る。翌日の夕方頃に起きて二人で出かけ、買い物や食事に行ったりした。久しぶりに、もっと違うことがしたい。かといってKは、帽子とマスクで変装し人混みに行くのも嫌だった。旅行ほど面倒くさくなく、サクッと非日常的な世界に身を浸せる遊びはないものか。

ＯＡチェアから立ち上がり、東向きの小窓を眺める。目のピント調節機能をストレッチさせるように、三連の三角屋根の高層ビルを見る。ここに引っ越してから、毎日眺め続けている。それが新宿パークタワーだということは、最近知った。

Kの頭に、アイディアが浮かんだ。都心の高級ホテルで食事したり、泊まったりするのはいいかもしれない。帽子やマスクをしなくても、収入が低く育ちも悪い人たちからジロジロと見られたりするストレスとは無縁だろう。Kは早速インターネットでホテルを調べた。眺望のいいレストランでの食事も、一人三万円出せば可能だ。

〈今日、西新宿のパークハイアットで食事しようよ！〉

打ち込んだメッセージを、好恵に送信する。宿泊の空き室を調べると、結構空いているようだった。いくら金曜の夜で、外国人観光客の増加で東京や大阪のホテルが不足気味だといっても、高価格帯のホテルの部屋はそう簡単に埋まらないらしい。バーで酒でも飲んで、好恵と泊まりたくなったら、フロントで当日宿泊の値引き交渉をすればいい。その知恵はKが以前、テレビ番組の収録で一緒になった売れっ子お笑い芸人の男性から、休憩時間中に教えてもらった。

ホテルの五二階に位置するレストランは、幸運にも窓側の席がとれた。午後八時半過ぎに、Kは会社帰りの好恵と合流できた。

新宿一帯や他の街のランドマーク的建物も見下ろせる、二人の間で普段なかなかない景観とともに食事をしているからか、好恵の愚痴はいつもよりだいぶ少なめだった。静かに食事の感想を述べたり、窓の外を眺めては、どこどこの明かりが消えたねと話したりした。

Kは、反省した。多大なる成功をおさめる前は、金がなかったから、いつも好恵には金のかからない遊びにばかりつきあってもらっていた。多大なる成功をおさめ金が入ってきても、忙しいし人混みが嫌だからと、あまり出かけなかった。二四平米で天井も低い1Kのあの賃貸マンションや、同じように狭い好恵のマンションでだらだらと過ごし、たまに混んでいる店で食事するばかりでは、気詰まりになり、愚痴も多くなるだろう。

自分が広い部屋に住むという、ただ物理的な要素を変えるだけで、好恵との関係も少し変わるかもしれない。それに気づけたぶん、ここへ来てよかったとKは思った。

コースの食事を終えた後、ジャズバンドの演奏をもっと楽しめるよう、バースペースへ席を移してもらう。さっきまではジャズバンドの生演奏の音を心地よい豪華なBGM程度に感じていたが、いざ近づいてみると、レコードではなく生演奏だけあって、静かに会話をするには不向きなほど音が大きいことに気づいた。しかし、自己の奥深くで何か色々なことを自問自答しているかのような好恵の目の表情を見たKは、話しづらいこの空間もまた良いと感じた。今まで二人の間でなかった種類の時間が、流れている。

生演奏の曲が終わり拍手が一段落したところで、好恵が口を開いた。

「先週の金曜日、ナカスにいたでしょう」

「いや……？」

そう答えながら、不穏な響きに感じられた「ナカス」が中洲であることにKは遅れて気づいた。

好恵は、自分が言ったことは確かで自信があるという、ゆるぎない目をしている。まぶたの切れめだけではなく、眼球ごと大きな目でまばたきもせず言われ、Kは慌てた。

「ああ、北九州で収録があった日か、そうだった。たしか、仕事終わりに密着のスタッフさんたちと、インタビューがてら飲みに行ったけど……」

「女の人と一緒に、ホテルに入ったんでしょ」

Kは、今この瞬間に生演奏が始まってくれと思った。

テレビの仕事終わりに、プリクラ入りの手紙を送ってくれたファンと軽く食事しラブホテルに泊まったことを、好恵がなぜ知っているのだ。

携帯電話でのメールのやりとりを、見られでもしたか――。

「いや、なにをもって……」

「ネットに目撃談あったよ。黒い帽子にネイビーのシャツ、チノパンを着てたってさ。まだその格好で、テレビには出てないよね」

当日、Kは好恵が言ったとおりの格好を自分がしていたように思う。だからこそ、わけがわからない。マスクをしていなかったとはいえ、帽子をかぶり、テレビ出演時とはテイストの異なる服装で変装していたのに、どうして自分が何者であるかが、バレてしまったのだ。

「最近、香水の匂いがすごいときもあったし」

好恵の口調は冷静だ。目撃談なり、香水の匂いとやらに気づいてすぐ彼氏へ問いただしはせず、切りだす機をうかがっていたのだ。試されている。だから今この瞬間、Kはうまくたち振る舞わなければならないと自覚するが、必死さに反し顔が馬鹿みたいに窓の外へ向いてしまう。食事をしていたときより明かりが少なくなっている都心の夜景が機械の基板に見え、自分がそれらの回路の一部にでもなりフリーズしたかのような心地がした。

「今までそれとなく間接的に問いただしたときも、ちゃんと返事をもらったことはなかったけどさ。私と結婚する気、ある？」

好恵の顔を見たKだったが、ある、とは言えなかった。

直後、この場ではとりあえず「考えてはいるよ」とでも口にしておけばいいとも思うが、不思議と口が動かない。弁解の機を逃したKは瞬時に、理解した。

終わった。終わってしまった。

「つきあっているとき、それなりに楽しかったよ。だから全然、嫌いとかにはなっていないから」

ついさっきまで夜景を眺めながら楽しい食事や飲酒をしていたというのに、いきなり、二人の恋愛は過去のこととされた。その後も好恵の口から、戦争の事後処理みたいな会話へと誘導され、Kも流されるまま、「ああ」とか「うう」とかうなずいていた。

またバンドの生演奏が始まり会話がしにくくなったこともあり、好恵が立ち上がり去ろうとすると、Kも支払いを済ませあとを追いかけた。数分間頭がはたらいていなかったがようやく、エレベーターホールでいくらか冷静になった。

こんなのはおかしい。とり返しのつかないことが、ドッキリみたいに、こんなに容易に起きるのだとは認めたくない。

「待ってよ。まだ、別れたくない」

「切りだされたばかりで、考えがまとまってないんでしょう。冷静になったら、こうするしかないと思えてくるよ」

「そんなことない」

「頭冷まして……。とりあえず私、今日は帰るね」

苦笑まじりになだめられ、Kは次第に怒りすら感じた。

「……じゃあ、駅まで送らせて」

駅まで歩く間に、関係性の再建の話をする猶予があるかと思ったKだったが、下に降りてすぐ、好恵はロータリーで待機していたタクシーに歩み寄った。Kが財布から一万円札を出すと、好恵は「いいよ」と断った。

「俺が誘ったんだし、受け取ってよ」

「ありがとう。じゃあ、もらっておく」

タクシーの後部座席に座った好恵は、窓も下げず、「じゃあ」というふうに口を動かしKへ向け軽く手を振る。Kも同じように返しているうち、タクシーは右折し、見えなくなった。

西新宿の街で一人になった途端、Kはとてつもなく不安な気持ちにおそわれた。

このあと、狭く天井も低い1Kの賃貸部屋に帰るのが、怖くて仕方ない。かといって、出てきたばかりのホテルに一人で泊まる気もしない。今からでもタクシーで追いかけて好恵の住むマンションに行けばいいのか。だが、それも違う気がする。直接的な距離を今すぐ詰めたり、一方的な熱意を見せたからといって、なにかが解決するわけじゃない。好恵は大人の女性だからだ。大人の女性から別れを切りだされたら、それはもう修復困難で、絶望的だ。

Ｋはホテルから離れ都庁の周辺といったあたりをでたらめにしばらくさまよい歩き、やがて人気のない新宿中央公園に入った。すると信じられないほどの寒さに今さら気づく。一一月の夜なのだから、当たり前か。電灯の明かりも木々にさえぎられる、薄暗い遊歩道を歩いているうち、視界が滲みだす。自分が泣こうとしていることにＫは気づいた。自分が泣くことを認めてしまえば好恵との別れが確定してしまうようで必死にこらえたが、駄目だった。涙は頰を伝わり、アレルギー反応でも起こしたかのように喉がひきつり口内に得体の知れない液体があふれだし、呼吸もおかしくなった。変になった喉に呼気が擦過し、嗚咽になる。

俺は嗚咽まじりで泣いている。そのことをどこか他人事のようにとらえながらＫは、自分が好恵と本当に別れたくなかったのだと知った。

間違いを、おかしてしまった。勘違いしそうになるが、浮気がバレたから別れられたのではない。彼女はそこを、いったん許容する懐の広さを見せてくれた。売れない貧乏作家が急にモテだし、浮かれて他の女からの誘いにも乗ってしまった、くらいに思ってくれたのだろう。浮気がバレたからではなく、結婚の意思が薄いことがバレたから、見切りをつけられたのだ。ここ数ヶ月間でめまぐるしく経験した、数々の女性たちとの性交の情景がKの頭をよぎる。結婚する、とは、少なくとも法的にはそれらを未来永劫放棄することだ。今すぐ結婚したいとは本当に思えない。数年後に結婚したいと思うことはあるかもしれない。ただ、好恵は今すぐ結婚したいらしい。今すぐ結婚しないで好恵とつきあい続ける道はどこかにないものか……。

公園を出て南に歩き甲州街道へ出ると、Kは歩行者専用道路を西のほうへと歩きだした。オレンジ色や白色の街灯に照らされた片側四車線の大きな道路を、自動車がロードノイズとともにほぼ途切れることなく過ぎ去ってゆく。高架になっている中央高速道路からの轟音も重なるうるさい道の光景には、既視感があった。Kは大学時代を思いだす。ちょうど一〇年前の二〇歳頃、通っていた大学のあった明大前や京王線沿線の駅近辺の飲み屋で終電もない遅い時間帯に女を口説こうとして失敗したり、失恋したりしては、埼玉の実家までタクシーで帰る金もなかったため、新宿方面へとひたすら甲州街道を歩き、サザンテラスを中心に新宿の街をぶらぶら歩き、始発電車を待っていた。まさか、三〇歳になり成功もおさめた自分が、あの頃と同じようなみじめな歩き方をするとは、Kは思わなかった。

紗友子の膣内でコンドームに射精したKは、ペニスをすぐに抜きシャワーを浴びに行った。最初から勢いのある熱いシャワーでコンドームの中まで洗浄し、水と混じり合わないぬめった白い精液を排水口に一滴残らず流す。警戒してはいるものの、不思議と、紗友子たちミーハーな女性たちと性交しても、精子が卵子に到達しないような気もしていた。テレビ局で口にする食物にカロリーがないように思えるのと一緒だ。

週末東京で友人と遊ぶ約束があるという紗友子が、ここ茅場町のホテルをとってくれた。自分名義で予約しなくていいことに感謝しながら、Kはテレビ局での仕事終わりにタクシーで直行した。明日の仕事用の衣装や替えの衣装も、持ってきている。

Kはセックスを始める前、つきあっていた彼女と別れた、と告げていた。それを聞いても紗友子は、じゃあ私とつきあってほしい、とは言ってこなかった。失恋の痛みを埋めたいKだったが、不思議と紗友子とつきあいたいとは思わなかった。セックスしたいとだけ、思った。

Kは好恵と別れた当日の夜から、新たなファンレターに書かれていた連絡先へ連絡し、新しい人二人と性交をしていた。高部清美や坂本加奈代、他、今までヤってきた女性たち等も含め、毎日のように誰かしらとヤっていた。そうしないと怖くて仕方がないと思ういっぽう、Kは、失恋してもすぐに別の道が用意されていることに、少し気味悪さを感じていた。女性関係だけでなく、試写会やちょっとした飲食店や遊び場等、どこに行ってもＶＩＰ待遇をされることも含めてだ。傷心で感じやすくなっているのか、それらの優しさにも過敏になり、自分がおかれた状況を懐疑的に見てしまうときがたまにあった。買った株銘柄の価格が、さしたる理由もなく上がり続けているときの不気味さに似ている。実績をともなわず、思惑買いでどんどん買われ続けている。皆、雰囲気で行動しすぎだとKは思った。

ベッドへ戻ると、紗友子がヘッドボードに背を預けながらテレビを見ていた。土曜夜のバラエティ番組だった。どこかで聞いたことのある声だな、と思ったKはすぐに、テレビに出ているときの自分の声だと気づいた。画面を見ると、K自身が映っていた。

「トイレのエピソード、さっき話していましたよ。おもしろかったです」

たくしあげた掛け布団で胸まで隠した紗友子が、笑いながら言う。Kもテレビ画面へ目を向けたが、自分の顔が声やテロップと一緒に映ったところですぐそむけた。

「自分で見るの、嫌なんですか」

「うち、テレビないから。見慣れてない」

テレビの中でのK自身の発言や、それをくみとった他の出演者たちとのやりとりに、紗友子はなおも笑っている。

Kには、出演者でもないのに笑えるその感覚がまるでわからない。今流れているバラエティ番組をKも我慢して見ていると、笑える瞬間はあった。ただ、共演した出演者たちによるスタジオでの生の雰囲気を思いだして笑っただけだ。

自分が出ていない番組でも、共演したことのある出演者たちがなにかやっている番組は、実際の現場を想像することで、笑えた。だが、共演の記憶や想像力なしに、テレビ番組として映るものだけ見ても、全然笑えなかった。

「あんなにイジられるなんて。Kさん、怒らなかったんですか？」

「怒らないよ。テレビのスキルなんかなにももっていないんだから、積極的にイジられにいかないと」

「でも、本を読まないタイプの視聴者たちが、Kさんのことを街でイジってきそうで、なんか嫌ですよ」

　紗友子の言うとおりで、テレビの世界でイジられているから、面識のない自分たちも街でKを見たらイジっていいと一般人たちに思われているのを、Kは実感している。心の底から馬鹿にしても、なんなら実際に会って目の前であざ笑いながらカメラで撮影してもかまいやしないくらいに、思われている。

「テレビ収録の場ではどんなにイジられても平気だけど、たしかに、現実の日常でたまに素人からイジられると、我慢ならないな。俺にとっては、対面のコミュニケーションがすべてだから」

「対面？」

「たとえば、テレビ収録の現場で、共演者たちには嫌われたくない、礼節をもって接したいと思ってるけど、カメラとテレビの向こうにいる大勢の視聴者たちには、どう思われてもかまわないと思ってる」

「へえ……すごい現実主義者なんですね、尊敬します」

紗友子に言われると、違和感があった。彼女との関係性が、テレビ収録に近い雰囲気だからだろうか。

「でも、テレビのイメージをあてはめられるのは、悪いことばかりではないよ。イジられるのと同じくらい、モテるようになるから」

イジっていい人認定と、モテる人認定のバイアスのかかりかたは、とてもよく似ている。世間でもてはやされている人間のことを、実際に会ってもさぞ魅力的な人間なのだろうと人々は思ってしまう。所詮、人間の内面は空なのだとKは最近知るようになった。

もちろん、自分自身も内面が空の人間だと自覚している。たとえば芥川賞を受賞しても、しばらく喜びは感じにくかった。狭い業界でしぶとく生き残った末の受賞だったから、ようやくひっかかった、というのが端的な感想だった。ただ、好恵や女友だちや女性作家や母親等女の親戚たちが浮かれて大喜びしてくれるから、それを見たKも喜び、少し浮かれ気分を味わうことができた。

男の友人たちの多くは、Kに祝いの言葉を贈りながらも、ただの友だちだけど？というような素っ気ないスタンスを保った。K自身も含め、男は浮かれたところを見せたがらない。浮かれていないぞ、というポーズをする。だからこそ、女性たちがおそらく実際に感じている以上に大げさな浮かれの振る舞いをするのは、不可解だった。

彼女たちには、自分が浮かれたら相手も浮かれる、という真実が見えているのかもしれない。人生を有利にするうえで培った浮かれのスキームを、誰に対しても使っているのか。浮かれを見せてくれる多くの女性たちが誰にでも使っているそれを、自分にだけ使ったと、今の俺は勘違いしているのか。Kにはわからない。考えたくないような気もした。

横にいる紗友子には、Kとつきあいたいという意思はないらしい。Kの目の前で浮かれてみせて、どのような気持ちになってほしくて、どのように関わりたいのか。それが全然見えない。

二回目のセックスをし、アラームをいくつもセットしたKは、カーテンを閉めすべての明かりを消してから、ようやくツインベッドの片方で眠りについた。途中午前三時頃に目を覚まし、ほとんど前戯もしないまま三回目のセックスをしてそのまま紗友子のベッドで寝た。翌朝、七時にアラームで起こされても、部屋の中が暗く朝だという実感がKにはなかった。カーテンを開けていればもう少し日光で自然に目を覚ませたかもしれないが、暗闇の中で起こされたから眠気がひどい。しかしカメラで寝顔を撮られないための用心だから、仕方ない。ふと、いつもと違う寝床で迎えた朝の違和感から、出演依頼を承諾したドッキリ企画を疑った。ただ、何度も思い直しているように、紗友子とは今回も性交をしたのだからそれはない。ところで、あの企画はどうなったのだろう。いつ始まるのだろうか。

遮光カーテンを半分開けると、レースのカーテン越しに強烈な光が降り注いだ。これから、昼の生放送番組に出演するため、九時半に赤坂へ行く。まだ時間はあった。自分の性欲を考慮しての七時半の起床だった。朝勃ちしたペニスでナイトウェアの下部にテントを張りながら、遅れて目を覚ました紗友子のベッドへ腰掛ける。

「おはよう」

「おはよう」

「Kさんちゃんと眠れた？」

つい数時間前まで敬語でしゃべってきた女性が、急にタメ口を多く使う。一夜にして脱皮でもしたかのような感覚と、妙な現実味に、Kは少し警戒心を覚えた。相変わらず苗字さえ訊いていないことを思いだすが、どうでもいいように感じられる。

会話をしながらお互いの身体を触ったりしているうち、性交が始まった。人工的な明かりではなく、朝日による自然な明かりに照らされた紗友子の身体に、Kは視覚的にものすごく興奮させられる。体位を二度変え、また正常位に戻ったとき、びっくりしたように見開かれた紗友子の両目からは涙が流れていた。パンケーキの上に丸盛りのチャーハンがのったようなとても大きな乳房を両手で覆いながら腰を動かすと、紗友子は異様に大きなあえぎ声を発した。演技にしては度が過ぎているその大声に、思わずKのペニスは少し萎えたが、頭の中が白くなるほどの無酸素運動で激しく突くことで勃起を維持し、揺れる二段式おっぱいを鷲摑(わしづか)みしますます大きくなる紗友子の声を聞きながら射精した。

先にシャワーを浴びたKは、紗友子がシャワーを浴びている音を耳にしながら、窓辺に置いたスツールに座り茅場町の街並みを見下ろす。東京に住んでいながら、東京駅の近くに泊まることなんて今までの人生でなかったなとKは思った。電車でもっと数駅ぶん離れれば、同グレードでもっと価格の安いホテルなど見つかるというのが関東人の感覚としてはあるが、それはむこうからしても同じなのだろうとKは思う。自身も、大阪へ行けば大阪駅や新大阪駅付近のホテルばかり利用している。ここ数ヶ月間で、よく知らない土地で迷いたくないという、余所からやって来た人たちの地理感覚というか帰巣本能のようなものがわかるようになった。

それに比するように、Kの中で、未知のものに対する脅えのようなものが消えてゆき、見える世界がどんどんフラットになっていった。昨夜紗友子がKの出演している番組を見ているときも感じたが、以前よりは、自分がテレビに出続けてしまっていることへの抵抗感が減っている。一〇日に一度ほどは、晒されてしまった情報は元には戻せないのだという恐怖におそわれる夜が必ずといっていいほど訪れていたが、ここしばらくそれもない。遡ってみれば、好恵と別れた日、パークハイアットへ行った日の前日の夜以来、そういう脅えを感じなくなった。どうしてなのだろうとKは思った。

ひとついえることは、テレビでなにか自分にとって不本意な情報を晒されてしまっても、好恵にバレる心配をしなくて済むようになった。別れる少し前から、好恵にすべてを見透かされているような気がしてならなかったものだ。別れて以降、守るべき日常生活が、軽くなった。好恵と別れたから、色々なものがフラットに見えだし恐怖感がなくなったのかと、Ｋはなんとなく思った。

身支度を整えた紗友子と部屋を出る前に、Ｋはマスクと帽子をかぶり、鏡で己の姿を確認した。絶対に成功者Ｋだとはバレないと確信をもてたところで、ドアを開ける。エントランスへ下りるエレベーターの中で、Ｋは紗友子に宿泊代を渡した。

「ありがとう」

一緒にホテルを出てすぐに別れた際、紗友子はそう口にした。

タクシーに乗りテレビ局に入ると、Ｋの控え室の前に、密着番組のスタッフたちがいた。

「おはようございます」

ディレクターから挨拶され、Ｋも同じように返す。

「Ｋさん、すごく眠そうですが。昨夜は？」

「朝まで、原稿直してました」

「そうですか。とんでもなく眠そうな顔されてますよ。これから生放送ですけど、大丈夫ですか」

控え室に入ってすぐ、鏡で顔をたしかめると、目が真っ赤だった。本業の小説執筆と副業のテレビ出演といった仕事をこなすのは忙しいが、それだけでは目を充血させるほどの寝不足にはならない。家での仕事に集中できなければ、さっさと眠ってしまうからだ。だから、Kが眠そうな顔をしているときはたいてい、誰かとセックスした翌朝だ。

これから出演するバラエティ番組のプロデューサーとの軽い打ち合わせが終わった後、Kは畳の部屋で折り曲げた座布団を枕にし、密着番組のカメラから顔を隠すように壁を向いて寝転がった。

「すみませんが、一分経ったら、出ていってください」

「わかりました」

カメラが回っていることも忘れ意識が途切れかけたとき、床に伝わる足音でKは目を覚ました。時計を見ると、五分以上は経っている。

「ちょっと、いい加減にしてくださいよっ！」

「すみません、すみませんでした」

Kが半ば怒鳴るほどの声で文句を言うとディレクターが謝り、カメラマンと音声スタッフの三人とも部屋から出ていった。プライベートな一面も必要だろうとちょっとサービスすると、カメラでどこまででも侵犯してくる。俺は失恋で傷ついているというのに。苛つくKだったが、普段怒鳴ることがない自分が怒鳴ったことに、わずかながらも快楽を感じていた。怒鳴ってなにかを動かすという行いには、どうやら快楽がつきまとうらしい。だからKは心の中ですぐに密着番組のスタッフたちを許した。それに、彼らには好恵のことは隠していたから、失恋のことも知りやしないのだと思い直す。

否、本当にそうだろうか。

寝ている最中、意識の奥深くで急にそう思ったKは、目を覚ました。

密着番組の取材が入ると、毎日一度は「モテるんじゃないですか？」と女関係のことを訊かれる。大阪でのサイン会の日に〝インスピレーションを得るため街をぶらぶらしていた〟件についても、後日、やけにしつこく訊いてきた。まるでなにか、他の事実の断片をつかんでいるとでもいうかのごとく。北九州でテレビ収録があった日もついてきて、Kは本番終了後に密着番組スタッフたちをまくのに苦労したが、中洲で女と会う前に、ちゃんとまききることができていたのだろうか。

そう考えると、いくらネット社会とはいえ、中洲での目撃情報を好恵がやけに詳細に知っていたことも不自然に思えてきた。Kの交友関係を伝い裏で色々探ってもいるらしいあの人たちが、彼女に伝えてみたとも考えられないか？　密着番組のスタッフたちが裏で見てきたものを、好恵も見ていたら……。だから二者間に、なぜだか同質の視線を感じるのかもしれない。好恵に関してはもう終わってしまったことだから仕方がないが、相変わらずつきまとってくる密着番組のスタッフたちは、自分の膨大な個人情報をもっている。ノンフィクション番組でありながら、カメラが向けられていない、自分の日常までズケズケと侵食されていた。Kは途端に、怯(おび)えを感じた。多少の演出をともなったノンフィクション番組が、ノンフィクションである俺の実人生に介入しようとしているのか。観察者だったはずのカメラによって自分の実人生に変化をもたらされるかもしれない事態に、俺は黙ったままでいいのだろうか。

生放送が終わり、次の仕事場である大学の講演会会場へ向かうべく、密着スタッフたちと乗ったタクシーが局の敷地を出ようとした際、紙袋を持った女性が近寄ってきた。Kの出待ちだった。窓を開けタクシーの中から話を聞くと、熊本から今朝飛行機で来たとのことだった。

いくら生放送でこの局に必ず出入りすることがわかるとはいえ、会える確証などないのに遠方から金と時間もかけやって来る人たちのエネルギーがKには不可解だったし、同時に他人事のように尊敬した。この人たちのように、少ない可能性にエネルギーを注ぐことをいとわなくなれば、自分の人生をもっと大きく変えられる気がする。

ふと気づくと、もらったばかりの紙袋に、カメラのレンズが向けられていた。Kは思わず両腕を置き、紙袋を隠そうとした。

テレビの仕事が夕方からある日の午前中、Kは自宅で事務作業をこなしていた。ブログ運営会社から頼まれ開設準備の進んでいた公式ブログが正式に開設されたので、挨拶の言葉を書いて投稿してみる。書いた分だけの原稿料でなく、ページビューとアクセス数に比例した広告料の入る仕組みは、一二年間の小説家人生で初めての経験で不思議な感じがした。なまじ活字を扱っているだけに、違う仕事をしている違和感はテレビや講演会より大きかった。ブログを盛り上げるために運営会社から、開設記念のインタビューを依頼された。ギャランティは明記されていなかったが、テレビ局の控え室で一時間程度で済ませられるならこの値段で受けてもいいとKが細かい条件と金額を提示すると、あっさり通った。

それ以外にも連続して、Kはギャラ交渉を続けた。芥川賞受賞後の仕事依頼の窓口になってくれている文藝春秋社内からも最近はさすがに呆れられているようで、Kは仕事依頼メールのほとんどをそのまま転送してもらい、先方と直接やりとりするようになっている。あまり手間は増えなかった。出版社経由でワンクッション挟むより、ダイレクトにKの要望が伝わった。メールの挨拶の文面はほとんど無視し、スケジュール帳をにらみながら、条件のすりあわせを行ってゆく。

テレビの年末年始特番に、講演会、PR会社によるイベント、広告——。なんだかわからないがKに数十万円単位の大金を払ってくれる人たちが、たくさんいた。

払ってくれる相手からしたら、今の自分にはそれだけの価値があるのだろう、とKには思えてくる。自分に支払われるお金のぶんだけ人生が前に進んでいるようで、その劇薬のごとき感覚がなければ、好恵を失ってしまった暗さにのみこまれてしまいそうで怖かった。

一一月半ばの現時点で引き受けると確定した年内の案件に関し、Kはギャランティの合計金額を電卓で計算してみた。本業の収入をのぞいて、数百万円入ってくる。芥川賞をとる前の数年間で最も所得の高かった年の年収以上の額を、一ヶ月半以内に稼げてしまうんだなと思った。

収入に比した出費があるかとKが頭をめぐらせても、そんなものは特になかった。高い装飾品や高級外車に興味はなく、ソープへ行かなくても性交なら間に合っている。せいぜい、もっと広いところへ引っ越したいくらいだが、芸能人が住むような家賃四〇、五〇万円もする高級賃貸マンションに住みたいとも思わない。

じゃあ金を稼ぎ貯めることへのこのこだわりはなんなのだろうか。ギャラ交渉そのものが己へ高揚感をもたらしてはいるが、それだけではないともKは感じる。言い表すならば、なにかを先送りにしたり、置き換えたりしているような実感があった。お金があれば、物を買えるし人も動かせるのかもしれない。今の熱狂的で一時的な人気をお金に置き換え、自分がこの先長い人生でなにかをやれる可能性を、担保しているのか。

一二時半過ぎに、携帯電話が鳴った。電話着信で、Kと同じ大学一貫校に中学から通っていた、友人カズマからだった。会社の昼休みにかけてきたのだろう。

——前嶋氏とこの前会って話したんだけど……。

どうやら密着番組のディレクターが、カズマに接触したらしかった。同番組を放送する系列局の別番組で、Kの昔を知る人たちということで友人数人の連絡先リストを渡してあったため、それを手がかりに連絡をとったようだった。薄気味の悪い、用心すべき人たちだ。カズマはディレクターからそれとなくKへの口止めを頼まれたらしいが、こうしてKに電話で話している。

「それで、どうしたって?」

——今度、昔からのご友人たちと飲み会をするプライベートの画がほしいから、飲み会を開いてって頼まれた。

「なるほど」

——飲み会の費用はあっちがもってくれるんだって。申し訳ない気もするけど。

「いいんだよ、他にタレントが出るわけでもないから、予算はたっぷり余ってるはずだよ。俺がもらうギャラも安いし。好き勝手飲もうぜ」

——なるほど。そういえば、先方から指定された新宿三丁目の店を調べたら……。番組スポンサーであるビール会社の特約店だったらしい。スポンサーのロゴの入ったビールジョッキを手に、男たちで和気あいあいに羽目を外す画を撮りたいのだろう。

「手間かけて悪い」

——いいよ、面白そうだし。それにしても、前嶋氏、相当困っている様子だった。

「なんで?」

——いくらカメラを向け続けても、Kさんの本当の顔が見えない、って。

「……本当の顔？」

――そう。どこか、心ここにあらずというか、役回りとしてやっているような感じがする、とか言ってた。パーソナルな部分が全然見えてこないから、困ってるらしいよ。

Kにはわけがわからなかった。編集者との打ち合わせ時に見せる不満げな顔や、電話でギャラ交渉する顔や、控え室での寝顔まで、〝本当の顔〟などとっくにさらしまくっているというのに。

たしかに女関係はKの側からは全部隠しているから、あの番組の物語の中では、たとえば好恵なんかは存在しない人間になる。だが、それは俳優とか他の密着取材対象者たちも同じだろう。それに女関係の折にだけ見せる顔が本当の顔というわけでもない。本当の顔ではなく、数ある顔の一部に過ぎない。

――ただ、前嶋氏があぁ言っていた理由も、少しわかる気がする。俺が知り合いだということをさしひいて、たまにテレビで見てても、おまえ、テレビに出る医者や弁護士とか、他の文化人とはちょっと違うもんな。なぜだか、出たがりという感じがあまりない。出たがりというより、どうでもいいと思いながら出ている、そんな感じだ。

「なに言ってる、俺は普通の、ただの出たがりのお調子者だよ」

密着番組のスタッフたちは、自分のどんな顔をもってして、本当の顔としたいのか。Kにはそれがわからない。先方の求める〝本当の顔〟がなんであるかに自分が早く気づかないと、密着撮影は終わらず延々と続くような気さえした。

——まあ、向こうが本当の顔じゃないと疑うのも無理はないだろう。だってあの人たちは、芥川賞をとった後のKにしか会っていないんだから。それに、色々な人たちへの密着取材をしてきた人たちなんだから、あっちの言うことのほうが正しいってこともあるかもしれないよ。

Kは最近、人づてに聞いた自分の評判を思いだす。自分より数歳年上だが小説家デビューは遅い男性作家から「最近Kくんの当たりが強くなった」と言われ、しばらく会っていなかった女性編集者からは「最近Kさんが変わった」と言われているらしい。カトチエからは「笑わなくなった」と直接言われた。陰口というほどではないが、皆一様に、芥川賞を受賞しテレビ出演とあわせ成功をおさめたKに対し、〝成功して変わってしまったK〟という安易なレッテルを貼っているようだった。

自分が変にモテている現象と同じだとKは思う。皆、各々が勝手に抱いたイメージありきで、見てくる。自分は昔から先輩作家以外へは当たりが強く、必要もないときに笑いはしなかったように思うし、編集者にも率直に意見をぶつけていたとKはとらえている。密着番組の人たちが非効率的なことまでして追い求めている〝本当の顔〟とやらは、まず彼らのほうが、勝手な思い込みを捨てなければ見つけることもできないだろう。

電話を終えたKは、不快感につつまれていた。ノンフィクションの密着番組のスタッフたちが、枠の外に出て、こちらの現実へ侵食してきている。秘密裏に友人と接触したり、これでまた、なにかが変わってしまうかもしれない。テレビの中でそうされるのはかまわないが、日常に手を加えられるのは、まっぴらごめんだ。

Kがしばらく小説の直しに取り組んでいると、宅配便が届いた。文藝春秋からの小包で、厚紙の大きなレターパックの中に、色とりどりの封書が九通入っている。すべて、ファンレターのようだった。

差出人の名前は、全員女性だ。開封し、便箋（びんせん）や字体の雰囲気からして、あまり女っぽさを感じさせないものから読んでゆく。明らかに熱の入ったファンレターだとわかるものは後にまわした。純粋な読者からの手紙は、八六歳の女性が万年筆でしたためた手紙と、一六歳の山口県の女子高校生が書いたものだけだった。その二通をのぞき、残り七通には、住所以外のなんらかの連絡先が記されてあった。

本を読んでくれて、その感想文を書いて送ってくれるのは、小説家として嬉しいことに間違いない。中には、本を読んでくれたのかどうかは怪しいものもあったが。だからこそ、書き手である彼女たちの情報や連絡先を書き記し、Kと連絡をとるのを本望とする、ファンレターとしての客観性のなさがKには気になった。

Kが高校時代に小説家デビューした当時は、まだプリクラ文化が残っていたため、送られてくるファンレターにはかなりの確率でプリクラが入っており、送り手がどんな顔をしているかがわかった。だがここ数ヶ月間でかなりもらうようになったファンレターには、編集されまくったプリクラの一枚でも封入されているケースは稀で、電話番号だけとか、メールアドレス、SNSのIDが文字で書かれているだけの場合がほとんどだった。ひょっとしたらSNSのIDをたどってゆけば顔写真でも載っているのかもしれないが、相手がスマートフォンを使っていないだとか、ID検索ができない可能性を考えないのか。事実、Kの携帯電話ではSIMカードの関係でかID検索が利用できない。だから、SNSのIDしか書かれていないファンレターの送り主には、どうやったって携帯電話で連絡はとれなかった。

テレビ局に移動するため、Kは残りのファンレターをバッグに入れ、家を出る。電車に乗り座ると、再び読み始めた。

以前サイン会で挨拶させていただいた者です、という手紙の送り主からは、交際してくださいと記されてあったが、成功者Kにはその人の顔がわからない。顔もわからない相手と、もしくは一度会ったくらいで顔はほとんど覚えていない相手と男女の仲として会いたいとは特に思わないと、想像できないのだろうか。その点、成功者Kが次に手にとった、女子大学生がくれたファンレターは、他と違った。

〈一度だけでもいいので、私とセックスをしてください！〉

封筒に入れられた、たった一枚のA4判の上質な紙の目立つところに、そう記されていた。思わず、周りの乗客に見られないよう気にする。左上には、リクルートスーツ姿の証明写真が貼られている。マジックで大きく書かれた〈一度だけでもいいので、私とセックスをしてください！〉の下には、成功者Ｋに惚れた理由と、自分は口が堅いから安心だという旨が、シンプルにまとめて書かれていた。まるでエントリーシートのようなファンレターだった。就職活動を終えたばかりなのだろう。企業への志望理由や自己ＰＲを書くかのように、成功者Ｋへの熱意や自分とセックスするメリットが記されている。手紙の他にも、Ｌ判の全身写真とバストアップ写真が各一枚ずつ入っていた。

すべての情報が、開示されている。なにより、〈私とセックスをしてください！〉という端的なアピールが明瞭で、成功者Ｋはその潔さに感動した。最近の成功者Ｋだったらギリギリ手をだすかどうか迷うくらいの外見だったが、手紙を読み終え呆然としている自分のペニスが死ぬほど硬く勃起し心臓の鼓動も跳ね上がっていたことから、彼女とセックスすることを決めた。

自分のことを好いてくれている異性から、セックスしてくださいと頼まれたから、セックスする。需要と供給がつりあい、人間関係における保身や牽制（けんせい）といったノイズもない、なんとシンプルで迷いのない世界なんだと成功者Ｋは思った。少し悟りを開けたようで、なんだか煩悩から遠ざかった気がした。向こうがセックスをしたがっていて、自分も写真や文章を見てセックスをしたいと思っているのに、そこでわざわざセックスをしないための理由をああだこうだ探すほうが、むしろ煩悩に思えた。

その後ふと、エントリーシートつながりで連想する。テレビ局を志望している好恵の弟の就職活動は今どんな感じなのだろうかなと、成功者Kは思った。

　とにかく、家でじっとしている時間が嫌だった。

　誰もいない空間で静かにしていると、色々なことを考えてしまう。どうしても、暗く悪い考えに結びつきやすかった。

　好恵が自分のもとを去ったことが、こんなにもあとをひいているのか。世間の女性たちがKへ近づいてきて、ともすれば末永く一緒にいる権利を手中におさめようと企んでいる中、好恵はそうしてこなかった。不遇だった期間を二年間も一緒に過ごしてくれた彼女こそ、誰よりも強くそうしてきてもおかしくないのに、誰よりもあっさりと、Kをふった。そのことがある限り、いくら思惑買いで自分が買われても、浮かれきれないのかもしれないとKは思う。だから、今こうしてじっとしていると、暗い気持ちになるのか。

　Kにとって苦しいのは、弱っているときの静かな思考はマイナスの感情に至りやすいが、それがないと、小説が書けなくなる、という点にあった。芥川賞をとる前の不人気作家時代は、思索する時間など腐るほどあった。誰にも会わず、食料品の買いだしのみで、ほとんど一週間家に籠もり続けることも平気だった。Kは当時、自分は孤独に耐性のある、メンタルの強い人間なのだと思っていたが、大きな間違いだった。ただ単に、孤独に慣れていただけだ。毎日のように外で人と会いチヤホヤされてきたここ数ヶ月で、Kは一人の孤独な時間に耐えられなくなっていた。

小説を書かないままテレビやイベントに出続けても、肩書きを利用するだけのただ下品な人間に成り下がってしまうと思いつつも、くる仕事はどんどん入れてしまう。せっかくあいた午前中に集中して進めてみようと思うが、どうせ午後四時からテレビの収録があると思うと、身が入らなかった。

夕方、電車を乗り継ぎ、汐留で下車する。テレビ局の防災センター出入口から入り、エレベーターで高層ビルの上階に上がる。指定されていたフロアで降りるとエレベーターホール前にスタッフたちが何人もいて、Kはまとめて挨拶した。駆け寄ってきたAPの女性の案内で、机と椅子のある洋室タイプの控え室に通された。

この局は他の局と比べ、控え室の種類や大きさにバラつきがある。出演するだけのKは放送を見ないから、民放テレビ局の各個性を把握できておらず、Kにとってのテレビ局の違いは控え室の違いでしかなかった。弁当は三種類、置かれていた。一つ食べてから、メイクルームへ向かう。明るいメイクルームでメイクを施してもらい顔が完成してゆくにつれ、家にいたときの暗い気分が塗りつぶされていった。

控え室に戻り二個目の弁当を食べながらKは、今日もテレビの収録があってよかったと思った。本番収録の一時間前に控え室入りして、メイクして打ち合わせして弁当を食べて収録。どの局に行っても箱の中で行われるそのルーティーンにほとんど変わりはなく、テレビを本業としていない人間ゆえの無責任さで、Kは時間の経過に身を委ねていればよかった。思索して、暗い考えの中に沈むのとは無縁だ。なにかを真剣に考えては暗くなったりせずにお金がもらえるのだから、素晴らしい仕事だった。

「それでは本番となります、よろしくお願いします」

ＡＰに呼ばれ、Ｋはスタジオの出入口近くにある前室へ向かう。これから収録する番組は、モデル出身の男性俳優と中堅お笑い芸人のＷ司会による、恋愛トークバラエティ番組だった。若手の芸能人やその付き人たちが何人もいて、やがて中堅の芸能人たちが入ってくる。ジャケットの胸にピンマイク、腰に発信機をつけられながら、Ｋも数人に挨拶した。半分以上、面識があった。

テレビ局のスタジオで、テレビに出ている人たちの中にいて、なんだか心が落ち着くのがＫには不思議だった。帽子とマスクをしなければ一般人たちに嘲笑されたり盗撮されたりと不快な思いをする、街中や電車の中のほうがよほど身が硬くなる。

たぶんここには、浮かれている人が誰もいない。テレビに出るのが日常の人たちは、テレビの世界で浮かれようもないだろう。前室の雰囲気を見ていると、仲の良さそうな男性中堅芸人二人が喫煙しながら話しているのみで、他の出演者たちは自分の付き人や番組スタッフたち以外とは話していない。互いに持ち上げたりする浮かれとは無縁で、静かだ。

「はじめまして、私……」

少し遅れて前室に入ってきた同い年の女優から挨拶され、熱いコーヒーを飲んでいたKは慌てて姿勢を正し自己紹介の挨拶を返した。すると女優は、今さっきよりも少し柔らかい口調で続けた。

「存じあげております。一昨日も、テレビ見ましたよ」

主演映画に何本も出演している女優が、笑顔で口にした。

「えっ……あ、ありがとうございます。もちろん私も、学生時代から拝見しております」

Kは少し動揺した。テレビに出ている人から「テレビ見ました」と言われると、びっくりする。社交的である女性出演者たちから言われることが多いが、こればかりは、慣れない。

実家にいた一〇年ほど前までの時点でテレビに出ていた人だから、目の前の同い年女優のことをKは知っているが、一人暮らしを始めて以降テレビを所持していない今のKは、たとえば二〇代半ばくらいまでの芸能人の顔と名前を全然知らない。だからたまに、二〇歳前後の綺麗な女性芸能人から「テレビ見ました」と挨拶されると、本当に申し訳なく思った。自分がテレビを見ないというただ一つの理由で、地味で華のない小説家たる自分のほうが、若い芸能人よりもまるで見られる側にいるかのような変な錯覚に陥るのだ。

始まった番組の収録では、出演者たちが事前に個別で撮ったVTRを見ている時間が長かった。一〇日ほど前に撮影された自分の顔やしゃべりを見るのが辛い。Kはワイプ画面に抜かれるため、台車の上に置かれた八〇インチほどのモニターに目を向けてはいるが、他のことを考えたりして気を紛らわせる。モニターの向こうの段状になった席に、若い女たちだけが二〇人近く座っていた。結婚式二次会みたいなドレスを着た女たちのほとんどが美人で、一般観覧の客でないのは一目瞭然だ。たまに、Kは彼女たちの顔や露出した脚を盗み見た。他の出演者がKの事前収録VTRに対し大きな声でリアクションの言葉を口にしてくれるため、やがてKは盗み見をやめた。

W司会のうちの一人、モデル出身の四〇代の俳優に、Kは昔、「週刊文春」のスタッフたちとともに張り込み取材をしたことがあった。当時、週刊誌記者を主人公にした小説を書こうとしていた。文藝春秋の文芸部の担当者を通じて、週刊誌の張り込み取材にタダ働きでいいので同行させてくれと頼んだ。丸二週間に加え、その後飛び飛びで何日か入った週刊誌張り込み班部員体験のうち、このスタジオにいる俳優のスクープは、大きな印象に残っている。SUVの中から、望遠レンズでパートナーと建物をのぞきこみ、街中では数手に分かれ尾行した。最初は半信半疑だったタレコミ情報が、徐々に真実であるというふうに輪郭を露わにさせてゆく過程に、Kは興奮した。

そして今、K自身の日記にも書けないようなとんでもない秘密を抱えた俳優とこうして共演してしまっている事実が、不思議で仕方なかった。収録前の挨拶ではKを気遣ってか色々と世間話をしてくれ、収録中にも口下手の素人相手に優しく助け船を出してくれた。テレビ収録の現場で直に対面する俳優がものすごく良い人であったため、Kは過去の張り込みを告白し謝りたくなるほどであった。ただ、決定的写真こそ撮れなかったため記事としてはお蔵入りしたが、目の先にいるあの人にあんなひどいプライベートの一面があるというそのことには、変わりなかったが。

「どうですか、Kさんのあの変なこだわり習慣について、皆さんはどう思います？……そこの黒いドレスの方」

VTR明けにKも交えた出演者同士のかけあいが短くあり、俳優が、沢山いる女たちの中から一人を適当にという感じで指名した。

「でもぉ、さっきの小竹さんのチャラいというか派手な感じに比べたら、Kさんのもそんなに悪くないという感じがしました」

俳優に指名され答えてくれている丸顔の女のほうに顔を向けうなずきながら、Kの目はその隣に座る別の女にいってしまっていた。しゃべっている女より拳一つぶん頭の位置が高く、小さな卵形の輪郭に横幅の広いアーモンド形の目が、とても綺麗だ。すると目が合い、Kは反射的に視線を外す。他の女たちもそうだが、美人の彼女たちは普段どういうところでどういうふうに暮らしているのだろうとKは漠然と思った。渋谷区や港区にしか棲息していないのだろうか。タクシー移動ばかりで一般人が普段街中で見ることのない人種のように感じられた。

収録が終わり、Kは出演者やスタッフたちに挨拶をしてメイクルームで洗顔する。

「お車は、下に用意してありますので。本日はありがとうございました」

メイクルームの前で待っていた女性APは忙しいのか、Kにそう言うとどこかへ小走りで行ってしまった。Kは控え室へ戻りジャケットを脱ぐと、残っていた豚定食弁当を食べ始める。収録時間は三時間半かかった。収録前に弁当を二個食べていたためそれほど空腹でもなかったが、食欲はあった。ここのところ食欲と性欲が際限なくなっているな、と豚肉をご飯と食べながらKは思う。

他の出演者たちの見送りが済んだのか、スタッフたちの姿はほとんどなく、廊下は静かだった。自分が出た番組のか他の番組のなのかわからない若いスタッフに会釈を返したKがエレベーターホールにさしかかると、若い女が一人いた。気づかれ、Kは女から笑顔で会釈された。

「お疲れさまです」

「あ、どうも、お疲れさまです」

不明瞭な言葉で同じ挨拶を返しながら、さっきスタジオで自分が見とれ、そこでも目があった女性だとKは思いだす。ドレスではなく、プリーツ入りの黒いロングスカートにワインレッドのシャツを着ていた。衣装のドレスが入っているのか、大きな紙袋を右手に提げている。

「Kさんのお話、すっごくおもしろかったです」

また女性のほうから声をかけられた、とKは思った。しかしこれほどまでに美人の女性から声をかけられることには慣れてもいないため、緊張した。ファンの一般人女性たちに対し、余裕ぶった感じで振る舞ってしまうのとはわけが違う。

「ありがとうございます……収録、長かったですね」

「はい」

「疲れて、控え室で三個目の弁当食べちゃいましたよ」

「お弁当、三個も置かれていたんですか。私たちは、相部屋で一人一個ずつでした。食べてない子が多かったですけど」

マネージャーやスタイリスト等の付き人が誰もいないのは、彼女がミスコン出身の素人か新人タレントの類(たぐい)だからだろうか。だが、素人のはずはないとKは感じた。少し茶色がかったセミロングの髪に覆われている顔は、頭蓋骨のどこにも一切無駄なところがないような小ささと立体感を有している。それに彼女はソールの薄いスニーカーを履いているのに、目の高さがKと一〇センチも変わらない。

ふと、美人女性に付き添い一人いない状況は変だと感じ、ドッキリ企画がついに始まったかとKは身構えた。

「あなたは食べたんですか……あ、お名前は？」

隠しカメラを探しそうになるが、Kは自制する。もはや自分は、素人という立場に甘えるにしては、テレビに出過ぎている。ここはいったん、役割を演じるべきだ。

「あ、モリフミナと申します、初めまして。私は、本番前にお弁当食べちゃいました。お腹空いてて」

口角が上がり、小ぶりな頬の肉も上がると、横幅の広い目が麗しさをともない少し細くなる。若いはつらつとした感じとなにかを憂うような静けさが共棲する、不思議な目だ。

「食べちゃいますよね。ここには、お一人で来られたんですか?」

「はい。マネージャーが、事務所の先輩の現場に行ってるんで」

「タクシーチケットは?」

「そんなものないですよ。電車で帰ります」

そこでようやく下階行きのエレベーターが来た。誰も乗っていない。たまたまだろうか。ドッキリを疑ってしまう。しかしひとついえるのは、ドッキリを仕掛けてくるはずのテレビ局とは、局が違う。文化人相手に、局をまたいだ大掛かりなドッキリなどやるだろうか。

汐留や新橋一帯が見下ろせるガラス張りのエレベーターが動き始めてすぐ、Kは口にした。

「僕、タクシー出してもらえるんで、送りますよ」

「え?」

「次の仕事場でも、ご自宅の近くでも、送ります。遠回りでもどうせ局の負担だし、大丈夫ですよ」

Ｋは、いくらむこうから先に話しかけてきてくれたとはいえ、自分が初対面の美人女性相手にこんなにもずけずけと気兼ねなく話しかけていることを、他人事（ひとごと）のように驚いていた。つい半年前までだったら考えられない。たぶん、昔と違い自信をもってしまったから、ためらいがないのだろう。

「いいんですか？　じゃあ、お言葉に甘えさせてもらおうかな……」

「番号教えてくださいよ」

ドッキリの疑いをもちつつも――というよりその疑いがあるからこそなのか、言葉はすっと出た。

「えっ……番、号？」

いつもは激しく混んでいて、途中何度も停まるエレベーターが、一度も停まらずにするすると下りている。

「電話番号。スタジオで、目があいましたよね」

「はい」

「あのとき、フミナさんに一目惚れしてしまったんです。連絡をとりたいから、番号を教えて」

驚きと動揺を隠すようにモリフミナが苦笑したとき、地下一階の防災センター出入口に着いた。結局エレベーターは、一度も途中階に停まらなかった。不自然なことは続いて起こるものらしい。タクシーチケットを手に持ち早歩きで移動していると守衛にタクシーを指さされ、待機している黒いタクシーにKは無言で向かった。後部座席が開かれると、少し戸惑っているように苦笑したままついてきたモリフミナにKは手で乗車をうながす。徒歩と電車で帰る流れを断たれた彼女は、「失礼します」と言いながら奥の席に座り、Kもその横に座った。

「ご乗車ありがとうございます。行き先はどちらでしょう?」

四〇歳前後の運転手から訊かれKがモリフミナの顔を見ると、彼女が一瞬だけ目を泳がせた後で口を開く。

「外苑前へお願いします」

しばらく、それとなくルームミラー等で後ろを視認していたKだったが、後続車はないようだった。つまりこれは、ドッキリではない。だいたい、心配し過ぎだったのだろう。今の自分なら、タレント女性から声をかけられることも非現実的ではないだろうとKは思い直した。

「どこかで軽く夕飯とらない?」

弁当を食べたばかりのKが提案すると、モリフミナは、外苑前のマンション近くにあるイタリアンレストランを提案してきた。なにか用事があるフリで断られもせず、スムーズにいくなとKは思った。案外、世間とはこういうものだったのかもしれない。今までは自分に自信がなかったからなにか機会を見いだし踏み込むことをしてこなかったただけで、それをするようになると、色々なことがうまくまわりだす。タレント女性から挨拶されてすぐ連絡先も交換して食事に誘っても断られない。そんな出来過ぎた話が、実は身近にごろごろあったのだ。

Kはマスクをつけず帽子だけかぶり店に入る。席はそこそこ埋まっていて、たまま空いていたガラス壁近くの見晴らしの良い席に二人は案内された。特別にキープされている席なのだろうか。若い男性ウェイターは、二人が有名人と美女という特別な組み合わせであることを一瞬で理解したかのごとく、案内してくれた。どこかにカメラでもあるのかとKはさっと見回すものの、そんなものはなさそうだ。

料理や酒を注文しながら、Kは色々なことを訊いた。森史奈は芸名で、本名は篠枝富美那だということ。実家は葛飾で、今住んでいる外苑前の賃貸マンションには去年引っ越してきたばかりだということ。築四〇年のマンションは、リノベーションで内装は綺麗らしかった。中学と高校は私立のキリスト教系の女子校で、私立の共学の大学を去年卒業した篠枝富美那は、芸能の仕事を高校二年生の頃から隠れてちょくちょく始めていた。スカウトでモデル事務所に入ったのが最初で、大学二年のときに今の事務所に移籍したという。グラビアモデルで少年誌や青年誌等の真ん中や後ろのほうのページに掲載されたこともあり、専属ではないがファッション誌や広告等でのモデルの仕事もこなしながら、女優として売り出すべくテレビドラマや映画、舞台、ミュージックビデオ、テレビCMのオーディションも受け続けている。去年、戦隊ヒーローもののヒロインのオーディションで、最終選考の三人にまで勝ち進んだうえで落とされるという、悔しい思いもしたらしい。先月、大きな舞台の仕事を一つ終えたばかりらしかった。

食事や会話を楽しんでいる最中、Kはしょっちゅう、視線を感じた。ついこの前芥川賞をとった小説家だと気づかれたのだろう、指や視線を向けられた。それに気づく度に横や下を向き落ち着かないそぶりをするKの姿に、富美那も気づき、やがて彼女は気軽に近所のレストランへ案内したことを謝った。

「まあ、俺がテレビに出たりしてるから仕方ないよ。得るものがあれば、失うものもあるっていうことだよね」

「本当にすみません。店のセレクト、間違えたみたいですね」

「じゃあ、今度は落ち着いてしゃべれる店で食事をさせてほしいな」

Kがそう言うと、篠枝富美那は照れたように笑いながらうなずく。

「わかりました。じゃあ、またご一緒させてください」

本当にスムーズに事が運ぶな、とKはテーブルチェックをしながら思った。気づけば、四時間近くも楽しく一緒に過ごしていた。

「マンションまで送るよ」

「え、いいんですか。ありがとうございます」

店を出てKが言うと、これもまた篠枝富美那に遠慮されなかった。ランボルギーニと、ロケバスとしてよく使われるような黒いハイエースが路上駐車されているそばを二人で並んで歩いていると、マンションのエントランスにたどり着いた。

「ああ、飲み過ぎた。紅茶飲みたい」

たいして酒も飲んでいなかったKがぼやくと、篠枝富美那から軽くお辞儀をされた。

「今日は本当に、ごちそうさまでした。送ってもらっちゃってすみません。お気をつけて帰ってくださいね」

「あ、ああ……じゃあ、またね。おやすみ」

レストランで食事をしていた終盤から、てっきり彼女の部屋に行けるものだと思い込んでいたKは、出鼻をくじかれた感があった。ぎこちなく挨拶をしながら、タクシーをつかまえに大通りのほうへ歩く。

思えば、ここ数ヶ月間、女性とそれっぽい雰囲気になったらその人の家やホテルに行って性交をする、というパターンしか自分が経験してこなかったことにKは気づかされた。でも、たまにはこういうのも、恋という感じがしていいのかもしれない。そう思いながら、明日も早朝からロケ収録に出かけることを思いだし、ハイエースやランボルギーニの横を浮き足だった歩調でKは通り過ぎた。


「……本日はお世話になります、よろしくお願いいたします」

「はい。わざわざどうも」

深々と頭を下げながら、Kは大御所お笑い芸人の控え室から出て、ドアの近くに立っていたスーツ姿の男性にも頭を下げる。自分の控え室に戻りながら、Kは最も気がかりなことが済み心身軽くなったと感じる。芸能人ではない自分が、番組収録の本番前に、誰に挨拶するべきかいつも迷う。ただ今回は、お笑いの世界で伝説的存在とされる人の番組に呼んでもらい、しかも初共演であったから、挨拶したほうがいいだろうと感じた。子供の頃から知っているどんな有名で大物の芸能人でも、挨拶しに行ってしまえばごく普通の挨拶を返され、なんで今まで自分は身構えていたのかと毎度思う。控え室に戻ったKは窓のほうに向けた座椅子に座り、缶コーヒーを開けた。飲みながら、天王洲の埋め立て地に挟まれた、川のように見える海を眺める。

午後一時半から始まった年末特番の収録現場の雰囲気は、Kがいつも感じるものと違った。控え室挨拶をした伝説的お笑い芸人だけでなく、他の大御所芸人や大御所俳優に大御所歌手に大御所ジャーナリストなど、出演者の半分以上が五〇、六〇代の各界ベテランたちだ。控え室で進行台本裏面の出演者表を見た際、Kは緊張して仕方なかったが、本番が始まってしまえば、緊張感とはほとんど無縁だった。

三〇、四〇代の人たちがメインでまわしている他の多くの番組でもKは素人として優しく扱ってもらっているが、それでも、出演者たちがかもしだす生き馬の目を抜くような殺気がどことなく漂っているものだ。還暦を過ぎた自分の両親世代の人たちだらけのこの現場では、Ｋのことを余所者（よそもの）として意地悪な目で見たり、同じパイを奪い合うライバルとして張り合ったりするような雰囲気が一切ない。皆、既に安定した地位をとっくに築きあげた重鎮たちだからだろう。重鎮ともなると、お笑い芸人や俳優や歌手やジャーナリストという職種のくくりではなく、人生経験が豊富な表舞台での表現者、というくくりかたのほうがしっくりくる。Ｋは、子供の頃に足を運んだ親戚たちが大勢集まる法事の雰囲気に近いと思った。重鎮たちに囲まれリラックスしながら、日本の戦後史を振り返るＶＴＲを見ては、バブルを知らない若者っぽいコメントをしたりする。

　本番を終えメイクを落としたＫは控え室に入ってすぐ携帯電話を手に取りＳＮＳでメッセージを送り、スーツを脱ぎ私服に着替える。持参のスーツ等の衣装を着る日は、楽な格好でテレビ局入りするが、今日はちゃんとネイビーのウールジャケットとコットンパンツを着てきた。携帯電話が鳴り、着替えている途中のＫはすぐさまメッセージを確認する。

〈私もついさっきオーディション終わりました！　今、六本木の書店に来ています。〉

　Ｋは鏡でざっと身なりを確認すると、荷物を持ち控え室から出た。局手配のタクシーに乗り、見送りのスタッフに頭を下げ終えた後、携帯電話でメッセージを返す。

〈今からタクシーで拾いに行く。予定どおり、そこで待ってて。〉

これから篠枝富美那と会って食事をする。そのことを考えるだけで、成功者Kの心は明るくなった。あれだけの美人とプライベートの時間でこれから会うのだから、もっと緊張してもいいはずだとKは自分で思ったが、全然緊張していない。昔だったら、そこらにいる会社員の女性と合コンをするのでも、髪形や服装といった細部にまで気を遣い、気負っていたのだが。控え室で一応身なりのチェックはしてきたが、外見などどうでもいいと今の成功者Kは思っている。女を会話で落とすという、つい数ヶ月前までの童貞みたいな幻想も持ち得ていない。今日食事してくれる時点で、大方の結果は出ているに等しい感じがして仕方なかった。それにもし駄目でも、今の自分がアプローチして駄目なら他に手だてはないのだと、簡単に諦められる気もしていた。

テレビ局の社屋が見える、六本木のガラス張りの書店のそばでタクシーを停めてもらい篠枝富美那にメッセージを送り、白や青のＬＥＤでクリスマスの電飾をされた木々を眺めて待つ。近くに他のタクシーも停まっているのに気づいたKは、帽子だけかぶり車外に立った。すぐに、華奢で背の高い女が小走りで近づいてきた。ベージュのコートの下には、短めのスカートをはいている。ストッキングをはいているのか、夜の街明かりでも白くきらめいている綺麗な脚が、このタクシー目指し駆け寄り躍動してくれているのは、素晴らしい光景だとKは感じた。

「ありがとうございます」

篠枝の声に次々振り向いた人たちや、その他の通行人の視線が、一気にKの顔に向けられて留まる。自分といるとどうしても注目を集めてしまう。彼女とは人目にさらされる現実世界で会っている、とKは変なことを思った。ファンとはホテルでしか会わないので、こんなリスクはない。気を引き締める必要性を感じた。

「森史奈じゃない」

という声が聞こえた。

「マズい、気づかれちゃってる、さあ、乗って」

Kは彼女を先に乗せると、自分は左側に座る。あらかじめ住所をカーナビで入力してもらっていた店に向け、タクシーが走りだした。森史奈に気づく人もテレビ局の近くにはいるらしい。彼女の脚をKが間近で見ると、素足だった。ストッキングははいていない。

「寒くないの、冬にスカートなんて」

「オーディションで、指定だったんです。脚の綺麗さが結構重要だと事前に言われて」

「なんのオーディション？」

「映画です。台本の一部分の演技をさせられたんですけど、脚の綺麗さがどう重要なのかはわかりませんでした」

「そうなんだ。頑張ったね」

タクシーはハイブリッド車で、ストップアンドゴーの多い都心の下道ではしょっちゅうエンジンが停止するから、静かだった。そんな暗く静かな車内で聞く篠枝富美那の声は、記憶していた以上に高いとKは思った。だが、高いといってもキンキンした高さではなく、口の前だけでなく軟口蓋(なんこうがい)の後方上部に向けても声を発しているような呑み込んだ感じがあり、ソフトな響きで耳に届く。Kはすぐに、好恵の声を思いだした。好恵の声は、低かった。特に電話で愚痴を延々と話すときの声は、対面で聞く肉声より一段と低かった。自分より一つ年下の彼女と出会ったのが二年ちょっと前だったから、二〇代前半頃の好恵の声がどんなものだったのか、Kは知らない。今二三歳である篠枝富美那と同年齢時でも、篠枝より好恵の声のほうが低かっただろうと思う。それとも篠枝富美那も三〇歳近くになれば、ついこの前最後に耳にした時点の好恵の声と同じくらい、低い声になるのだろうか。

「お腹空いちゃった。あんこう鍋、でしたっけ?」

「うん。実は僕も初めて行くんだけどね。出演した番組のVTRで見て、良さそうだなと思ったんだ」

「素敵。そんなお店、普段行かないですから」

「僕も行かないよ。あとでスタッフさんに詳細を訊いただけで、自分で調べたわけじゃないし。日本家屋風の個室みたいな席だから、人目を気にせず食事できるでしょ」

「そうですね」

Kは骨格のしっかりした西洋人のような低めの声がわりと好きで、アジア人女性の高いキンキン声はあまり好きでなかったが、今横にいる篠枝富美那の声を聞いていて、こんなふうに柔らかな高い声だったら好きだと感じた。

タクシーが狭い道を徐行速度で何度か曲がると、あんこう鍋の店に着いた。Kが一昨日予約した時点で二階の個室は埋まっていたが、案内された一階の座敷席も屏風や襖で仕切られており、個室みたいなものだった。掘り炬燵式の席に対面で座り、ビールで乾杯した。

「この前は、人目につきすぎる店に案内してしまって、すみません。Kさん、すごくじろじろ見られちゃって、落ち着かなかったんじゃないですか」

首を横に振りつつも、Kはそのとおりだったと思う。その点、このあんこう鍋の店は店構えが古くて料理の値段が高いからか、他人の顔をじろじろ見たり、酒を飲んで大声を出すような客はいない。

「大丈夫だよ。富美那ちゃんみたいなものすごい綺麗な人と一緒に食事しているところだったら、むしろ見せびらかしたいし」

「なに言ってるんですか」

笑顔の篠枝富美那が、空でKを軽く叩くような身振りをする。前回、外苑前のレストランで、Kと篠枝は四時間近く一緒にいたから、今回ははじめからずいぶんと打ち解けている。

「そういえば、この前家に帰ってから思ったんだけど、芸名の森史奈より、本名の篠枝富美那のほうが、芸名っぽいよね」

「自分の本名を漢字で書くと大げさな感じがして、もっと平凡な名前にずっと憧れがあったんです。そして前の事務所のマネージャーにスカウトされてすぐ芸名について相談したとき、シンプルな芸名をマネージャーにもすすめられました。そのマネージャー、まだ三〇そこそこだったと思うんですけど、前職が学校の教員だったんです」

「教員？」

刺身を箸でとりながらKは訊く。

「はい。それで、名簿の名前を読み上げるとき、読みにくい名前が多くて困ってたらしいんです。その経験を通して、名前は、流行に左右されるような響きの格好良さよりも、人様から簡単に呼んでもらえるようなものでなくてはダメだと、思うようになったらしいです。だから、読み間違えようがない、森史奈になりました」

「高校時代に、平凡な名前に憧れただなんて、ずいぶん大人びた考えだね。その年頃だったら、早乙女とか、伊集院とか、派手なのつけたがりそうだけど」

「Kさんは、本名ですか？」

「うん」

「デビューが、Kさんも高校時代ですよね？　ペンネームつけろとか、周りの大人たちに言われませんでした？」

「編集者に強くすすめられたけど、断った。学生デビューした作家は大体、将来の進路がどうなるかもわからないし、身を守る意味でペンネームをつけるものらしいんだけど、俺は頑なに断ったな」

「なんでですか？」

「自信満々だったから。逃げも隠れもせず、俺の本名を世間に広めたい、ってあの頃は思ってた」

「……なんか、秦の始皇帝とかみたいですね」

笑いながら、篠枝富美那が言う。Kの頭に、何千人もの処女たちと性交におよんだという権力者の想像上の姿が、ぼんやりと思い浮かぶ。

「今となっては後悔してるよ。実際に顔と名前が知られてしまったらどうなるかということを、リアルにイメージできていなかった……。まあ、一二年前の無知だった自分に、そんなことが想像できるわけもないんだけどね」

言いながらKは、バッグの中からある物を取り出した。

「なにそれ？」

Kが持つ鎖の下に、「K」とアルファベット一文字でかたどられた一〇センチ四方ほどのアクセサリーがさがっている。

「シルバーのブリンブリン。今度からこれつけてテレビに出て、イニシャルがKに関係する共演者とかにも勝手に配りまくって、これでKファミリーだとか言って、顰蹙買ってイジってもらう」

「Kファミリー?」

Kから渡されたブリンブリンを手に持ちながら、篠枝富美那は笑っている。

「俺みたいに苗字と名前が両方ともカ行で始まらなくても、苗字か名前のどちらかがカ行始まりだったら、もちろんKファミリーになれる」

「じゃあ私はKファミリーになれない」

「いや、名前以外でも大丈夫にする。なんなら葛飾区亀有とか、出身地や現住所、昔住んでいた地名がカ行始まりでもいいよ」

「それじゃ、なんでもいいってことになるんじゃ?」

「いいんだよ、末広がりが横になったKは、なんでも呑みこむんだから」

やがて準備の整ったあんこう鍋を食しながら、Kは満たされた気持ちになる。年下好きでもないが、事実として七歳も年下の美しい女優の卵と、静かな空間で人目を気にせずにうまい料理を食べることができている。篠枝富美那の高くやわらかな声は、襖や障子の和紙に吸いこまれるためか残響音がなく、まるでドラマの撮影か舞台での演技かと錯覚させ、美しい女優が自分だけに語りかけてくれているという満足感をKは覚えていた。たとえ演技でもいい。美女が、気を遣って明るく話してくれるだけで、彼女自身がそれをするだけの価値がある相手と判断した証左なので、嬉しいのだ。

「じゃあ、バラエティ番組で共演したら、Kファミリーとして紹介してくださいね」

「そういえば、バラエティもやるんだね。そもそも前回、それきっかけで会ったわけだし」

「うーん、うちの事務所の今のマネージャー、私に結構手広く挑戦させるんですよ。グラビアモデルもファッションモデルも女優もバラエティ番組の添え物的役割とかもやるんで……。逆にいうとちょっと雑多にやりすぎていて、売りだす路線として迷走してるんじゃないかとたまに不安になります」

日頃真剣にそのことを考えているらしく、篠枝富美那の眉頭が中央に寄り、歪む。シリアスさをのぞかせるその顔が、本当に美しいとKは感じた。

「まあ、なにが当たるかなんてわからないから、色々やってもいいいんじゃない」

鍋の火を止め、お互いに一杯ずつ酒をおかわりしてから、来店した当初より互いにだらけた姿勢で会話が続いた。ふと、店を出る時だなとKは感じた。首相着用モデルの国産高級腕時計を見ると、午後一一時一二分だった。

「タクシーを呼ぶよ」

会計を済ませ、残りの酒を飲み干してから外に出ると、二人でタクシーに乗る。Kが運転手に、外苑前の交差点を指定した。

「今日はごちそうさまでした」

柔らかなシートに座っているところで、隣の篠枝富美那から少しあらたまった姿勢で頭を軽く下げられると、Kは自分がものすごくおじさんになったかのような心地がした。三〇歳など、出版界やテレビ業界、親戚の集まり等どの世界でも無知な若造扱いされる年齢だが、二三歳の美女に食事も全部おごった末にちゃんとお礼を言われるという一連のことが、自分のことをおじさんだと感じさせた。

「楽しかったよ。ところで……」

「なに？」

「やっぱいいや。あとで訊くよ」

やがてタクシーは、外苑前の並木道沿いに停まった。Kはタクシーに待っててもらい、数十メートルほど先に見える篠枝の住むマンション目指し、並んでゆっくり歩く。

「さっき訊こうとしたこと、なんですか」

「富美那ちゃんは、どうして今日、食事につきあってくれたの？」

「うーん、そうですね、あんなに強く要望されることに慣れてなかったからかな。断る理由が、見つからなくて」

「強く要望」

「はい。初めて会った日も、いきなり好みだと言われて電話番号訊かれてそのまま食事に行ったのなんて、初めてでしたよ」

「富美那ちゃんみたいな美人が、男たちに誘われないわけないでしょう」

「いや、中学と高校は女子校だったし、大学は共学だったけど、同世代の男の子たちなんか遠巻きに飲みに誘ったりしてくるくらいで、告白してくる人なんか全然いませんでした」

「じゃあ同世代が怖じ気づいて声かけてこなくても、どこかの社長とか、金持ちのおじさんなんかはグイグイくるんじゃないの」

「そんなおじさんたちが出入りするような場所に、行きませんもん。プライベートだと、家族や友だちとしか会いません」

「そんなもんなんだね」

篠枝富美那からの話を聞いても、Kは特段驚いたりはしなかった。最近二〇歳前後の若い女の子たちと話をする機会が急激に増えたが、彼女たちの話を聞く限り、皆本当に恋愛経験が少ないようだった。経験人数を過少申告し生娘ぶったりだとか、K自身が二〇歳前後だった一〇年前とも明らかになにかが違っていた。たとえ女たちの心もちが一〇年間で変わっていなかったとしても、少なくとも男たちは消極的なほうへと変わっていた。

「みんな、あらゆることを面倒くさく思ってるんだな」

「面倒くさい？」

「富美那ちゃんみたいなすごい美人に告白して断られて傷ついて安酒飲むなんて、面倒くさいだろう。だったら、富美那ちゃんへの憧れは胸に秘めつつ、スマートフォンの無料のゲームで遊んで無料のエロ動画でも見て漫然と暮らしちゃうかもね、普通の男だったら」

「というより、Ｋさんが変わってるんだと思います」

「俺が？」

「Ｋさんほど自信にみなぎっている人、私の周りになかなかいないですよ。ハッタリをかますわけでもなく、普通の顔してそんなに強くグイグイくるのは、本当に自信にあふれている男か、救いようのないただの勘違い男、そのどちらかですよ」

笑いながら篠枝富美那は言う。Ｋは、昔は臆病で女とつきあうときも自分から告白などしてこなかったのに、どうしてこんなにも強気にいける人間になったのか、わからなかった。もちろん芥川賞がもたらした成功体験がそうさせているのだろうが、芥川賞は、そんなにすごいのだろうか。アクタガワショウ……。まるで、彫られた人の内面に大きな自信をもたらすという刺青のように、たとえば大きな龍の刺青なのだと芥川賞のことを思った。

二人はずいぶんゆっくりと歩いていたが、前回も見たような路上駐車のハイエースの横を通り過ぎて、やがてマンションの前に着いた。

「富美那ちゃん」

呼びかけると、ん？　というふうに篠枝富美那が顎を少し上げる。

「あなたのことを愛しているから、つきあってほしい」

Kからの言葉に反応し、篠枝富美那の顔から笑みが消え、真顔になった。Kは思わず不安になったが、その直後、「はい」という言葉とともに篠枝がうなずいた。

　Kのほうから彼女に正対し強く抱きしめ、軽めのキスをする。その一度だけで身体を離し、Kは口を開いた。

「明日早いもんね。今日は帰るよ」

「気をつけて、帰ってくださいね。ありがとう」

　満面の笑みで手を振る篠枝富美那に、Kも照れ笑いをしながら、手を振り、彼女がエントランスの奥に見えなくなるまで見送る。そして、今さっき耳にしたありがとうが、なににについてのありがとうなのかよくわからないな、と感じた。

　ハザードを点滅させているタクシー目指して歩きつつ、Kは、女優に向かってセリフめいた告白をしたな、と思った。あなたのことを愛しているからつきあってほしい、だ。君のことが好きです、などというふうには言わなかった。以前の自分だったらそんなふうに言っていたはずだ。告白とまではいかないが、異性に対してそういうふうに本音を吐露したことはある。いっぽう、さっき口にした、あなたのことを愛しているからつきあってほしい、という文言には、相手に判断を委ねる余地がほとんどない。自分の気持ちと要望をいっぺんに一方的に伝えた。そんな告白の言葉を、自分は瞬時に、無意識的に選んでいた。半年前の、自信のない自分だったら絶対に言えなかったとKは思う。それとも逆で、相手の意思決定に任せてしまうのが怖いからこそ、一方的な言葉を選んだのか。つまり、強気な態度は弱気ということにもなる。はたしてあれで大丈夫だったのかと、Kは高揚感の中で、少し不安になった。

タクシーの一〇メートルほど手前で立ち止まり、Kは電話をかけた。二コール目で篠枝富美那は出た。

——はい。

「富美那ちゃん、やっぱり、今からお家に行ってもいい?」

Kが言うと、電話の向こうから息がほとんどの笑い声が聞こえた後、

——いいよ。明日早いから、ちょっとだけなら。

通話を切ったKは待ってもらっていたタクシーの精算を済ませる。レシートとカードを財布にしまい外に出ようとしたとき、顔に傷のあるガラガラ声の初老の運転手に呼び止められ、ポケットティッシュを手渡された。礼を言い、Kはさっきエントランス前まで行ったマンションへと歩いてゆく。タクシーの運転手には、俺という客の事情が丸わかりだっただろうと、Kはポケットティッシュを手に持ちながら思った。

五階建てマンションの四階の部屋に上がると、スカートと薄い長袖ニット姿の篠枝富美那がKを出迎えた。郵便受けのついた鉄のドアと狭い玄関、低めの天井にところどころ大きく出た梁は時代を感じさせる建物だが、おそらく小さく仕切られた数部屋の壁を撤去するリフォームが行われたのだろう、広めの1Kの部屋は、白木で幅広のフローリングやきめ細かい壁紙の内装の効果もあり、現代的だった。

部屋は綺麗にしてある。Kは、今夜こうなることを篠枝富美那が予想していたのかもしれないと勘ぐるが、シングルベッドの掛け布団のカバーがよれていたり、床の上に数点物が置かれていたりしたところから、片づけすぎているような印象は受けなかった。普段から整理整頓をする性格なのだろう。

ついさっきまで一緒に食事をしていたのだから、適当に座り缶ビールを一本でも飲みくつろぐ、というのも変だ。Kはジャケットを脱ぎハンガーにかけてもらった。

ベッドを背に、大きめの座クッションに座り携帯電話を操作している篠枝富美那の隣に腰をおろしてすぐ、Kは彼女の手を握り、唇にキスした。まるで樹脂製かのようになめらかででいて柔らかく、Kは自分が今何に口づけしたのかわからなかった。シーリングライトの下で濡れ光る、横に開いたピンク色の流線形を数センチの近さで眺め、また己の唇を重ね合わせる。

舌も出し入れし、篠枝富美那の子犬のようなうめき声を口をとおししばらく聞き続けた後、Kはシャワーを浴びたいと申し出た。

「シャワー？　……それって、泊まりたいってこと？」

なぜだか困惑したように、少し周りを見るように目を泳がせながら富美那が言う。

Kは、うなずいた。

「だめ。だって泊まったら、ねえ。今日は、つきあった日なんだから、これくらいで別れておいたほうがいいの」

彼女が言い終わらないうちに、Ｋは再度富美那に覆い被さるように抱きしめた。富美那はキスには応じたが、それ以上進むのは拒んだ。

「また今度ね」

「今度？」

「今日までくらいピュアな感じでいさせてよ」

「ピュア」

口に出してみてから、それもいいなとＫは感じた。焦る必要はないのだし、彼女の言うことは正しいかもしれない。最近、可能性のある女性とは次の瞬間には性交していた。こういう綺麗な女性と、紋切り型のような手順をふんだ恋愛をするのは、心をときめかせた。

「おやすみ」

またキスをし、玄関で別れると、Ｋは大通りから拾ったタクシーで家に帰った。

「前回の打ち合わせどおり、まあ多少テレビ的演出で失礼になってしまいすみませんが、Ｋさんの持ち物についてＶＴＲ明けに持論を展開していただいて、他の方々から揶揄されつつ、女性芸能人たちを中心に噛みつくという流れを期待しています」

「かまいません、わかりました」

Kがテレビ局の控え室に着いてすぐ始まったバラエティ番組本番前の打ち合わせは、五分もしないで終わった。一〇日ほど前に既に、イベント会場の控え室で約一時間の打ち合わせは済ませている。Kはテレビに出始めの頃、本当のことしか話したくないというこだわりをもっていたから、打ち合わせや本番でも、テレビ的な尺でわかりやすく使える素材を提供できず、番組制作会社の人たちを困らせていた。

でも今は違う。極力、思っていることしか話さないようにしてはいるが、話をわかりやすくするため編集したり、こだわりや信念がないどうでもいいことに関しては平気で嘘をつくようになった。それは番組にたずさわる人たちへの配慮というより、自分が楽をしたいからだ。番組を構成するうえで使えるエピソードを収録日前にヒアリングされる打ち合わせ、それに本番収録も、放送で使える内容を提供できない限り、延々と終わらない。打ち合わせも本番もさっさと終わらせたいから、Kは相手が望むことを察し、そのとおりに話の加工をし嘘を言うようになった。検察の誘導尋問と同じだ。自分が望むようにではなく、相手が望むようなことを言わないと、家に帰してもらえない。

一二時過ぎと早い入り時間で、まだ昼食を食べていなかったKはあぐらをかき中華弁当を食べ始めた。可動式のパーテーションで仕切られただけの隣の控え室から、物音が聞こえる。鞄を開けたり、鼻をすすったり、携帯電話を操作したりする、そんな音だ。誰の控え室なのか貼り紙をKは確認しなかったが、たぶん同じ番組の出演者だろう。咳で、男だというのはわかった。つまり向こうからもこの部屋の物音は聞こえるということで、Kは自分の咀嚼音をうるさく感じ、口中の空気を吸い真空のような状態で中華料理を噛むようになった。食欲にかられ弁当を食べていることがバレるのが妙に恥ずかしく、音をたてぬよう箸で弁当の容器を突っつかないようにしながら、食べる。

するると急に隣の控え室がうるさくなり、男の声が複数聞こえた。さっき打ち合わせたばかりのディレクターの声と、他二人だ。ディレクターが名前を呼んだことから、お笑いコンビの二人だとわかった。

二人だ。一人だとばかり思っていたが、隣の控え室に二人いたのだ。Kは驚いた。

「……で、本日は、芥川賞作家のKさんがいらっしゃいまして、この持ち物のコーナーで同じく私物を公開しますので、観覧客の集計をとる前に、打倒K、みたいな感じでお願いします」

「イジる感じで、わかりました」

二、三分で打ち合わせが終わりディレクターが出て行くと、隣の控え室はまた静かになった。ごくわずかな物音が時折聞こえるが、まるで一人しかいないみたいだ。中堅お笑いコンビの二人が存在感を消しているのだから、一人でいる素人の自分はなおさら存在感を消さなければならないような気がし、Kは物音を極力たてないように振る舞う。すると、本当は二人いる自分が一人のフリをしているかのような変な気分になった。窮屈で仕方がない。隣の控え室から、畳のきしむ音が聞こえた。

三本撮りの一本目ということで、一〇分押しただけのほぼ予定どおりの午後二時四〇分に収録が終わり、Kはメイクを落とし控え室へ戻る。するとドアの前で、密着番組のスタッフ二人が待っていた。

他局での夜からの番組収録まで少し時間ができたので、Kは一時帰宅する。既に手配されていたタクシーの、後部座席右側に座った。カメラマンが、助手席から斜め後ろ向きにカメラをかまえる。

「お疲れさまでした」

「いえ」

「どうでしたか、今日の収録は」

「無力でしたよ。周りの、プロの方々のテクニックや度胸に圧倒されっぱなしでした」

「たとえばKさんは、どういう方をすごいと思われたんですか?」

場所や状況を変えディレクターから何度も訊かれている質問に、Kはいつもと同じように答える。

「しかしKさん、今モテるんじゃないですか?」

またこの質問だ。モテていても、モテますと答える人などいないだろう。

「そんなことないですよ、そもそも女性と会わないですしね」

なぜそんなに、モテるかどうかなどということをカメラの前で訊くのだろう。車は国会議事堂の前を通る。中高年男性を中心とした集団がなにか覇気のない雰囲気のデモをやっていた。皆一様に、くすんだ色の、ダウンや化学繊維の暖かそうな服装で立っている。

「じゃあ、女性とのおつきあいも今はないんですか？」

「そうですねえ」

密着開始から二ヶ月が経ち一二月になっても、同じ質問だ。毎度繰り返されるその質問がなされると、Kはもう条件反射のように、好恵の視線を感じる。この人たちは裏でコソコソと嗅ぎまわり、どこまで把握しているのか。

「Kさんはなぜ、そこまでしてテレビに出続けるのですか？」

検察の尋問が、ここでも続いている。Kはふと、自分がこれまで口にしてきた答えが間違っているような気がしてきた。自分には見えていない正しい答えが、この人たちにはわかるのか。自分はまだ、〝正解〟を口にできていないし、きっと正解は決まっているのだ。だから、同じ質問をされるのだろうか。このままでは解放してもらえない。ディレクターが友人カズマに語ったところの、本当の顔、とは、なんなのか。

タクシーが、外苑前を通る。富美那は今、ワークショップへ行っている。つい先ほど、交際相手がいるかどうかの質問をディレクターから受けたとき、Kは少し緊張した。まるで心理テストだ。平静を装いながら、いないと答えたつもりだ。嘘ではあるが必要なフィクションだ。しかしそれによって富美那も、好恵と同じく、密着番組の中では存在しない人となった。少なくとも、Kが公式には認めていないから、密着番組がいくらかでも裏をとっていようと、表向きには富美那は存在しない。発された言葉の力は強いもので、まるで自分の人生の中に富美那なんていう人はいないかのような気がKにはした。

「今、他複数の方々から、Kさんについてのお話をうかがってまわっているのですが、興味深いお話をいただいています。で、今日この後の流れなんですが、いったん解散して、一七時にまたご自宅前にタクシーでうかがいます」

うなずきながらKは、複数の人間とは、いったいいなに繋がりのどんな知人に話を訊きにいったのかと不安になる。本人に密着取材を行うだけでなく、周りの交友関係にも本人の了承なしに勝手に取材を進めていくとは、不気味な人たちだ。ノンフィクション番組の枠を超えて、現実の誰かに、余計な告げ口でもしていやしまいか。

「この前の飲み会、あんなに飲み食いし過ぎたのに、勘定もってもらっちゃってすみません。締めに全員分のイクラ海鮮丼なんか頼んじゃって」

「いえいえ、昔からのご友人を交えて、Kさんのお人柄がまた一段とわかる、素晴らしい撮影ができました。音沙汰のなかったご友人までいらっしゃって、同窓会のような盛り上がりの雰囲気が、カメラ越しにも伝わる素材となりました」

ディレクターが友人カズマに依頼し、カズマの呼びかけで行われた、大学付属校の友人たちによる飲み会が、先日開かれた。集まった八人のうちの大半が八月の芥川賞贈呈式にも足を運んでいたこともあり、旧知のKがテレビに出たりしているのは既に俺たちにとっての日常であり特段騒いだりするようなことではない、という顔、つまりは浮かれていないぞという態度をとっていた。そんな中、大学在学中にほとんど音信不通になっていたタケオが来たのには、ダメもとで声掛けしたカズマも驚いていた。大学中退後しばらく塾講師をやり、専門学校に入り二八歳でウェブデザイン会社に再就職したというタケオは、Kの本は全部読んでいて、出演しているテレビ番組もすべて録画して見ていると興奮気味に話していた。Kにはそれが新鮮だった。男の知人の多くが最初に盛り上がってから、女たちがまだ盛り上がっているのを後目にすっと引いてゆくスタンスを見せるのに対し、タケオのそれは、道ばたにいる世間の人たちのそれに近かった。

「突然いなくなった人を呼び戻してしまうなんて、Kさんの人望はすごいですね」

首を横に振りかけ、Kはやめる。ディレクターの言うとおり、本当にそうなのだろうか。いなくなっていた人を呼び戻す力を、自分は有したのだろうか。そう考えてみると、芥川賞の受賞を機に、そして数週間遅れでテレビの出演番組の放送が連続するようになった際、今まで自分や知人たちの中で連絡を取りづらくなっていた人たちから一気に連絡がきたことを思いだす。Kはつい半年前まで売れない小説家だったから、結婚式二次会やその他華やかな場所へ足を運べない、己のことを低く思っている人たちの気持ちがよくわかる。そんな人たちが、自信のない己の姿を見せる恥ずかしさを超えるほど、会いたいと思ってくれたりしたことが、Kには嬉しかった。しかし、そういう人たちが、大勢いる中間層には会わず、希少な成功者には会いたがる気持ちというのがなんなのかが、わからなかったが。

言うなれば、現実感がない存在なのだろうか。売れない小説家だった頃のKは中庸で現実感のある存在だったが、芥川賞受賞によって生まれた成功者Kからは、現実感が削がれている、ということもありうるか。

「ところでKさんは、なぜこんなに有名になられたんでしょうか？」

「はっ？」

ディレクターからの問いに、Kの口からはぶっきらぼうな問い返しが出た。喧嘩みたいな口調で、まるで自分が苛ついているみたいな感じがして嫌だったが、むこうが変な質問をしてきたから仕方がないとKは思う。なぜ有名になったかと言われても、自分の秀でた実力で芥川賞を受賞して、各メディア出演への参入という、小説家にとってリスクのある市場に自分の意思でとびこんだからだ。それ以外になにがあるというのだ。自明のことなのに、わざわざ答えるのも馬鹿らしい質問だ。

「芥川賞を受賞して、テレビに出てるからでしょうね。普通の小説家が断るような番組にも。ほら、仕事って、断らない人のもとにくるじゃないですか。つまり、テレビの仕事を断らなかったから、有名になっていったんでしょうね」

仕事を断らない小説家、というモチーフは密着番組でも使い勝手がいいだろうと思いKは自分でかなりサービスしてやったと思う。しかしディレクターの納得しきっていないような顔を見る限り、そうでもなさそうだった。

「そうなんですかねぇ」

なにがそうなんですかねぇだ馬鹿野郎。つまり、俺が芥川賞とテレビで有名になったわけではないとみているのだろうか。ずっとテレビ業界で働いているからこそ、業界人は意外とテレビの影響力を理解していないのかもしれないとKは思った。それを教え諭(さと)してあげるのも面倒だ。それにもしディレクターがとらえているように、自分が有名人になったことに関し芥川賞とテレビ以外の大きな要因があるとでもいうのだろうか。

ついでにいえば、密着番組のスタッフたちは取材対象者である自分をいい気分にさせてくれないとKは思う。ハッタリかもしれないが、見える地点から見透かしてますよと言わんばかりの視線のあり方は、どこか好恵のそれと似ていた。好恵の視線がなくなったからKは最近そう感じるようになったし、そのせいか、まだ好恵に見透かされているような心地さえした。

「それでは、また一七時にお迎えにあがります」

大通りで停められたタクシーから降り、Kは数十メートル先にあるマンションのエントランスへ向かい歩く。背中がすっと一直線状になっているのに気づいた。カメラで撮られている気配に、身体が無意識的に反応するようになっている。背中にも目があるのか、カメラや一般人の目が向けられれば、なぜだかKにはそうされていることがただちにわかるのだった。プライベート感を出すために、歩く姿勢を少し崩す。

　二時間弱の一時帰宅ではあるが、Kは部屋着に着替える。連日の収録続きで部屋の整理が少し滞り、未開封の宅配物や郵便物が溜まっていた。宅配便の不在連絡票に記載の番号に再配達の依頼を数件かけながら、宅配ボックスのある部屋だったらこんな手間も省けるのにと思う。

　未開封だった届き物を開けている作業中、Kは鋭い頭痛におそわれた。頭頂部付近の頭痛で、数分間でおさまる。新大阪行きの新幹線に乗っているときに痛みが走ったのが最初で、最近、数日に一度、同じ痛みに襲われる。医者に診てもらったほうがいいのかとも思うが、病院でフルネームを大きな声で呼ばれることを想像するだけで嫌気がさした。生活リズムが崩れているし、一時的なものだろうとKは思うようにする。体質的に、寝過ぎたりしたら頭の後ろのほうに鈍い痛みが走るので、そういうものの一種だろう。テレビ局の弁当は食べすぎだが、酒も煙草もやらない人間の血管がそんなにやられているとは思えない。ただ、冬で寒いからか、なんとなく気にはなった。

　Kはパソコンを開き、このところ増えてきた仕事の依頼メールを次々とさばいてゆく。先週、文藝春秋の社員数人と紀尾井町の高級中華料理店で食事の席が設けられ、今後のテレビ、雑誌、イベント等の依頼への対応はK自身にすべてやってもらいたい旨を告げられた。うちの社員たちが対応に追われ疲弊してしまっている、と出版部の偉い人に言われれば、Kもそれをのまざるをえなかったし、当然のことだろうと納得した。仕事連絡用のメールアドレスを新たに作成し、新たな依頼はそちらに転送で丸投げしてもらうようになって、一週間ほどが経った。食事には同席していなかった、プロモーション部の長谷川氏は他の社員たちとは考えが異なるらしかった。各テレビ関係者たちとのパイプを強くするため、本の販促と直接的には関係なくともKのメディア対応には少しでも関わっておいたほうがいいという立場らしく、いまだに親切な取り次ぎを時折してもらっている。

K自身は、文藝春秋を通してやっていた半分ほどの仕事依頼の対応がすべて自分の負担となっただけで、要求をはっきり相手に伝えることは以前からやっていたからそれほど負担が増えたとは感じていない。ただ、小説を書く時間が削がれているのは確実なことだった。文化人を抱えている芸能事務所にでも入れば、オフの時間では小説の執筆に専念できるのだろうか。

毎週連載エッセイを書いている新聞の担当者から、仕事とは別件のメールが届いていた。なんでも、Kが数週間前に書いた文房具に関してのエッセイについて、そこでとりあげられた製品の製造元メーカーの広報担当者がお礼のメールを送ってきたとのことだった。転送されたメールへ目を通すと、丁寧なお礼文の他に、仕事の依頼についても記されていた。添付されていたＰＤＦを開くと、新製品の無料提供、メーカーホームページへのインタビュー記事の掲載、来年三月に福岡で行われる社内カンファレンスでの講演会の依頼について記されていた。金額も明記されており、ホームページでのインタビュー記事掲載が最長二年間掲載で消費税別一四万円、講演会が消費税別八〇万円で往復の交通費や前乗りの際の宿泊費も別途支払いとなっている。

軽い気持ちで書いたエッセイに、こんな反応があるとは。自分がしたことに誰かが何かしらの反応をしてくれる事態は、成功者特有の待遇かもしれないとKは思った。昔だったら、新刊本を出そうが新聞でたまにインタビューに答えようが、何をしても徹底的に無視されてきたというのに。世の中には、誰かにお金を払いたがっている人や組織が一定数存在して、その矛先が今は自分に集中しているようにしかKには思えなかった。

少し前までのKは、そんな事態に対し、自分が不当な思惑買いをされ分不相応に価値を上げられているものと思い込んでいた。だがそれらがこうも続くと、そうでない可能性を考えざるをえなかった。自分の価値の上昇には、実態がともなっているのではないか。すべては織り込み済みで、今の価値が、自分にとっての適正価値なのかもしれない。むしろ不遇だった以前までが、適正価値から乖離(かいり)した安値をつけられ長く放っておかれていただけなのかもしれないとKは考え直した。

机の上の携帯電話が振動する。見ると、既に五度セックスしたことのある紗友子からのメッセージが届いていた。

〈ご無沙汰してます☆　毎日お忙しくされているとは思いますが、近々、お会いできる時間はございますか？

　大阪へいらっしゃる際は、ご負担にならないようサクッとお相手もできますし、なんなら東京へもうかがいます。

　お会いできたら嬉しいです。

紗友子〉

　彼女と前回セックスをしたのはいつだろうとKは思い返す。名古屋で講演会があった際に名古屋のホテルに来てもらったから、三週間前だ。富美那とつきあう数日前ということになる。夜通し抱き、朝も抱いてから、帰りの新幹線に乗り東京のラジオ局へ直行したのだ。紗友子のどこか不健全な感じのする派手な顔と身体は、性欲をもてあましているときに思い出すと、かなり性的欲求を喚起する。だから関西方面へ行くときKは紗友子とばかりセックスしていたが、ここしばらく、彼女の身体を夢想していなかったことにKは気づいた。誰の視線もないホテルでしか会っていないからか、テレビ収録のように非日常めいていて、日常から簡単に忘れ去られてしまうのか。

　紗友子だけではない。他の女性たちに関してもそうだ。たとえば、大学時代のクラスメートだった坂本可奈代の家にも、自転車でセックスしに行かなくなった。知り合って一〇年以上経ってから知ったその美乳の虜になり月に二、三度はセックスしていたが、それも紗友子と同じく三週間くらい前にしたのが最後だ。他のセックスした女性ともセックスしていなかったし、最近届くファンレターに記載されている連絡先にも連絡はとっていない。仕事で地方に行っても、バーやクラブなど、声をかけてきて性交させてくれそうなミーハーな素人女性がいそうなところをウロつかなくなった。

セックスの誘いがあっても、断るようになったのだ。富美那とつきあうようになり、本命である彼女に一途になった、というのとは少し違う。わざわざリスクを冒してまで富美那より美で劣る女性を相手にセックスしてまわることが、面倒に感じられてしまったのだ。Kは全国に散らかりつつあった自分の下半身を、清算したい気分だった。意識が分散してとっ散らかる感じは、仕事に集中できず私生活で気疲れを感じさせているようで、嫌なのだ。ここ数ヶ月間、仕事の種類や会う人にあわせて自分が何人もいる感じが、Kにとってはストレスになっている。また、頭頂部の頭痛がした。

〈最近忙しくて、時間が捻出できません。〉

紗友子にメッセージを返信したKは、これでいいと満足する。テレビに出ている芥川賞作家の自分は、このインターネット社会で、特定の女性と関係をもっている事実を、世間に広められてはならない。なぜなら、人気商売だからだ。人気商売をしている者としての自覚がようやく身に染みついてきたとKは自分のことを思った。OAチエアから立ち上がり伸びをし、東向きの出窓から外を眺める。夕日を反射しオレンジ色に輝く、三連の三角屋根の高層ビルが見える。新宿パークタワーだ。この部屋に引っ越してきてから、いやがおうにもKの目についた。

金がなく遊べないから、家に閉じ籠もり仕事をし、夕方の休憩で、目を休めるために日々見続けてきたタワーだ。それが、名前を聞いたことのある高級ホテル「パークハイアット東京」がテナントとして入っているタワーだとKが知ったのは、テレビに出るようになってからだ。電車移動しかしていなかったKがタクシー移動であの辺りを通った際、たまたま眺めていた携帯電話の地図アプリで、そのことを知った。

他の低層の建物は黒いシルエットになってきているのに、天空に突き出すようにそびえる新宿パークタワーは、夕日を反射し輝いている。

先日、特に意味もなく衝動的に、富美那とパークハイアットのレストランで食事をし、そのまま客室に泊まった。良いシチュエーションで初めて彼女と性交できると浮かれたKだったが、運悪く富美那の月経初日と重なってしまったため、その日も諦めざるをえなかった。しかし、クイーンサイズのベッドでキスをしたり添い寝したりしているだけで、満足できた。その少し前には、同じ建物の中で、好恵に別れ話を切りだされている。Kには不思議な心地がした。そうと知らず自分が眺め続けていたパークタワーと今さらになって自分が寝たかのような気がした。それとも自分がパークタワーで、女と寝たのか。数ヶ月前、それがパークタワーだと気づいたときに生まれた漠然とした憧れは、Kの中でかなり弱くなっていた。目指すものではなくなったのだ。

　ふと、あのタワーを眺めて目を休め続ける必要はないし、自転車で近所の同級生の家にセックスしに行く気もなくなったし、ここから引っ越そうとKは思った。テレビではいくらイジられてもいいが、実生活においては富美那という芸能人とつきあってもいることだし、そろそろセキュリティのことを考えなくてはならない。芸能人は、セキュリティのしっかりした、家賃数十万円の家に住むものと相場が決まっている。女優とつきあっている人気商売従事者たる自分が、オートロックもないこんな安い部屋に住んでいることのほうが、おかしいのだ。

　Kは賃貸物件検索サイトでいたずらに物件を探してみてから、ネットに転がっているポルノ写真を見てオナニーした。大量に精液が出た。高部清美と性交して以降、週に何度か性交する日々でオナニーの回数も激減していたが、最近また増えだしている。富美那とつきあってからだ。彼女がプラトニックな期間を楽しみたがったり、月経だったりが重なり、つきあい始めて二週間以上経つが、いまだにセックスができていない。

　Kはティッシュで亀頭の尿道口をふきながら、早く彼女ともしたいと思う。ただいっぽうで、性交できていない現状を楽しむ余裕ももちあわせていた。富美那は、ファンたち素人とは違う。芸能人なのだから、彼氏とはいえ、そう簡単にセックスできなくても不思議でない気がした。そのままパソコンでついでに、「森史奈」を初めてブラウザで検索してみた。すると、Kの予想に反し、彼女はかなり有名なようで、各雑誌等ではネクスト・ブレイクの女優に入っているらしい。しかし、ネクスト・ブレイクと言われ続けた若手作家を見てきたKは鵜呑みにしなかった。とはいえ、ファンが作ったらしい非公式のファンサイトまであり、それらはKの気も良くさせた。今までは、有名人である自分が出演したテレビ番組にたまたま呼ばれていた、売りだし中の若手女優、くらいにしかKは思っていなかった。

Kはこの後の番組収録に向け仮眠をとることにした。アラームを、五つセットする。仮に寝過ごしたとしても、次の現場への同行を約束している密着番組のスタッフたちが迎えに来てチャイムを鳴らすだろうが、Kはもう、起きる準備をしないと寝られない体質になっていた。自分の意識が起こされることを約束されないと、自分自身を不審がって寝られないのだ。ベッドに横たわると、また一瞬頭痛がした。

クリスマスの翌日、二六日の夜に金沢にて製薬会社の年末決起集会でトークショーを行った成功者Kは、イベント会社が用意してくれたホテルで一泊し、朝食を食べてすぐ、東京行きの北陸新幹線に乗り、慌ただしくお台場での収録へと直行する。進行方向左側のグリーン席窓側に成功者Kは座るが、隣に太った中年女性が乗っていた。車内放送によると、グリーン車もグランクラス車も普通車も満席だという。日曜日だからか年末だからかわからないが、グリーン席でこんなにも混んでいるのが成功者Kには不快だった。西日本へは東海道新幹線で何度も行っており、先週の土曜にも行ったばかりだがこんなに混んでいることはなかった。おかげで新幹線の中だというのに、成功者Kは帽子をかぶらざるをえなかった。マスクだけは外し、テーブルの上にコーヒーや日経新聞とともに置いている。メディアに露出しまくっている自分が成功者Kであるといつ気づかれるかと、成功者Kは落ち着かない。

東海道新幹線のN700系の車両と、北陸新幹線のE7系の車両は造りが結構違った。同じグリーン車でも、E7系の車両のほうが、ヘッドレストからして客を包み込む造りになっていて、シート下部にレッグレストがあった。N700系は、前の席の台座後方についたフットレストだ。まるで国内線飛行機のプレミアムやファーストクラスのシートみたいだと感動し、成功者Kは行きの車内で早速レッグレストに脚を乗せ日経新聞を読んだり寝たりしたし、今も乗車からずっとレッグレストに脚を乗せ続けていた。

だがふと下半身の凝りを感じ、試しにレッグレストをしまい足をカーペットの床につけたところ、そっちのほうが楽になった。隣に座っているおばさんは、脚が短く、シートに深く腰掛けると足が床につかず、ずっとレッグレストを使っている。太っているわりには男と比べ身体の横幅がないようで、シートが広すぎるため身体をホールドできず、しょっちゅう体勢を変えていた。成功者Kはシートのリクライニングも少し起こしてから、新しい新幹線の最新設備をなにがなんでも使わなきゃと貧乏くさく行動するのは、まだまだ成功者レベルが低いなと自分で思った。脚が短い人以外、レッグレストにだけ両脚の重さをまかせ鬱血気味にさせるより、足の裏に体重をかけたほうが楽なのは、明らかだというのに。

日経新聞の未読だった記事を読み終えた成功者Kは、スケジュールを確認する。今日はこの後、午後一時にお台場のテレビ局に入り、夜まで正月の歌番組の収録がある。出演者個別にリハーサルを行うので、待ち時間を含めた拘束時間が長い。弁当は最低三個は用意されるだろうが、ご飯やパスタなどどうでもいい炭水化物は残そうと成功者Kは思う。数日前、ダイエットジムのムック本とWEB広告の仕事依頼がきた。数ヶ月の標準プログラムで三〇万円以上の会費がかかるトレーニングメニューを無料で受け、数十万円のギャランティがもらえてしまう。一日で終わる講演会等の仕事と比べれば決して金額的に割が良いともいえないが、最近太ってきているのを自覚しているKには良い機会だった。ダイエットジムのコンセプトは、肉や魚を中心とした低糖質の食事と筋力トレーニングで痩せるものだ。Kは数年前にも一度、同じようなダイエットを自力でやってみたことがあった。期間中、血糖値がいたずらに上下せずインシュリンの分泌が抑えられるからか、一日のうちで頭がぼうっとする時間が減り、仕事に集中できるようになった。しかし一ヶ月しか続かなかった。理由は、食費が高くつくからだ。米やパン、麵などの炭水化物は安いが、肉や魚、野菜などは高い。売れない貧乏小説家Kには続けられなかった。

成功者Kとなった今なら、金にものをいわせて新鮮なステーキや野菜を毎日食べまくり、体重も減らせるだろう。いっぽうの貧乏人は、安い炭水化物の大量摂取で頭がぼうっとし眠気におそわれ、仕事の効率が落ち、成功者になれる確率が減る悪循環から抜け出せない。成功者Kは、自分がそういう負のスパイラルから抜け出せて本当に良かったと思う。

携帯電話を手に取ると、新着メールとメッセージが三件届いていた。ここ最近のKは、三〇分に一度メールチェックをすればなにかしらの新着メールが数通は届いている状態になっている。仕事の依頼の他に、SNSでの友人からの新年会の誘いのメッセージが届いていた。来年度の手帳とすりあわせてみると、一月第一週のその日時は、今のところ空いている。けれどもマスコミ業界の仕事は、数日前に突然依頼が入ってきたりする。本業である小説の執筆や、金の入ってくる本業以外の仕事ならまだしも、たかが遊びの予定で時間を拘束されたくないなとKは思ってしまう。遊びは、遊びで完結する。仕事は、他の仕事につながり、仕事の中でもっと大きく遊べる可能性につながっている。クリスマスの二日間をのぞきKは最近全然遊べていないが、いっぽうで、人生で一番遊んでいる時期のように感じられるのも、また事実だった。小説の打ち合わせをしないただの接待は断り、同業者や学生時代の友人たちと酒を飲みに行ったりもしなくなったのにもかかわらずだ。

〈引っ越しの荷ほどきに追われてるだろうから、微妙…。行けたら行くね！〉

成功者Kは友人にそうメッセージを返した。

明後日、引っ越しをする。今住んでいる狭い1Kでの荷造りは大変だが、引っ越し先での荷ほどきは空間にゆとりがあるから苦労しないはずだ。広さが四倍、家賃が五倍のマンションに、引っ越す。

　来年の手帳を眺めながら、成功者Kは一月の半分が、すでにテレビやイベント等の仕事で埋まっていることに気づいた。少ないが、二月の予定も数件入っているし、保留の未確定案件も含めればもっと沢山ある。八月から、せいぜい一、二ヶ月で終わると思い続けてきたテレビの仕事が、まさか年をまたいでも入り続けるとは思わなかった。だから年末の煩雑（はんざつ）なスケジュール管理も、芸能事務所に入らず自分でやってきたのだが、ひょっとしたら、当分終わらないのではないか。だったら、いつになったら小説の大きな直しに取り組めるのか。ずっと直し続けていた長編小説の分割掲載が年始から始まるが、後半の大きな直しは、まだ終わっていない。だからといって、自分を必要としてくれて、多額のお金をもらえる本業以外の仕事も、断れない。

　頭頂部の頭痛がした。ここのところ、毎日数度はこの痛みにおそわれる。不安になった成功者Kが少し前にインターネットで調べたところ、神経がこわばったときに発生する、頭皮の頭痛である可能性が高いらしかった。つまり血管の詰まりであったりと、脳に障害を残すようなものではなく放っておけば自然に治るようだ。日照時間が短く寒いこの季節の頭痛は、精神的に不安だった。だが、今年ブレイクした人として成功者Kがテレビで最近よく共演する、ほとんど裸の男性芸人よりはマシだろうと思い直す。その人は一日のうち、テレビ局や、その前後に事務所が運営している数ヶ所の劇場を何往復もさせられ、朝から深夜まで休みがなく、マネージャーが運転する車移動の時間になると、首がガクッと後ろに崩れ気を失うのだという。文化人枠で出演していた医者から大変危険だと注意されていたが、当の男性芸人は笑顔を崩さず全力で面白い芸を披露していた。なんて成功者レベルが高い人なんだと成功者Kは思った。それと比べると、気絶していない自分は、まだまだ修行が足りない。

しばらく眺めていた窓の外の風景にも飽き、周りをそれとなく見回す。通路を挟んで反対側の席に座る四〇歳くらいの私服の男性が、ハードカバーの本を読んでいる。ブックカバーもかけられず、本が全体的にテカテカと光っていて、裏表紙の下部中央にバーコードが貼られているのにKは気づいた。服装からして仕事でなくおそらく自費でグリーン車に乗っている人が、本は図書館で借りるのか。都内各所の仕事場への行きに関しては今も電車移動を続けている成功者Kは、電車の中で乗客たちが皆憑かれたようにスマートフォンに目を落としている光景を見慣れている。たまに本を読んでいる人を見つけると嬉しくて目がいってしまうが、よく見ると黄ばんだ古本だったり、図書館の磁気バーコードが貼られた裸の本であったりする場合がほとんどだった。新品の本を買う人が、もはやどこにもいない。全国的に公立図書館の運営が民間に委託されるようになってゆき、駅から離れたところにある古い図書館は次々と壊され、夜一〇時までやっているような駅前の図書館が新設されていっている。インターネット予約と連携した最新設備の駅前図書館は、〝市民サービス〟という名目のもと、役人がお上から評価されるためのわかりやすい評価軸として利用者数・貸出数の増加を至上の目的とし、学術書はほとんど買わずリクエストの多い文芸書の複本ばかり揃え、〝市民の知の保全〟という役割をこえた過度な利便性を追求している。それらの動きが現在次々と駅前の書店をつぶしていて、やがて電子書籍の無料貸し出しまで解禁され、本の書き手たちを路頭に迷わせる日が必ずやってくる。そんな世界では、芥川賞受賞作家の肩書きだって糞の役にもたたない。今のうちに、別の仕事でもいいからとにかく稼ぎ、貯めておくしかなかった。成功者Kの行動は、必然だった。

東京駅からは山手線とモノレールを乗り継ぎ、船の科学館駅で下車した成功者Kは、埋め立て地を歩く。収録が行われるのはテレビ局の本社ではなく、湾岸スタジオのほうだった。よく晴れた、風の強い日だ。マフラーを改造したバイクの排気音が遠くで響き、あとは耳元を擦過する風の音くらいしか聞こえない。日中なのに静かだと成功者Kは思った。年末の休日だからか、埋め立て地には本当に人気がない。空が雲一つなく澄んでいるのに人気がないというのが、文明が崩壊した世界のような終末感をかもしだしていた。

今日は文化人やスポーツ選手が歌を披露する正月番組の収録で、Kはこれから歌う。スタジオのエントランスへ入ると帽子とマスクを急いでとり、バッグにしまった。受付を素通りし、警備員の立つ入退場ゲートを顔パスで通過する。

歌劇『道化師』から「衣装をつけろ！」を歌い、午後九時半過ぎに収録を終えたKは、顔見知りになった幾人もの共演者たちと「よいお年を」と挨拶を交わし、局手配のタクシーに乗った。まずは中目黒へ向かう。モデル仲間と遊んでいる富美那を拾う約束で、成功者Kは収録が終わった旨伝えるメッセージを送った。

中目黒駅から少し外れた、人通りのあまりない川沿いの道に立ち待っていると、二〇メートルほど離れた闇の中から急に富美那が現れた。不思議なことに、少し遅れて、その前を歩いてくる通行人の顔がKには認識される。女優になるようなタイプの美人は、夜の暗がりで遠くから見ても、美人だとわかるのか。

「お待たせ」

少し駆け寄ってきてKと手を繋ぐ富美那の顔は、両サイドが髪に隠されている効果もあわさり、ものすごく小さい。こんなにも表面積の小さい顔が、暗がりの中でなんであんなに主張してくるのかが、Kにはわからなかった。本当の美人を見るときには、目のフォーカスや脳の補正機能が特殊なはたらきかたをするのだろうか。性的にうったえかけてくる顔の女は他にもいるが、たとえばあらゆるパーツが派手な紗友子や、その他思いだすだけで下半身がうずく女性たちの顔は、夜どころか昼間に雑踏の中で見ても、ここまでぐっとKの目にとびこんできたりはしない。

外苑前のマンションへ向かうタクシーの中で、富美那はモデルの友人たちとの会話を楽しそうに話した。やわらかく高い声でそれらの話を聞くのは、心地よかった。好恵が職場の愚痴を延々と話していたのとは、違う。

「この鞄もネックレスも、皆に自慢したら羨ましがられたよ」

嬉しそうに富美那は言う。クリスマスイブの日、Kは互いに仕事終わりの午後五時半に彼女と銀座で待ち合わせ、プレゼントを買った。前々から、好きな物を三〇万円ぶんくらい買ってあげるよとKが話していたから、富美那は鞄とネックレスを選んだ。決してブランド物志向の激しい女であるとか、男に貢がれ慣れているのとは違った。今年のKの稼ぎを考えたら、ダラダラと遠慮するよりあっさりそれに乗っかることでKを満足させようという、察しの良いねだり方だった。ショップに入る前や、会計前、Kと同様に慣れない高い買い物に本当は気後れしていた様を、Kは見逃していない。富美那は目が大きく皮膚も薄いから、心情が顔に出やすかった。

「他の子たちは、どんなクリスマスだったの？」

富美那は他のモデルたちのクリスマスの過ごし方を簡単に語った後、これが言いたかったとでもいうような表情と声色になる。

「私が一番、贅沢に過ごさせてもらってて、ホテルで撮った夜景の写真とか見せたら、羨ましがられた」

　買い物の後、マンダリンオリエンタルホテルのレストランで食事をし、そのままキングスイートルームへ泊まった。聖夜に今度こそ結ばれると思っていたが、富美那が仕事疲れと満腹と酒酔いで気乗りしない様子で、Kも仮眠のつもりがうっかり朝まで寝てしまい、結局初めての性交もなされなかった。しかしだからこそ、振り返ってみると贅沢な時間に感じられた。プレゼントも含め五〇万弱を使ったが、一過性の散財にはならなかったようだとKは富美那を見ていて思う。高層階の夜景とともに刻まれたクリスマスの記憶は、それを思い出したとき、その人を幸福な気分にさせるだろう。

　考えたくもないが、仮に富美那がKと別れ、何年も後に他の男とつきあっていたとしても、先日のクリスマスの記憶は楽しいものとして残っているはずだと思った。現に、Kの中で、昔交際した女性たちに未練はないが、特別な日の楽しかった感触は、わりとそのまま残っている。手を抜いていない楽しさは、月日が経っても色褪せない。たとえばデザインの世界で、どの時代でも一流だったものは、たとえ数十年経ち現代の流行とあわなくても、最先端の匂いがするように。

　富美那のマンションに上がりしばらく過ごしていると、午後一一時台のテレビドラマが始まった。富美那が出演するドラマだ。若者向けのコメディテイストの学園ミステリードラマで、全一〇話のうち二話目、他校の女子高校生グループのうち一人を富美那が演じる。撮影の一〇日前に急に出演が決まり、丸二日間かけて撮影したのだという。富美那は恥ずかしがったが、Kはかまわず見た。

「出てきた！」

深緑色を基調としたブレザーに青のネクタイを着ている富美那は、一〇代に見えた。

「似合うね。こんな女子高生だった富美那にも、会いたかった」

「私が行ってた学校の制服と結構違うから、こんなふうではなかったよ。女しかいなかったし」

制服姿が新鮮だったが、思いのほか、今横にいる富美那のままだなとKは感じた。静かな撮影現場でマイクを使うからか、騒がしいバラエティ番組や舞台と違い、他の役者同様あまり声を張っていない。カメラアングルが計算され撮られているからといって、実物より良く映りすぎていることもなかった。役を演じているのにそのままの感じがするのは、どういうことなんだろうとKは思った。ひょっとしたら自分のほうが、バラエティ番組で、本人の性格からかけ離れたポップな役回りを演じているのかもしれない……。

撮影の一〇日前に出演が決まったというわりには、富美那はグループの先頭真ん中で最もセリフ数が多い、大事な役柄だった。話を聞いてみると、今後もレギュラーで登場するらしい。自分が思う以上に彼女は売れていて有名なのかもしれないとKは思ったが、あまり現実味は感じられない。

エンドロールで森史奈のクレジットが流れた後、富美那が続けざまにHDDレコーダーを起動させ、Kが出たバラエティ番組を見始めた。今年活躍した人が沢山出る番組で、Kの他にもお笑い芸人やティーンモデル等、何回も共演した人たちが映っている。その他にも、大手事務所所属のベテランお笑い芸人の面々による団体芸がしょっちゅう繰り広げられた現場で、その流れをとにかく邪魔しないようにと、気を張りっぱなしだった一ヶ月弱前の現場の雰囲気を思い出す。

「今のKちゃん、かわいかった」

Kが特に中身のないつまらないことを言い、優しい女性芸人にああだこうだツッコんでもらってスタジオで笑いが起こりK自身がヘラヘラしているところで、富美那が言った。

「え、どこが」

「私の前で見せるのと同じ表情がちょっと出た」

「そんなわけないよ」

「どうして?」

「このとき、とにかく共演者に嫌われたくないからって、気を張ってたんだよ。誰かがおもしろいことを言えば、積極的に大袈裟に笑いにいった。テレビだしねぇ」

「うーん、でも、Kちゃんの素のかわいい顔も出てるよ」

画面の中のKが顔を崩して笑ったりする度、富美那は小さな子供を見るような顔になった。彼女は、普段のKに感じるKの素顔のようなものを、バラエティ番組の中の

Kにも見いだしているようだった。Kにはそれがよくわからない。収録現場で、自分の彼女の前で見せるような甘えた声や顔にはならないはずだ。収録現場では、意識的に笑っていたことに間違いはない。富美那が感じたとおりだとしたら、本番収録中の自分は、意識的に「Kちゃん」を表出させたことになる。なんで成功者Kたる自分が「Kちゃん」などに頼ったのだろうとKは疑問に思った。ただ素人丸出しのリアクションを垂れ流すなど、テレビに出ていなかった頃の不人気作家Kみたいではないか。そして、そんな場面で顔をだした「Kちゃん」の存在が、少しうとましく感じられた。

「シャワー借りるね」

「うん」

リフォーム済みの、ビジネスホテルによくあるような最先端素材のパネルに囲まれたユニットバスでシャワーを浴びながらKは、シャワーを借りられたということは、この家に泊まってもいいと認められたことだよなと思う。つまり、性交していいはずだ。さすがにサイクルからして月経の期間とは重なっていないだろうし、過度に疲れてもいないし、今日こそ性交できるはずだ。しかし、つきあって一ヶ月近く経っても一度も性交をしていないという事実が、Kの中でハードルを上げた。自分は今日こそ、本当に性交できるのだろうか。ふと音沙汰のないドッキリ企画のことを思いだすが、まさかなと思う。考えてみればドッキリを疑ったファンたちとは、今までちゃんと性交できたのに、ホテルの外の現実世界で顔をさらすというリスクをとってまで会い続けてきた富美那とは、まだ一度も性交できていない。

洗濯機の上に置かれていたバスタオルで身体を拭いたあと、他に着る物もないのでそのままバスタオルを腰に巻き、バスルームから出た。

「あ、着替えとかなにもないかも。Kちゃん、大きいもんね。ごめん」

「いいよ、いきなり上がりこんだんだから」

入れ替わりに、富美那がバスルームへ行った。Kは体力を回復しておこうと、ベッドに横になる。すると、朝からの新幹線移動や番組収録の疲れがたまっていたのか、すっと眠気に意識がもっていかれるのをKは他人事のように実感した。

僕はどこにいるのだろう。

意識が戻ったとき、部屋は暗かった。

シーリングライトの片隅で光る常夜灯が、沈みかけの夕日に見える。

どれくらい寝ていたのだろうと気になったKが枕元に置いていた自分の携帯電話を見ると、まだ午前〇時一四分で、シャワーを浴び終えてからたいして経っていなかった。

隣では、富美那が寝ている。ほとんど寝息をたてていない感じは、ただ目を閉じ横になっているだけのように見受けられた。

Kが隣の富美那に唇を重ね合わせようとすると、目を閉じたままの富美那が、まるで遥か昔からそういうふうに仕掛けられていた自動装置式の罠のごとく、Kの接吻を受け入れた。

上から羽織るタイプのパジャマをたくしあげ、ブラジャー越しに張りのある胸を愛撫したあと、後ろのホックに手をまわす。ブラジャーだ、とKは思った。ブラトップ等ではない。わざわざ身体を絞めつけるブラジャーを着て寝たとはつまり、今日は富美那にも、性交をする準備ができているということだ。外しやすいようにと彼女が腰と肩を起点に背を海老反りさせたとき、二人して協力してる、とKは嬉しがった。剝き身のおっぱいは見た感じ空気との境目がはっきりとしているというか硬そうな弾力を感じさせたが、触ると柔らかかった。ピンク色に朱色を足したようなあわい乳輪は男であるKとほとんど変わらないくらい小さい。むしゃぶりつきながら、Kは童貞卒業したてのようにパジャマのズボンとパンツもいっぺんに脱がせ、すぐ股を触ろうとすると、身をよじらせた篠枝富美那にくすくすと笑われた。

「恥ずかしい」

「可愛いな」

Kは長い脚の付け根に顔をはさみ舐め、指を入れ、しつこくなりすぎない程度に濡らせると、バッグからコンドームを取り出し装着した。膣の入口で亀頭を粘液でなじませつつ、大気圏突入するスペースシャトルのように入射角を定める。Kがゆっくりとだが一突きで奥まで入れると、篠枝富美那が短く高い声で鳴いた。

正常位で腰を動かしながら、Kは数秒でイッてしまいそうだと思いながらも、健闘できている。頭のてっぺんから足の爪の先まで、今まで見たことのなかった綺麗な女の裸に接しているのにもかかわらずだ。

それでも体位を変えるほどの余裕はなく、篠枝富美那を両方の脇の下から両腕で抱え上げるように抱きしめながら、Kは射精した。精液が放出される波は深く長く、己のペニスが波打ち、それにいちいち彼女の全身がビクンビクン動き反応する。

いつもはすぐペニスを抜くKだったが、そういうことを考える焦りや警戒心とは無縁だった。これはなんだろう、とKは思った。互いの息が整うくらいまでキスをしたりじっとしてから、ようやくペニスを抜いた。少し萎えたペニスに装着されているコンドームが白濁液を含んだまましわくちゃになっているのを見て、安らぎだ、とKは思った。篠枝富美那には、一切の警戒心を感じなかった。それは、好恵に対し抱いていた安心感とも違う。篠枝富美那と一緒なら、すべてを受け入れられる気がした。

平日の朝八時から始まった生放送情報番組のコメンテーターとして、Kはスタジオの席に座りVTRを見ていた。今朝も四時起きで、本番直前まで眠かった。家にテレビがなくネットニュースも見ないKですらなんとなく知っている、とある芸能人同士の不倫報道についての進展をとりあげている。そのニュースは、正月明けに「週刊文春」が初めて報じた。それから約二週間が経過しても沈静化の兆しは見えず、まるで発表した記事に対する当の芸能人たちのリアクションを先読みしていたかのように、第二段、第三段の新情報発表という波状攻撃によって、騒ぎを大きくしていた。その記事の担当者が誰だかKは知らないが、かつて「文學界」の編集者で自分の芥川賞受賞作を担当した沖氏が、今はまた古巣の「週刊文春」に戻り記者をしていることを、Kは思いだす。沖氏はこの件に関しもっと知っているのだろうか。当該スクープの片方の二〇代女優は多数の広告契約をしており、推定の違約金は五億円にものぼるという。そのニュースについての話題が終わると、別の芸能人カップルの熱愛スクープについての話題に移った。それもまた、「週刊文春」が最初に抜いた記事だった。

富美那の所属事務所は恋愛禁止だし、バレないように気をつけなければならないとKは思った。けれどもすぐに、自分には小説家特権があるだろうということを思いだす。文芸部署がある出版社が発刊する週刊誌では、小説家を守るため、小説家のスクープ記事はほとんどの確率で発表されないとどこかで聞いたことがある。その出版社と取引がなかったりする小説家ならわからないが、Kは一二年もの職業歴の中で、主要な大手の出版社とは仕事をしてきている。なにしろ文藝春秋の役員を中心とした公益財団法人、日本文学振興会が主催する芥川賞を、文藝春秋発刊の「文學界」に掲載し、受賞したのだ。今勢いにのっている「週刊文春」が、たとえKと富美那との関係についてつかんだとしても、発表はしないだろう。

「これについて、いかがですか、Kさん」

ＶＴＲ明けに芸能リポーターや女性コメンテーターたちがしゃべった後、男性司会者から最後の締めのような感じでＫはふられる。

「そうですね。あの、出版社は小説家を大事にするんで、どんなひどいことをしても記事にはならないんですよ。つまり僕には小説家特権というのがあるんで、恋愛がしたくて仕方がないけどスクープが怖いという女性芸能人の方々は、僕とつきあうといいんですよ！」

自分でも思いもしなかったコメントを、馬鹿な童貞野郎のように段々と声を大きくしながら言うと、周りの皆が苦笑いしているのに気づき、ひるんでいるとタイミングよくＣＭに入った。

ペットボトルの水を飲んですぐのＣＭ明けで、昨日発表になった芥川賞・直木賞の話題になった。今日で二度目の出演となるこの情報番組に呼ばれた理由は、これだ。専門的なコメントを、テレビの尺で簡素に伝えなければならないと、Ｋは気を引き締める。帝国ホテルで行われた記者会見の模様がＶＴＲで流れだした。Ｋはニュース自体はなにかの拍子に昨日の寝る前くらいに知ったが、映像での報道は今初めて見る。

新芥川賞作家が二人に、新直木賞作家が一人。半年前、Ｋもあそこにいた。もう半年が経ったのだ。しかし話題は新しい成功者たちについてのものからすぐ離れ、芥川賞を受賞したら作家生活がどれくらい変わるのかという、半年前の受賞者であるＫ自身の話に移った。用意していた言葉をすべて捨てたＫは、原稿料や発行部数についての話をあけすけにする。

「なるほど。ところでKさん、もう受賞から半年経ったわけですが、新作なんかは出るんですか？」

「えっと、実は今月から雑誌で、長編小説の連載が始まりました。でも、まだ本になっていないんで、雑誌は買わなくていいです、印税入らないし。それと、新芥川賞作家のお二人の本より、僕の本をみなさん買ってくださいね！」

「おっと、宣伝に利用されちゃいましたねぇ」

一〇時半に生放送終了後、次があるからとメイクを落とさずKが控え室に向かうと、打ち合わせを約束していた別番組のスタッフたちの他に、密着番組のディレクターとカメラマンが立っていた。Kはまぶたを強く閉じる瞬きを数度行う。何かが切り替わったような気がした。

一時間弱で打ち合わせを終え、密着番組手配のタクシーに汐留のテレビ局から乗り、近場の新橋の飲食店に向かう。今日はこの後、バラエティ番組の収録のため午後二時に赤坂のテレビ局入りで、午後六時には丸の内に移動して映画のPRイベント、そして夜一一時からお台場で作家仲間のカトチエとやっているインターネット番組の生放送だった。次のバラエティ番組の入りまで時間があるため、密着番組スタッフが手配した店で昼食をとりがてら、そこでインタビューシーンを撮ることになっている。

タクシー移動以外の画を撮るのに、この人たちも頭を悩ませているのかもしれないとKは思う。先月末に引っ越したばかりの新居は、撮影不可にしている。前住居の1Kマンションは、どうせ近々引っ越すからという前提で、各局のカメラを入れさらしまくっていたが。代々木公園近くの低層マンション最上階角部屋5LDKの今の住まいが気に入っているKは思う。プライベートは大事だ。実生活は、ちゃんと守らなければならない。

人で混みあっている新橋の路地で下車し、帽子とマスクをつけたKはディレクターたちの後について焼肉店に入る。個室はないようで、Kは簡素なパーテーションで仕切られただけの四人掛けの席の上座に座らされた。昼時だからか、客が段々入ってきているところだ。

「情報番組のコメンテーター、お疲れさまでした」

撮影許可はとってあるのか、下座に座るカメラマンがカメラを向けたところで、ディレクターが言った。

「過密スケジュールですが、お身体は大丈夫ですか」

「平気です」

いつものように、もう何度もなされてきたような質問が、ここでも繰り返された。自分はなにか、決定的に間違ったことしか言っていないんじゃないかという心地にKはなった。尋問に対する答えが間違っているから、帰してもらえないのか。だったら、そちらにとって都合の良い正しい答えを教えてくれと思う。この際、嘘のことでも、自分の真実として語ってもいい。Kはもう既に、バラエティ番組等では、嘘をつきまくっている。

「連載小説の掲載が始まったわけですが、反響はありますか？」

質問に答えるKだが、気が散って集中できない。斜め向かいの席に座る会社員数人組のうち制服を着たOLふうの女がKに気づいたようで、周りに教え、皆で見てくる。本人かどうか確かめるためネットで写真を探している、もしくは盗撮でもしようとしているのか、携帯電話のカメラレンズを向けてくる。他の席の客たちも気づき始めた。なんで自分は上座なんかに座らせられているんだとKは苛つく。こうして他の客たちに顔をさらしてしまうではないか。ディレクターたちからすれば、他の客にカメラを向けないためであるとはわかる。しかしKは下座がいい。上座や下座などというサラリーマン的儀礼はどうでもいいから、とにかくこの顔を、ごく近しい人の前やテレビ以外では見られたくない。俺の顔を見るな！　素人たちが、どいつもこいつも、当然の権利があるかのごとく、赤の他人であるはずの俺の顔を無遠慮にニヤついた顔で見やがって！

「先日も統括の者を交えた会議があったのですが、今ちょっと、難航してます。どうすれば、もっとKさんに近づけるのか、我々も考えているところです」

カメラを置き、出されたランチを食べ始めたところで、ディレクターが口にする。

〝本当の顔〟とやらを、まだ探っているのかとKは途方に暮れる。たしかに、席の離れたホテルのランチではなく、こんなビジネス街の大衆焼肉店で一般人たちからの視線をジロジロ受ける場所では、不機嫌そうな顔になってしまい、素の顔という感じにはならないだろう。そのような状況下では当然、たとえば富美那が言っていたところの「Kちゃん」のような顔は出していないはずだ。〝本当の顔〟を追い求める彼らは、ひょっとしてそれを探しているのか。それなら応じてやろうと、Kは出任せに過剰にニコニコしながらしゃべってみせたが、カメラマンは一切撮ろうとしなかった。

次のテレビの仕事現場に少し早く着くと、Kは控え室で携帯電話のアラームを数十分後にセットしてから、ソファーで寝た。

目を覚ましたとき、Kは時計を見て驚いた。収録開始時刻の一八分前だ。アラームを止めて二度寝してしまったようだ。急いでメイクルームへ行き、メイクを施してもらい、時間ギリギリでスタジオに移動する。寝て疲れをとり、メイクも施したはずなのに、どうもスッキリしていないしやる気も満ちてこなかった。頭の中が疲れている状態が続いていて、働き過ぎなのかもしれないとKは思った。

四〇歳前後の男性芸人たちが沢山いる現場で、皆、顔を粉で塗った感が際だっていた。年末年始の特別番組で、肌が疲弊したのだろう。間近で見ると皆、髭の毛穴や出来物を隠しているのがわかり、K自身の厚塗り具合もひどかった。たまにモニターに抜かれた自分を見ると、出来物を隠すために濃い色のメイクを顔に施され、首から下は白いため、黒人に憧れている人みたいになっている。全員揃った画は、顔の粉っぽい、道化師の集団のようだった。

番組の司会者は、Kが小学生の頃から知っている、東京出身のお笑いコンビのうちの片方の人だ。スタジオの前室で挨拶をした際、Kが昔から抱いている優しいイメージのままだったし、本番でも、プロのお笑い芸人たち相手のときとは異なり、素人のKには優しく接してくれている。ただ、優しいその人は、しゃべるのが苦手なKにはあまりふらないという優しさを見せてくれるから、それが己の無能さをつきつけられているようでKにとってはむしろ辛かった。

次いで丸の内に移動しての仕事は大手配給会社の新作洋画のPRイベントで、壇上から女性芸能人と一緒にスチールカメラやムービーカメラの列に手をふったりした。イベントの途中で、密着番組のスタッフたちは帰った。本イベント後、朝の情報番組三件の囲み取材や単独取材を午後九時前に済ませ、Kはタクシーでお台場に向かった。歌人で小説家のカトチエと一緒にメインパーソナリティを務めるインターネット番組に、久々に出演する。

コーナー終わりにさしこまれた数分間の休憩時間中、携帯電話のディスプレイを触っているカトチエから、最近の出来事を聞く。

「え、その日空いてたの?」

「いや、空いてなかったけど、一応誘ってよ。空いてるかもしれないんだしさ」

「ごめんね」

彼女は数日前、ミュージシャンやお笑い芸人数人と食事をしたらしく、今も当日その場にいた年下の女性ミュージシャンとSNSでやりとりしている最中だった。

「しかしカトチエの人脈はすごいな」

「そんなことないよ。成功者Kのほうが色々な人と会ってるでしょ」

その女性ミュージシャンはつい先日、この局の地上波の歌謡祭で歌っていた人だ。控え室の並ぶ二階の広間で、生中継のモニターを前に関係者たちの人だかりができていたからKは覚えている。

それにしても、カトチエはたまにとんでもなく有名な人と連絡をとっていたりするが、その態度は、売れない小説家に向けるそれとなんら変わらない。話が合う人がたまたま有名人だったというだけなのだ。コミュニケーションのハードルを下げるその感覚は、自分に欠けているとKは思う。

文芸出版界のトピックスを扱うコーナーでは、書店が作ったフリーペーパーをとりあげた。カトチエはそれに掌編小説を寄稿していた。同じ依頼が出版社経由できて、Kは断っていた。原稿料が、無償に近い額だったからだ。

「よくやったね」

「うん、本を売るために頑張ってくれている書店さんだし、小説を読んでくれる人が少しでも増えてくれるならって思って書いた」

毎週出演しても月に数万円しかもらえない二部の深夜ラジオの生放送にも、本を読んでくれる人を増やしたいからという理由で彼女は出演している。金のためだけが行動理由でないのはKにも理解できる。だがそれはあくまでも全体のうちの一部分としてなら可能だ。カトチエのほとんどの行動理念が、金がないと実現不可能なことのためではないのだ。昔から好きだったミュージシャンや友だちになったお笑い芸人のライブへ行けば、終演後に差し入れを持って挨拶しに行く。作家として多くのファンがつき、ラジオの出待ちもされる側にいる彼女は、誰かのファンになる側、出待ちのようなことをする側へと容易にまわれる身軽さを有している。控え室挨拶も、憧れの人に会いに行くのではなく、友だちに会いに行く感じなのだ。そんな、Kには行動理念がよくわからない人は、カトチエの他にもいる。毎日野良猫と遊ぶのがなによりの楽しみの大御所女性作家がいる。全然金に困っていないのに、社会との繋がりがなければ小説を書けないという理由でコンビニで働きながら小説を書く同期の小説家もいる。本当に、ある種の女性作家たちの存在は、Kにとっては厄介だ。他人の芝生は青く見えるもので、Kはカトチエたちといるとたまに自信がなくなる。彼女たちから漂う絶対的自己充足感の前では、自分が幸せをつかむために考えるべきなのが、努力や、経済力についての問題ではない気がするからだ。自分が目指している幸せの方向は、間違いなのではないか――。

「じゃあねKくん、お疲れ」

「またね」

生放送が終わり、本社一階のロータリーで別々のタクシーに乗り、Kはカトチエやスタッフたちと別れる。Kが乗ったタクシーがロータリーから出る前に一時停車した際、女性が駆け寄ってきた。Kが窓を開けると、出待ちの女性で、紙袋を渡してきた。Kは会釈して、タクシーに発進してもらう。暗かったため、女性の顔はよくわからなかったし、ちゃんとたしかめようともしなかった。それくらい、出入り待ちには慣れきっている。

走りだしてすぐ高速道路に入ったところで、携帯電話にメールを受信した。「紗友子」からだった。しばらく会っていないな、と思いながら成功者Kは本文を読む。

〈生放送、お疲れさまでした。カトチエさんととても仲良くリラックスして話されていて、カトチエさんに嫉妬してしまったほどです。

今宵も、素敵でした。

おそらく、もう新しい彼女さんもいらっしゃるのでしょう。けれども、やはり私は、貴方に会いたいと思ってしまいます。

今度、いつ会ってくれますか？

会ってくれないと、私もう、どうにかしてしまいそうです。

私を鎮めてください。

紗友子〉

読み終えたKは、シートに座ったまま身を硬くしていた。最近、紗友子から届いていた数通の誘いのメールに、断りの返事を書いていた。最後に彼女と性交をしたのは、富美那とつきあう直前だ。Kはメールを読み返す。「どうにかしてしまいそう」というのが、不穏さを帯びている。「どうにかなってしまいそう」ではなく、「してしまいそう」だ。これ以上自分が紗友子とのセックスを拒み続ければ、彼女は能動的に、なにかをする意志があるということを、伝えてきている。つまりは、脅し、なのだろうか……。

レインボーブリッジにさしかかり、次々と前の車を追い抜いてゆくタクシーの車中で、Kは大きく息を吐いた。建ち並ぶ高層ビルの航空障害灯の赤い光が、暗い空の中で無数に光っている。必ず対になっている赤い光が並ぶ様は、巨大な無機的生命体の群れが、暗闇の中で赤い目を光らせているようにも見えた。

一度だけでも嬉しいしこれ以上は望まない、と、初めて会った日に紗友子はKに言った。今の紗友子はそれを反故(ほご)にし、もっと多くを望んでいるらしい。たしかにKのほうも、まるで人工的に作り上げられたかのような派手な顔と胸、富美那より迫力のある肉感的な脚を思い出すと、久々に紗友子の身体にぶちこんでみたい気もする。しかし富美那という最愛の恋人を手にしている今、リスクを考えるようになった自分にその可能性はないとKは思った。

パークハイアットのバーで、好恵から中洲での浮気について切り出されたときの痛みを思いだす。リスクを考えるようになった男には、浮気できる可能性は残されていない。女にバレたときのことも何も考えない無鉄砲な馬鹿野郎か、強大な金と権力をもちいくらでも自由に振る舞える王様のような権力者にしか、浮気できる可能性は残されていないのだ。最悪の場面を可能性として考えられる人、考えてしまう人には、もはやなんの可能性も残されていない——。

ホテルでしか会わないファンの一人だったはずの紗友子が、現実世界へと足を踏み入れてきた。Kは子供の頃に見た、テレビの中から化け物が出てくるホラー映画を思いだす。

紗友子のメールには無視を決め込むべきだろうか。だが、なんの反応も示さないのは、火に油を注いでしまうことにもなりかねない。Kは明日にでもじっくり考えようと思った。

急に疲れにおそわれたKは、明日の昼からの地方ロケに備え少しでも体力を回復しておこうと、ヘッドレストに後頭部をもたせかけ、目をほとんど閉じる。富美那と一緒に寝て、癒されたい。Kは今まで、一〇日に一回ほどのペースで、計三回富美那と性交をしていた。しかし彼女との性交を思いだしても、不思議と、自分の身体も含め俯瞰で見たような画ばかりが頭に浮かぶ。高部清美や坂本可奈代、それに紗友子といった、元からの知人やファンたちとの性交を主観的な記憶として想起し、直接的な欲望までよみがえる感じとは少し違った。完璧なものとしてKの胸に秘められている富美那との性交は、どこか他人事のようだ。それは彼女がそこらへんの素人たちとは違い、芸能人だからだろうか。

薄目でも、首都高速道路からの風景は見えた。電車に乗る機会も激減し、タクシーやハイヤーでの移動ばかりで、東京の街の見え方が、芥川賞をとる以前とは変わった。帽子とマスクをかぶらなくても顔バレしないタクシーは便利で楽だが……Kは少し身を起こすと、運転手さん、と話しかけた。

「そんなにとばさなくても大丈夫ですよ。急いでないんで」

「かしこまりました」

そう返事をし、かなりとばし気味だった運転手は少しの間、周りの速度にあわせたものの、一分も経たないうちにまたスピードを上げ始めた。片側二車線の狭いトンネルのコーナーで、Kの身体はドア側へとかかるGを受ける。覚醒剤でもやっているんじゃないか、この運転手は……。Kは自分がシートベルトをかけていることを確認する。乗っているタクシーがたてるロードノイズの轟音が、トンネルで増幅され、警告音として頭に鳴り響いているようだった。

売れない貧乏小説家時代は決して乗ることのなかったタクシーは便利だが、こうして深夜に首都高をとばし気味の運転手にあたると、かなり怖い。電車移動では、わずらわしさがつきまとっても、死ぬことはない。車移動は楽だが、事故で死ぬ可能性がある。横にかかる強いGを受けつつ、また高排気量の外車や国産クーペを抜かしながら、Kは感じる。こんな移動方法を続けていたら、いつかクラッシュを起こし死ぬ気がしてならない。

年末年始の激務を乗り切り、二月に入っても、Kの頭皮頭痛は続いていた。午後からテレビ収録がある日の午前中、Kは病院で診てもらう決心をした。ずいぶん前から脳神経外科の目星はつけていたが、病院で看護師から明瞭な発音でフルネームを呼ばれることをイメージすると、行く気が失せてしまっていた。極力患者が少ない時間に行こうと、午前の受付終了時刻である一一時半ギリギリにKは電車を乗り継ぎ脳神経外科に入った。

カルテに記入し終え、待合室のベンチに座る。何かを待っている患者は五人いた。Kが座っている位置は閲覧雑誌が置かれた棚のすぐ横だ。「週刊文春」を手に取った。また芸能界の大きなスクープを抜いている。「週刊文春」きっかけで触発されたのか、「週刊新潮」や「フライデー」といった各誌も、芸能界や政界のとても大きな記事を出したりしている。いったいなにが起こっているんだろう、とKは思った。数年前に「週刊文春」の張り込み班に同行していたKにはわかるが、あの当時も、週刊誌の記者たちは定期的な締め切りに追われ、常に全力を出していた。それがここへきて急に、これまでとは異なるペースで、それも各誌がスクープを連発している。なにか、週刊誌の記者たち限定で、人間の潜在能力の覚醒が起こったとしか思えなかった。公職である政治家たちのスキャンダルはどんどんすっぱ抜けばいいが、芸能人のスキャンダルは可哀そうだとKは思う。「週刊文春」、「週刊新潮」、「フライデー」の版元である各社とつきあいがあり小説家特権で守られている可能性が高い立場から、Kは同情した。

すると急に、不安におそわれだした。同情心が、本職の芸能人たちに疎(うと)まれているような気がしたのだ。外見をウリにしているわけでもなく話のつまらない余所の畑のド素人が、同情してくるんじゃない。おまけに、テレビには出たくても出られない俳優の卵や芸人もいるというのに、なんでつまらないおまえが出ているんだ？　他者から罵倒されているかのようなそれらの自問は、Kの中で時折なされる。出演者たちだけでなく、テレビ局や制作会社の人たちに対しても、ギャラのつり上げ交渉をしたり、たまに不機嫌そうな顔で打ち合わせをしたりしている。テレビ業界に無礼な振る舞いをし、本業である出版界の人たちからも異端視され、気づいたときには自分の居場所がどこにもなくなってしまっているような気がした。人から嫌われたくない、とKは切実に思った。

「K・Kさん」

中年女性看護師から姓名を呼ばれ、待合室に数人いた患者たちから見られた気がして、Kはさっさと診察室に入る。事前の記入票に、自覚症状を正確に記載していた。Kが診察室に入ってもしばらくそれを読んでいた五〇代くらいの医師は、読み終えた時点で「なるほど、ああそうですか」と納得した様子だった。医師にはちゃんと伝わった。自分にはなかなかの文章能力があるなとKはあらためて思った。

「放っておけば、治ります」

いくつか言葉を交わした末に医師が下した結論は、それだった。

Kは一瞬呆気(あっけ)にとられたが、頭皮頭痛に間違いないという。MRI撮影も薬も不要と言われたが、Kはくいさがる。

「精神的なストレスが原因ということも考えられませんか」

Kは、最近眠っても気持ちがなかなかリフレッシュされないことや、オンとオフを分けられなかったり、人から態度が変わったとか結論ありきで決めつけられることに辟易(へきえき)していること等、色々しゃべった。気づけば、女性看護師が様子をのぞきに来るほど、医師の相槌もほとんどなしに数分間はしゃべっていたようで、そのことがまた自分でも気味悪く思えた。自分は、そんなにしゃべったつもりはないのに。

「それは脳神経外科でなく、心療内科の領域ですね。もっともあなた方は、なにか嫌な思いがあるんでしょうか、そういうところには行きたくなさそうだけど」

笑いながら言う医師は、カルテを机に置いた。

「心療内科、ですか」

「そういう症状に悩まれる方、テレビとかで急に有名になった方なんかにも多いみたいですよ」

この医師は、目の前にいる患者の正体が、テレビに映ったりしている芥川賞作家Kだと知っている。Kの中で一気に警戒心が湧いた。

「私の知人にもいます、プロダクションに入り、テレビに映っているのが。それまでは、高い時計や車を買ったりと、自分が医師であることを周りにアピールしていた彼ですが、テレビに出だしてから、変わりました。今では、帽子とマスクと伊達メガネをしないと外を歩けないようになっていますよ」

待合室での俺の姿を見ていて、わざと言っているのか？　医師がなぜそんな話をしてくるのか、Kにはわけがわからない。

「たまに街中で見かける、昔から長くやられている芸能人の方々なんかはちょっと帽子をかぶるくらいだったり、変装なしで外を歩かれていたりするのですが、最近テレビで有名になったばかりの私の知人はその人たちより厳重な変装をしてしまって。不思議なものですよ、ええ」

「昔から有名な人たちはきっと、感覚が麻痺してしまっているんですよ」

「……というと？」

「言ってみれば、諦めですね。その人たちも最初は変装していたんでしょうけど、帽子とマスクの世界から抜け出せない窮屈さに辟易して、自分を守ることを諦めてしまったんですよ。街中でズブの素人連中に気づかれたり盗撮されたりしたくないと思う、テレビに出ているお医者さんのほうが、よほど健全な精神を有していると思いますけどね、あくまでも第三者の立場から見て」

「なるほど。となると、医師の彼はかなり、コントロール欲が強いことになりますね。それも末期的なほどに」

「コントロール欲……？」

「はい。自分が許可した自分の顔しか世には出したくなく、それ以外のほとんどの時間は、世を忍ぶ姿で己を消そうとまでしてしまっている。文化人枠とやらでテレビにはっちゃけながら露出して、俳優さんたちと比べてセルフプロデュース戦略なしでなんでもやっているように思わせて、全然そんなことはない」

Kの頭に、バラエティ番組等で共演した何人かの〝医師〟たちが、街中でマスクと帽子で歩いている姿が思い浮かぶ。段々と滑稽に思えてきたのはどうしてだろうとKは感じ、すぐに、あの人たちがたいして売れていないからだろうと思い直す。密着番組に取材されたりする俺は、もっと売れている。

「あなたの小説では、処女作のときからよく、客観視ということについて書かれていますが。あれもコントロール欲の表現ですよね」

知人の医師について語っていたのと同じ口調で突然そんな話をされ、Kは驚き、言葉が出なかった。なぜ、俺の小説まで読んでいる？　久しぶりにバラエティ番組のドッキリ企画を思いだし反射的に周りを見回したが、とてもじゃないが隠し撮りが行われているような気配はない。

「ともかく、疲れをとるため、よく寝るのが肝心です。精神と肉体を、ちゃんと休めましょう。そして、自分の出た番組をきちんと見るのがいいですね。自分と向き合えば治ります」

テレビに映っている俺を見ていて、なおかつ、十数年前に書いた俺の処女小説を読んでいながら、俺の弱い部分にふれてくるなんて、この医師は信用できない。儀礼的な挨拶をし病院を後にしたKは、テレビ局へ向かった。小説はともかく、俺が出ているようなテレビ番組を見ている暇人の医師など、どうせヤブ医者だ。だいたい、あんな物言いこそ脳神経外科ではなく心療内科の領域じゃないのか。今日言われたことは全部忘れよう。

テレビ局に着くとエレベーターに乗り、控え室のあるフロアで降りたKは、たまり場のようなところに立っている十数人のスーツ姿の集団に出くわした。二月という時期からして、この局の新卒採用選考で、一次なり二次なりの面接選考を勝ち進んできた学生たちだろう。

Kは九年前の就活生時代を思いだす。当時は実家にいて、他の家族が馬鹿笑いしながら見ているテレビ番組がKにとってはつまらなかったりしたときなど、Kは画面の向こう側にいる、茶の間の大衆を支配する人たちの存在を感じた。だからこそテレビ業界の作り手の側には少し憧れがあり、ゆくゆくは専業小説家になるつもりだったが、人生経験のためにやっていた就職活動でテレビ局は積極的に受けた。しかし、約一〇年越しに自分が出る側――支配する側であると思っていた地位の片隅に立つと、あの頃思っていたほどには人を支配できないことに気づいた。たぶん、権力のようなものは構造の中にしかなく、局員や出演者たち個々人には、権力がない。

控え室に向かうべく歩いているKが近づくと、緊張した面もちの就活生たちもKに気づいたようで、次々と目を向けだした。この人たちの緊張を解けるのならとKが会釈をしていると、そのうちの一人とがっちり目があった。

「Kさんっ」

集団の中で、比較的背が高めの短髪の学生が誰なのか、Kには一瞬見当がつかなかった。しかし、黒みの強い大きな目をおおう三重瞼に、下半分が丸いその顔は、まぎれもない、好恵の弟だった。

「康平くんか」

「ご無沙汰してます。芥川賞受賞、おめでとうございます。いつも拝見してます」

好恵と交際していた期間中、康平くんとは何度か会っている。当時はまだ剛毛を首もとまで伸ばしていた彼と好恵と、お好み焼き屋に行った後カラオケに行ったり、正月にKの家でピザパーティーをしたり、好恵の友だち繋がりの大集団の花見でも会ったりした。

「康平くんって、好恵と今もしょっちゅう会ってるの？」

「はい、まあ。二人の姉とはよく会ってますね。好恵とは最近、どこかで何かした？」

「相変わらず三姉弟仲良くしてるんだね。好恵とは最近、どこかで何かした？」

「実家で、すき焼きを食べたのが最後ですけど」

Kは、康平くんだけでなく他の学生たちからも呆気にとられたような顔を向けられていることにようやく気づいた。

「……ところで、これから面接？」

「はい。制作部の、二次面接です」

「俺も受けたよ、九年前」

「Kさん、あの、お願いが……」

「なに？」

「エントリーシート、見てもらえますか？　これからまだ、準キーや地方も受けるんで」

「いいよ」

自分が即返事をしたことに、少し遅れてKは気づいた。互いに携帯電話を出し連絡先を交換しながら、康平くんはべつに好恵のものではないと意識する。あれだけ仲の良い姉弟であれば、二人が去年別れたことはとっくに知らされているはずだ。ひどい失態をおかし好恵とは別れたが、彼女の弟である康平くんは、就職活動でアドバイスを請うてくる身近な学生に過ぎない。連絡先を交換し終えたときに採用係の人が部屋から出てきてなにかをうながし、そこでKたちは別れた。

テレビの収録を終え局手配のタクシーに乗ったKは、富美那と待ち合わせているパレスホテル東京へすぐ着いた。東京の真ん中、皇居沿いの建物はアクセスがいい。富美那からオーディションが終わり今から電車で行くという連絡をもらったKは、予約していた六階のフランス料理レストランへ先に向かう。窓側の席に案内されると、帽子とマスクを外しテーブルの端に置いた。よくは違いがわからないがおびただしい文字列のワインリストから国産の白ワインを頼み、富美那を待つ。

平日だからか客は少なく、客の割合においても西洋人が多く顔が割れていないため、Kはリラックスできた。高級な店にはレベルの低い人がほとんどいないから、個室でなくとも、帽子とマスクを外し堂々と快適に過ごせる。たまに、離れていてもそれとわかる、金持ちのおじさんに連れてきてもらったのであろう若く教養のなさそうな女がいたりしても、席間が広くとってあるから気にならなかった。Kはホテルが好きだ。先週も、富美那とフォーシーズンズホテルのアフタヌーンティーに行ったばかりだ。外資系の高級ホテルではヤングエグゼクティブ気取りで流行の料理やシャンペンを味わい、旧御三家といった伝統的老舗ホテルでは、政治家や伝統芸能家気取りでコーヒーを飲んだりした。

いってしまえば、それくらいしか、遊び方を知らなかった。帽子とマスクをつけていないと顔バレすると怯えるKは、個室で食事をする機会が多くなった。有名になり支持してくれる人や多額の金を得たりと色々なことがやりやすくなっているはずなのに、それが発揮できるのは外部からの視線を遮ってくれる金のかかるプライベート空間や、テレビ局や出版社といった仕事場においてだけだ。そしてそれらの要所で束の間の解放感にひたっても、生活全般において外界から隔絶され自由が失われ、昔より窮屈さを覚えていることは否定できなかった。観念的に金銭の余裕や今後の多大なる可能性を感じることはあっても、実空間の中での振る舞いはかなり不自由なのだ。誰にも認知されていない外国でただの東洋人という匿名の人にでもならない限り、Kが誰にも気づかれず素顔で街を歩ける可能性は、ないのかもしれない。となると、個室で高い料理を食べたり、密室で美女とセックスでもしていないと、やっていられなかった。

　景色や周りの席をなんとなく眺めていると、中年男性と来ている若い教養のなさそうな女が、なにかを指さしているのにKはいち早く気づいた。半ば防御反応からくる反射的な察知だったが、彼女の指は自分に向けられているわけではない。指の先を見ると、富美那だった。

「お待たせ」

　女の目は、富美那に向けられている。Kはとっさに椅子の角度を少し変え、女から顔もそらした。

「ここすごい、見晴らしいいね」

　やって来てすぐコートを脱ぎネイビーのワンピース姿になった富美那に、Kは訊ねた。

「富美那の左側、テーブル二つ離れたところにいる若い女が富美那のこと見てるけど、知り合い？」

「ん？」

　すると富美那はウェイターを探すようなそぶりで辺りを軽く見回す。若い女のほうも少し興奮気味に、連れの中年男になにか言っているのがKの位置からでもわかる。

「いや、知り合いじゃないよ」

「え、じゃあなんであの子、富美那のこと見てるんだろう」

「気づいたんじゃない」

　俺にか、と言いかけてKはとどめた。

「富美那に気づいたのか」

「まあ、たまにね」

　Kは、自分が若い女に気づかれていないことに気づいた。こういうこともあるのか。富美那は、テレビを見ない自分が思っているより顔が知られているのか。思えば、まだそんなに売れていない彼女は、マスクや帽子といった変装はしないで外を歩いてしまっている。多くの人が行き交う東京で過ごしていれば、たまに誰かに気づかれることくらい当たり前だろうと、Kは思った。

富美那の顔を、Kはじっと見た。彼女はメニューを楽しそうに眺めている。オーディションを受けていたためメイクは薄めだが、だからこそ際だつ造りの良さにKは見入ってしまう。つきあって約三ヶ月が経ち、まだ見とれている、というのとも少し違う。Kの目が、おさまるべき適切なところへ向いている感じだ。仮にこの先五年、一〇年と一緒にいたとしても、なにも見るべきものがないときに自分の目が近くの富美那を向いてしまうこの感じは変わらないだろうなとKは思った。先ほどテレビ局のメイクルームの鏡の前で覚えたわずかな違和感がよみがえる。富美那のような美しい顔を見慣れると、自分や他一般人レベルの人の顔が、不健全なものに見えてくるのだ。正しい顔のパーツが正しい位置に配置されているのは、富美那のような美人だけだ。美しい人が特別なのではなく、自分たち大勢の美しくない人間たちが不健全で個性的なのだということをKは知った。美しい人は特別ではないが、圧倒的マイノリティなのだ。美しさとは、正しさなのかもしれないとKは思った。美しくないものは、どこかしら間違っているのだ。

「Kちゃん、今日のお仕事はどうだったの？」

「いつもどおりの出稼ぎだよ。富美那は、オーディションどうだった？」

「うん、三人ずつ受けてたんだけど、監督の反応がよくて私だけ長めに色々訊かれたから、次の選考にはいけそう」

「……何次まで選考あるの？」

「書類通ったあとに、二回面接がある。今日が一次面接」

「一般企業の就活と同じだ」

「そうみたいだね。私は一切しなかったからわからないけど」

「女優になるのも大変だ。黙っていてもオファーが来るようになるまでは、毎日就職活動みたいなことをしなくちゃならないのか」

「そう」


ふとKは、二〇代半ば頃までには芸能界における自分の地位を確立させなくてはならない富美那と、就活留年までしてテレビ業界を志望し仮に望む職に就けたとしても激務が待ち受ける康平くんの、どちらが大変なのだろうかと思った。

出てくる料理の一品ずつに、富美那は新鮮がり喜んでくれる。Kは、女優としてキャリアを積むための糧になってくれればいいと感じた。彼女のために金を使うのは、まったく惜しくない。Kは自分が成功者の中では駆けだしで遊びもろくに知らないのにもかかわらず、早くも、夢を追いかけている若い子を応援したくなっていることに気づいた。どうしてだろうと疑問に思ってみる。己の得た力を実感するためのような動機もあるし、なにか分けてあげないと落ち着かないという動機も強い気がした。まるで、自分の得た成功が、自分が成し遂げたこと以上の付加価値をもっていると自分で思ってしまっているようで、それはおかしいとKは思い直す。今の成功は、芥川賞受賞とその後の頑張りにより成し遂げられた、確固たる実力によるものだ。もっと自信をもってもいい。Ｋは追加でシャンペンを注文した。

食事を終え会計を済ませ、レストランから出ると同時にＫは帽子とマスクをつける。いっぽう、先ほど若い女に気づかれた富美那はなんの変装もしない。少し混み気味のホテルのエントランスでまた二〇代くらいの男二人組の視線を受けた気がしたが、Ｋにはそれらの視線が変装をしている自分と変装をしていない富美那どちらに向けられたものなのかわからない。

「富美那はなんでマスクもなにもつけないの？」

ロータリーへ向かいながらＫが訊ねると、富美那は不思議な問いかけだとでもいうような顔をした。

「うーん、大丈夫だからかなぁ」

「大丈夫じゃないよ、これから富美那はどんどん有名になってゆくんだから、もっと気をつけたほうがいいよ。ドラマとかフィクションの世界とは違って、現実は誰かに見られてなにかされる危うさに満ちあふれてるんだから」

少し苛つきさえしながら諭すＫの脳裏には、中洲での目撃情報を口にする好恵の顔がちらついた。

「わかった、気をつけるようにする。それにしてもＫちゃんは、どうしてそんなに見られるのが嫌なの？」

不意に訊かれ、Kは答えるまでに数秒を要した。

「だから、プライベートの顔を、素人たちに見られたくないからだよ。俺には人権があるのに」

「テレビの依頼を断らず出てるのに？　まあそのおかげで、私はKちゃんとつきあえたからね」

笑顔でタクシーに乗る富美那に続き、Kも無言のまま後部座席の左側に座った。

ホテルからタクシーで二〇分弱走り、Kの低層マンションに二人で帰り着く。Kが最上階5LDK角部屋の新居へ引っ越してからは、外苑前の富美那の家で過ごす機会が激減した。身長が高めの男女がクイーンロングサイズのベッドに慣れてしまうと、シングルベッドで寝る窮屈さには戻れなかった。二人で時間をかけ風呂に入り、上がってからリビングで髪を乾かす富美那につきあい、Kもソファーに座り音楽を聴く。ペア四〇万円したフランスのフォーカル社製スピーカーから流れるトーマス・スタンコ・カルテットのトランペットの音色は、いつもKに深夜から夜明け直前の時間帯を連想させた。新居にも、テレビは置いていない。だからおのずと、この家に来る富美那とは、彼女の手料理を楽しむか、ソファーやベッドで会話するか、セックスするか、寝るかのどれかになる。

髪を乾かし終えた富美那が、携帯電話のディスプレイに映る友人たちとの写真を、解説つきでKに見せてきた。あらかた報告が終わると、富美那が言う。

「今度、Kちゃんのお友だちとも遊びたいな」

「うん。俺も、こんなかわいい彼女を、早く誰かに紹介したいよ」

Kと富美那には、共通の知人がいない。彼女の口からその要望がなされるのは当然予期していたし、Kが今し方口にした答えも本心だった。けれども、それを具体的に考えると、あまり気乗りがしないのも事実だった。

「でも、富美那ちゃんの事務所、恋愛御法度だもんね。一緒に遊んでもいい相手は、慎重に選ばないと。ネット社会だし」

「そうか、そうだよね」

共通の知人を増やせばそれだけ、富美那に隠したいなにかが発覚する可能性は高まる。学生時代の男友だちに会わせ昔の乱痴気な行動や恋愛等についてバラされるくらいは大丈夫だが、自分自身も特定できていないようななにかを思わぬ形でバラされてしまいそうで、Kは気が進まない。ふと、つい数日前にも届いた、紗友子からの脅迫めいたメール本文が脳裏をよぎった。それに、別れてしばらく経ってからもなぜか続いている、好恵からすべて見透かされているような感覚と同種のものを、Kはこれ以上増やしたくない。

トーマス・スタンコ・カルテットのジャズ演奏が流れる空間では、いつものように深夜なのか夜明けなのかわからなくなり、Kの中で眠る前なのか起きた直後なのか混濁するほど、眠気におそわれる。その後、セックスをした。

「富美那、明日は何時に起きる？」

一人だけ再度シャワーを浴びた後、Kは寝室のベッドに横たわる富美那に訊いた。

「明日は午前一〇時からモデルの仕事だから、七時半。もうアラームセットしたよ」

「ロケに行く俺と同じくらいだ」

Kは部屋中のアラームをセットしてまわった。寝室に二つ、リビングに一つ、書斎に一つ、玄関に一つ。テレビの仕事で遅刻して周りに迷惑をかけるわけにはいかない。いつも一つ目のアラームでちゃんと目を覚ましているKには、安心感を求める意味合いが強かった。起きる確約がなされないと寝られない身体になり、半年以上が経っている。富美那が既にアラームをセットしていても、Kはいつもどおり五つのアラームをセットし、ベッドに入った。むしろ誰かと一緒にいるときほど、目覚ましは多く必要だ。誰よりも早く自分が起きる自信がKにはある。しかし、ここには自分の他に富美那しかいないのに、誰よりも、という感じはおかしい。たまに、どこか違うところで、もう起きていない自分もいるのかとKは変なことを思った。

正午過ぎに新幹線で京都駅に着き、三人からなる私服の男集団に合流してすぐ、Kは最年長で頭髪の薄い太った男性から言われた。

「あれ、Kさん、風邪でもひかれましたか？」

「いえ」

「どうしたの、そんなマスクに帽子なんかしちゃって」

Kの格好をジロジロ見ながら言うその男に、白髪頭のカメラマンが小声で言う。

「お顔がバレるから、変装の意味あいですよ」

「なに、変装しないと、やっぱ街で気づかれちゃうんですかぁ。ご立派な有名人さんは大変ですな」

破顔しながら笑う最年長は、飲料メーカーの広告部の人間だった。他に飲料メーカーが毎月発行している冊子の作成を担当している初めて名を聞く広告代理店の四〇代くらいの男に、五〇代であろう白髪のカメラマンという面々で、全員おじさんだった。

Kには嫌な予感がしてならなかった。

飲料メーカーが毎月発行している冊子に、写真を交えた紀行文を書く仕事だった。Kがそれを引き受けたのは、その仕事が手間のかかるわりには原稿料が少ない文芸誌や週刊誌等での紀行文ではなく、紀行文を書きはするものの実質的には広告の仕事だったからだ。民放地上波のテレビ番組やイベントほどには稼げないものの、二日間の拘束でNHKのロケ番組と同じくらいのギャランティはもらえ、テレビの仕事より自然体でやれるのであれば、旅行がてら作家として充電もできるだろうと思い、引き受けた。

「早速、行きましょう」

代理店にうながされ、Kはバス乗り場まで歩く。

その後、京都中の観光名所を公共交通機関でまわっている間中ずっと、素顔をさらしたままのKは疲弊していた。学生服の、テレビやインターネットにおおいにふれていてとにかく視力の良い観光客がどこにでも大勢いたから、ずっと遠巻きに声をかけられたり無断撮影されたりし続けている。てっきりロケバスで要所をまわるものと思っていたKには、公共交通機関だけでの観光地の移動は、逃げ場がなかった。Kは素人から不意打ちのように見られたり撮られたりするのが本当に嫌だった。これならまだ、プロである密着番組の撮影スタッフたちにつきまとわれるほうが格段にマシだ。しばらく撮影がないことを察する度にKが帽子だけかぶると、「気づかれちゃうんですねえ」と広告部から揶揄気味に言われ、そのすぐ横を通ろうとしているバスに乗った修学旅行生たちに窓越しに気づかれKは指さされるが、目も耳も悪く鈍感なおじさんたち三人は誰もそれに気づかなかった。有名人を扱い慣れているテレビ業界やイベンターの人たちとしか仕事はしたくないとKは思った。

寺がいくつも集まっている園内の公衆トイレで、Kは小便器の前に立ち用を足す。すると、先客だった大学生ふうの若い男二人組が、すぐさま素顔のKに気づいた。少しひそめた感じのしゃべり声の中に「芥川賞」という語が聞こえ断続的にくすくすとした笑い声がした。

「クイズ全然答えられてなかったな」

出し終えた小便の滴をきるためKがペニスを小便器の前で振っていると、向かって左側の手洗い場のほうから声がした。どうやらクイズ番組であまり答えられていないことに関し、イジられているらしい。気づいたKだったが、無視を決め込む。

「無視すんな、Kだろ？　テレビばっか出てないで、小説書け、調子乗んなっ」

さっきとは別の奴に言われた次の瞬間、Kはペニスをしまうことも忘れたまま数歩で二人の真ん前に立った。突然のことに、二人は逃げられもせず、無言でいる。Kはさらに距離を詰め、身長差の高みから二人を見下ろしつつ、右手で小突いた。

「年上にはさんづけだろうが、あぁ？」

こもり気味の声でKが言うと、茶髪のほうの男が目を床におろしたまま小さくうなずく。もう一人のほうも視線を落とすが、そうするとKのペニスが視界に入るからか、当惑したように真正面を向きKの首あたりに目を向けたりする。テレビの印象ではわからない、思いもよらぬ大柄な身体、そして大きくて仕方がない立派な男根を前に、雄として本能的に敗北を感じ動けなくなってしまっているのだろうとKは思った。

「テレビ局の外で、素人がイジってきてんじゃねえぞ」

「……すんませんでした」

Kがそれぞれの頭を軽くはたき、茶髪のほうが謝ると、二人はトイレから出て行く。Kはそこでようやくペニスをしまい、手を洗った。外に出ると二人の姿はなかった。テレビで流される幻想を、現実世界にもあてはめてくるのはあの二人だけではない。

実際に対面する共演者には嫌われたくないが、会ったことのない大勢の視聴者たちにはどう思われてもいいと感じる傾向にあるKは、対面で無礼をはたらいてくる人間に対しては、先ほどのような実力行使に出ることに躊躇（ちゅうちょ）がなかった。自分を馬鹿にしてくる、現実が見えていないバーチャルな連中には、もっと俺の巨大なペニスを生で見せつけ黙らせてやればいいのかもしれない。なんなら、テレビで公開してしまえば話は早いのにな、とKは思った。

夕方、明日の撮影地である広島に新幹線で移動し、広島市内の料理屋に入った。出入口近くの上座に座らされ、比較的若めの客一〇人近くに気づかれたが、Kが気づかれていることにおじさん三人は誰一人として気づかぬまま、酒のまわった赤ら顔に大きな声で延々と飲み食いした。早く解散したいKは新しい料理と酒の注文を断り続け、Kだけなにも飲み食いせず一時間ほどが経った頃にようやくお開きになった。

広島駅近くのホテルを手配してもらったKは、別のホテルへ泊まる三人とロビーで別れると、部屋のあるフロアへ上がるエレベーターの中で携帯電話を操作する。

〈今、ホテルへ着きました。七〇五号室です。〉

送信ボタンを押してから、Kは果たして送ってよかったのかと遅れて自問した。ただ、ここで一度は顔を合わせておかないと、先方が勝手にどう動き出すかはわかったものじゃない。たぶん、セックスはするだろう。ただそれも必要悪だ。それに今のKは、おじさんたちのガサツさに翻弄され途轍もなく疲弊していて、疲れ魔羅というのか、そそる顔と身体の紗友子を抱きたくて仕方がない気分になっていた。

Kがシャワーを浴び終えたと同時に、部屋のチャイムが鳴った。バスタオルで手早く身体を拭き腰に巻いた状態でドアを開けると、白いダッフルコートを着た、髪の長い女が口角を上げた顔で立っている。少し痩せたようで、頬の肉が減り顎のとがった感じが際立ち、そのぶん婉然さを増している女は、まぎれもなく紗友子だった。

「お邪魔します、ね」

「どうぞ。髪乾かすから、適当にくつろいでて」

廊下から部屋に入ってきた紗友子の目の高さがKとほとんど変わらず、足下を見るとかなり高めのハイヒールを履いていた。脚のラインが綺麗に出る黒いジーンズを穿いている。Kが以前テレビで何度か話したことのある、好みの外見に近づけた格好をしてきているのは、明らかだった。髪色が少し明るくなったのもそのためだろう。

髪を乾かし一応部屋着を着たKは、性交に至る前の冷静な話し合いこそが今日は大事だと自分に言い聞かせながら、窓の近くに二脚ある椅子のうち一脚に腰掛ける。白いダッフルコートを脱ぎ、黒のハイゲージのセーターにジーンズ姿の紗友子は椅子に浅く腰掛け、姿勢良くしている。セーター越しにも背骨の起伏が以前よりはっきりわかるくらい痩せた胴体についた立体的で豊かな胸のふくらみは前とほとんど変わっておらず、相対的な大きさと不自然さ、そして魔性が増していた。早くもKは、男根の芯の部分に血液が集まってきているのを感じる。

「お仕事、お疲れさまでした」

「紗友子さんも、お仕事だったんでしょう。お忙しいのに、わざわざ大阪から来てもらっちゃってごめんね」

「いいえ。一時間くらい前には、駅のカフェにいましたから」

一時間前というと、午後八時くらいだろうか。そういえばKは、彼女の口から会社員であるということは聞いていたが、遠回しの質問を幾度かかわされたため、それ以上踏み入って訊いたことはなかった。いつも、中身のない話をしたり、彼女からの質問に、自分はわりとあけすけに色々答えていたとKは思う。そう、色々と、テレビでは話していないことを、紗友子には話しているのだった。せめて彼女が企業勤めの一般職か、総合職かくらいは知りたいと思う。どれくらい経済的に自立しているかによっても、二〇代半ばの女性の行動理念は大きく変わるだろう。

Kに恋人がいると見当をつけながらセックスフレンドの関係性を続けたいのか、続けるとしたらどれくらい続け終わり時をなんとなくでも想定しているのか、セックスフレンドの関係を長く続けKが今の恋人と別れるのを気長に待つのか、ナマで挿入させて妊娠して責任をとらせる形で結婚がしたいのか、はたまた結婚になど興味はなく、Kのことはちょっと好みの肉棒男くらいにしか見ておらず、Kよりよほど邪念なく、純粋にセックスの快楽が好きでたまらないのか――。

そういえば今日こそ苗字を訊いておくんだったとKが思いだしたところで、紗友子が口を開いた。

「帰りは、明日の朝ですか？」

「いや、午後まで仕事してから、東京に帰る」

「大変ですね、お仕事お疲れさまです。私、コンビニでお酒とおつまみ買ってきて冷蔵庫に入れたんですけど、飲みます？」

「さっきまで飲んでたからな、どうしよう」

「あ、そうでしたよね、飲み会があるって知らされてたのに、すっかり忘れてました……。あの、じゃあ私だけ飲んじゃっていいですか？」

「どうぞ、ご遠慮なく」

紗友子は笑みを浮かべスキップするような足取りで冷蔵庫に酒を取りに行き、戻ってきて椅子に座りビール缶のプルタブを開け、一人乾杯すると勝手に飲み始めた。そんな彼女を見ながらKは、なんだ普通の会社員の女性じゃないかと感じた。男になにか言われるまで次の行動に移らない、思いつめたような奴隷体質の女性なんかではない。Kにかまわず一人で酒を飲みだす自己完結した感じに、少し安心した。

会っていなかったここ三ヶ月弱の間に数通送られてきた、会うことを強要する脅しめいたメールの文はいったいなんだったのだろうとKは思った。しかしわざわざそのことを掘り起こして、火をつける必要もないだろう。単に紗友子は、自分の感情を文章で表現するのが下手なのかもしれなかった。今度、文章の書き方を教えてあげよう。

Kの導きで始まった性交は、点火されてから盛り上がるまで一瞬だった。クリトリスや膣の中をKがちょっと指と舌と鼻先でいじっただけで、紗友子は大量の粘液を噴き出した。Kのペニスに関しても、身体の重心の位置が変化するのではないかと思うほど、硬く怒張し重い質量を帯びていた。コンドームをしっかりと根元までつけて挿入すると、紗友子が大きな声を出した。さっきまでおじさんたち相手に疲弊していたこともあり、Kは凹凸のはっきりしている紗友子の肉体の部分的な柔らかさにおおいに甘えながら、おそろしいほど気持ちがいいと感じる。ナマ挿入での中出しを許したり変なメールを送ってきたりと、Kの心のどこかでは彼女に対し油断できない緊張感があり、それが転じて、刹那的な快感が増していた。全面的に信頼してしまっている富美那との性交には、こういう緊張感と快感はない。

その夜のうちに、Kはコンドームをつけた状態で、紗友子の膣の中で五回射精した。もう出涸(でが)らしだと思うと、アラームをセットしたあと部屋の明かりをすべて消し、紗友子と一つのベッドで眠りについた。

翌朝起きると、見慣れぬ場所に見慣れぬ女と一緒にいて、一瞬、自分が誰だかわからなかった。やがて、自分はKであるとKは思いだした。ファンと性交した翌朝はたまにこういうことがあるが、今までで最も、肉体に精神がちゃんと組み込まれるのに時間がかかった。そして、同じく目を覚ました紗友子と、喉の渇きをいやす間もおかず性交した。

　午前中からおじさん三人と広島を移動し続ける間、Kは前日ほどのストレスは感じていなかった。天気と同じくらいに、心が晴れやかだった。京都ほど観光客が多くないから顔バレしないという理由もあったし、紗友子が常識のある社会人の女性だと認識できたのが大きかった。ずっともやがかっていた不安が、晴れたようだった。やはり人間同士、肌と肌をあわせて対話しないとダメなのだとKは思った。地に足着いていない、実態からかけ離れたバーチャルな妄念を生んでしまう。

　午後三時過ぎに広島駅で解散し、Kだけ一足先に新幹線に乗った。平日のこの時間帯の東海道新幹線のグリーン車はがら空きで、成功者Kはリクライニングを大きく倒し、もらったおしぼりで顔を拭き、声を出しながらあくびした。

　東京の自宅に帰ってからなにをしようかとぼんやり考え始めた成功者Kの頭に、数々のファンレターが思い浮かんだ。

　純粋な読者たちからの感想文の他に、個人的な交流をもちたいとする女性たちからのファンレターは、依然として届いている。しかし富美那とつきあうようになってからここ三ヶ月ほど、そのどれもに一読しただけで輪ゴムでまとめどこかに収納したきりだ。たしか、かなり魅力的な容姿の写真を入れてきた女性も、何人かいたはずだった。昨夜五回、そして今朝二回の紗友子との快楽を全身で想起しながら、成功者Kは、彼女たちとも性交をしてみたいと感じた。

現在の、モテるブーストが一時的にかかっている状況下で、色々な女性たちと飽きるまで性交をしてまわるのは、いい考えかもしれない。十人十色な女体への幻想や未練を捨て、愛する富美那一筋になるためにも、自分にとって必要な通過儀礼であるかのように成功者Kには思えてくるのだった。アメリカの男たちが結婚前に羽目を外して遊びまくる、バチェラーパーティーと同じだ。それに、伝統芸能の梨園の人たちや、昔の無頼派の文豪たちは、女と遊びまくって芸の肥やしにしてきたというじゃないか。小説のためにも、もっと多くの性交をこなさなければならない。人気商売を続けるためには、常人では経験できないようなことを経験するのは、必要なことなのだ。

なにより、自分の男根を求める女性が数多くいるのだから、それをできうる限り分け与えるのが、成功者の自分ができる社会奉仕だろうと成功者Kは思った。穴をくれ、穴を！　穴のかわりに、我が男根をくれてやろう！

なぜだか、テレビ局にいるときのように、なにをやってもうまくおさまりそうな気がKにはしてきた。日常生活の場までが、テレビ局になってしまったかのようだ。

精神的に安全そうな美人女性限定で全国セックスツアーを個人的に開催することを、成功者Kは心に決めた。

羽田発、松山行きの飛行機のプレミアムシートに座る成功者Kは、ベルトの着用サインが消えてからも、肉厚なシートを軽くリクライニングさせただけで、ベルトは外さなかった。人生こんなにも楽しいのだから、死のリスクからはできるだけ遠ざかりたいと、最近は思うようになっていた。

ついこの前までは離陸してからしばらく窓の外の風景を食い入るように見続けていた成功者Kだったが、自分にとってその風景も珍しいものではなくなった今、雲の上から降り注ぐ太陽の明かりがまぶしくて仕方なく、ブラインドをおろした。手帳の月間予定表を見る。三月に入り、テレビの仕事はだいぶ減っていた。

外での仕事がなにもない一週間が昨日まであった。密着番組の撮影も全然なかった。成功者Kはその間に集中し、三年前から抱えていた長編小説の直しを一息に終わらせ、昨夜編集者へ送った。芥川賞を受賞してからもすぐには直せずずっと悩みの種だったが、まとまった時間を確保して集中してみれば、すぐだった。

集中した一週間で、成功者Kは大学のクラスメートの坂本可奈代と二回セックスした。引っ越しにより家の距離が遠くなったので、以前のように自転車ではなくタクシーでヤりに行った。坂本との性交には、他の女性との性交にはない妙な明るさがあった。たぶん、知り合ってから一〇年以上経ってからセックスし始めたというのが、要因なのだと成功者Kは思う。それは、新しい出会いではありえない。自分が気づいていなかった潜在能力を引き出した、という感じだ。同じ人間に対し、今までと違う見方ができるのが、新鮮だった。まるで、坂本可奈代という異性だけでなく、自分をとりまくこの国や社会までもが、成功者による新しい視点で書き換え可能であるかのように、成功者Kには思えてくるのであった。外での世界だけでなく、己の中にある、小説家として不遇だった頃の記憶も、楽しかった感じに書き換えられているような気もしたし、実際に楽しいものだったのかもしれない。

これから上陸する四国には、成功者Kが性交をした女性が二人いる。だがプロモーターが今夜の帰りの便のチケットを既にとってしまっているから、彼女たちと性交はせず、日帰りだ。たぶん、富美那と寝ることになるだろう。彼女との性交は不思議と、俯瞰(ふかん)した画ばかりが想起される。

三週間前から成功者Kの全国セックスツアーは開催されていたが、性交をした新規の女性は二人だけだった。成功者Kは慎重路線を踏んでいる。これまでに肌をあわせ安心できると感じ、かつかなりの美人女性を優先していた。量より質だ。成功者Kは、自分も大人になったと感じる。

ただいっぽうで、今までしたことのない新しいこともどんどんこなしてゆかなければいけない焦りもあった。たとえばあまり興味のない3Pなんかも、男として生まれたからには済ませておかなければならないと本気で思っている。老後介護施設に入ってから、富士山に登っておきたかった、もっと海外旅行がしたかった、あの人と和解しておきたかった、というような数々の後悔に含まれてしまいそうなことを、今のうちに減らしておきたいのだ。金があるのだから、身体が動くうちに風俗にも行きまくらなくてはならないのかもしれない。成功者Kはその義務感を、冠婚葬祭に近いと思っていた。3Pも風俗も、ちゃんとこなしておきたい。

空港からタクシーに乗り松山市街のホールへ着くと、プロモーターの男性に控え室へ案内された。今日は、ゼネコンのグループ会社主催のトークショーに呼ばれていた。もう同じようなトークショーや講演会を何度もこなしているKは、特に進行台本を読んだりしゃべる内容を練ったりもせず、弁当を開け、テレビをつける。炭水化物のおかずやごはんにはあまり手をつけないようにしながら鶏肉弁当を食べている途中で、自分の声に気づいた。Kが目をテレビに向けると、日曜の夕方の低予算クイズ情報番組に、自分が映っていた。スタジオでは耳にすることのなかったナレーションや効果音でうるさかったから、自分が出た番組だとは何分も気づかなかった。

弁当を食べ終えお茶を飲みながら見続けているうちに、頭皮頭痛におそわれた。数日ぶりだ。テレビで自分の嫌な姿を試しに見続けたのが、よくなかったのかとKは思う。頭皮頭痛は神経性のものだから、嫌なものを見て精神にストレスを与えるのはいけない。テレビの自分を見るのは自重しよう。変に克服しようとは考えず、見たくないものは、見ないようにするべきなのだ。テレビに映るあいつを見てはいけない。目を合わせてはいけない。

その後すぐKの控え室で、プロモーターたちの他にゼネコングループ会社社員たち、司会の女性を交えての打ち合わせに入った。基本的に司会進行にまかせふられた質問に答えていけばいいので、Kはふんふんうなずきながら、真剣な顔でメモをとっている司会の女性の顔を見る。さっきもらった名刺によるとフリーの司会者でアナウンサーとかではないらしいが、テレビに出ないのはもったいないくらい、はっきりとした彫りの深い美しい顔をしていた。

打ち合わせが終わるとプロモーターたちはさっさとKの控え室から出て行き、隣の部屋を用意されていた司会女性は、廊下からKの控え室出入口まで戻ってきて、携帯電話を手にした。

「このあとお世話になります。Kさん、あの、もしご迷惑でなければ、写真を一緒に撮ってもらってもかまいませんか？　SNSでの宣伝用に」

「かまいませんよ」

Kが了承すると、携帯電話を持った右腕をできるだけ遠くにかかげながら、司会女性は狭い画角でKと一緒に写るべく、身体を密着させてくる。

Kは、最近忘れかけていたドッキリ企画を思い出した。こんなにも美人の女性が、テレビにも映っておらず、向こうから声をかけ身体まで密着させてくるなんて、不自然ではないか。

「お住まいはこちらですか？」

さっと辺りを見回すが、隠しカメラをつけられるような場所はない。

「いえ、東京です。Kさんは？」

「東京です」

Kは、自分が今置かれているフェーズは昔と違うことを自覚しろと、己に活を入れた。自分のファンの中で美人というレベルではない、モデルのような美人女性が身体を密着させてきても、なんら不思議ではないのだ。五、六歳は年上であろう大人の美人女性を前に少し気が引けていたが、Kは突如湧いてきた自信と勘を頼りに、写真撮影を終えた後で口にした。

「連絡先、教えてもらってもいいですか？　今度ぜひ、食事にでも行きましょう」

翌日、Kは富美那を連れ、電車で銀座に向かった。

知り合いの女性作家が受賞したとある文学賞の贈呈式とパーティーが今夜あり、Kは二次会から参加することになっていた。

「楽しみだな」

駅から会場のイタリア料理店まで歩く途中、富美那はそう言った。Kが富美那を連れて行くことにしたのは、共通の知人をつくるにあたり、女性作家たちが最も適していると思ったからだ。皆考え方が柔軟だから会話がおもしろいし、男友だちにこんなに若くて美人の富美那を会わせたら、嫌みったらしい自慢になってしまう。女性作家たちには、彼女を連れていく旨をKは事前に伝えてあった。この業界のパーティーはだいたい、小説家や、小説家の連れの人間は自由に出入りができる。富美那には、小説家たちが大勢集まるパーティーがあると、来ることが確定している小説家たちの名前だけ話していた。

「本読んだの？」

「うん、全員分読んだよ」

元来読書にはほとんど興味がないという富美那は、今日集まる予定の女性作家たちのうち一人の本は読んだことがあるが他の人たちの本は未読だった。今日に備え、彼氏の友人たちということで、最低一冊以上は読んできたとのことだった。そのうちの一人の小説は特に好きだと話している。読書をあまりしてこなかった人間がそこまで楽しめるのかとKには意外にも思えたが、紋切り型の量産小説に慣れていないぶん、頭が柔軟で、素直に作品を楽しめるのかもしれなかった。

人通りの多い場所で突然電子的なシャッター音が鳴り、Kが反射的に音のしたほうを見ると、スーツ姿の男二人と女一人が立ち止まり携帯電話を向けてきていた。苛つきながらもKが帽子で隠した顔をよそに向けると、女の声で「史奈ちゃーん」という声がして、一メートルくらい離れたまますれ違いざま、笑顔で小さく手を振っている女に対し富美那が会釈し、その模様をまた男に無断で撮影された。

無断撮影した男と富美那が会釈をした相手の女は別人ではあるが、富美那は、なぜ怒らないのか。Kには理解しがたい。先日、京都で男たちに向かいペニスを出したまま小突きまわした記憶がよみがえる。そして、彼女の会釈により、自分が少し否定されたようにも感じた。

「よく会釈なんかできるね」

「うん、声かけられちゃったら、一人でもファンを増やすようにするしかないしね」

午後八時半過ぎという早い時間帯だが、酔った人間も多くいる銀座の街で、顔を隠しもしない富美那は、店に着くまでの間にその後も何人かに気づかれていた。

「え、Kくんなんでこんな綺麗な子とつきあえてるの?」

二次会が始まる前の会場にKたちが着くと、挨拶する富美那を見て知人の小説家たちは皆驚いた。彼女たちはすぐに富美那を受け入れ、富美那も馴染んだ。Kはそれに一安心する。三〇代の今ここにいる小説家たちは、K以外全員女だ。以前、女七人で男はK一人という面々で、宿に泊まりに行ったこともある。Kは男なのに、警戒もされず、このコミュニティに居続けられていた。その頃飲み会をすることもよくあり、作家たち皆それぞれの友人や恋人や伴侶を連れてきたりしていたから、富美那がここにいることにも違和感はない。

半年以上、小説家にとっては異業界での仕事ばかりをしてきたKには、地に足着いている感じがするこういう場に身を置くのは、久しぶりだった。昔は、この人たちと月に数度飲んだり喫茶店に行ったりするのが本当に楽しみだった。学生時代の友人たちと遊ぶより、同業者たちだから未来に向かって共に生きている感じがして楽しかったのだ。しかし最近は、誘われても全然足を運んでいなかった。

ここにいる女性作家六人のうち三人が結婚し、二人に子供がいる。外見はほとんど変わらなくとも、なにを大事にして生きているかの価値判断基準が、以前と違っているような気がする。そしてKは、自分がもし結婚して子供をもうけたときのことを想像してみるが、子供を産んだ女性作家たちのように、それまでの自分とは違う存在へと変身するような気は全然しなかった。

「そういえばこの前、Kくんの密着のインタビュー受けたんだけどさ」

カトチエの言葉に、Kは耳を疑った。

「チエちゃん受けたんだ。私は断ったよ」

「私も」

聞けば、Kの周りの若手小説家数人に、密着番組のスタッフたちがKについてのインタビューを申し入れたらしかった。最近は撮りたい素材を狙い撃ちしてくるようになってきた密着番組スタッフたちにKはあまり会っていなかったが、本人に非通知での周辺取材は水面下で行われていたようだ。Kは、油断ならないと感じる。

「Kさんの本当の性格とか野心を表すエピソードとかってありますかと訊かれて、あのこと、話そうかと思っちゃったよ」

「なにを？」

「僕は作家たちの集まりの中ではＴＰＯにあわせて年下のキャラを演じてるだけです、

って言ってたよね」

「そんな青臭いガキみたいなこと言ってねえし」

「いや、言ってたよ」

Kが苦笑しながら言うと、別の女性作家がカトチエの発言を支持した。

「私も覚えてるよ」

「どこだっけ、なんかの飲み会で言ってたよね」

女性作家たちがうなずいている。

「へえ、Kちゃん、そんなこと言ったんだね」

「今の富美那ちゃんと同じくらい……いや、もっと上か、シンポジウムの年だから、五年半前で……」

「二五歳くらいの頃にそんなティーンみたいなこと言うわけないじゃん」

カトチエの言うことを否定するKだったが、それにもかかわらず、富美那に教えてあげるような感じで、女性作家たちは昔のKの発言や行動を思いだしては口にしていった。

「Kちゃんおもしろいこととしてたんだね」

女性作家たちの口により、七割くらいはKも覚えていることを話されたが、残りの三割ほどは、全然記憶にないことを話された。どういうことなんだろうとKは思った。

平日の昼間から女性作家たちにあわせて遊べるような若手の専業男性作家が少数だか

ら、他の若手専業男性作家のエピソードとごっちゃになっているのではないだろうか。皆記憶がおかしいぞ、誰かと勘違いしているだろう？　しかし女性作家たちの話し方には迷いがない。「Kちゃん」とか「Kくん」とか混在したまま名前を呼ばれるKには、女性作家たちが話す当時の「Kくん」がまるで別人のように感じられ、この齟齬がどこから生まれてきているのかがまるでわからなかった。

「不機嫌そうな顔してる」

「本当だ。昔はもっと笑顔だったのに」

わけのわからないことをしゃべる女性たちに呆れ黙って飲み物を飲んでいたとき、Kは指摘された。

「いや、俺はもとからこんなんだったって」

「さすが笑わなくなった成功者K。賞とってから一ヶ月の贈呈式のときには、すでにこうなってたよね」

笑いながら言ったカトチエは、以前も話していた、Kが笑わなくなり、齢の近い男性作家から当たりが強くなったと言われ、編集者たちからも最近変わったとKが噂されていることを悪びれもなく話した。

「だから、最近変わったんじゃないんだって。昔から、おもしろいことがないときは笑わないでむすっとした顔してたし、自分より年上でもデビューが遅い同業者には、先輩なのか後輩なのかよくわからない曖昧な接し方をしてきたよ。編集者からの頼みとかをはっきりとした口調と態度で断るようになったのも、膨大な数の仕事依頼をさばくためだから仕方ないんだし。皆、あの人は変わってしまったみたいなステレオタイプな結論ありきで、俺を見すぎだよ」

するど、比較的おとなしい性格の女性作家が口を開いた。

「昔はKくん、もっと人を油断させてたよね。作家として得な性格をもった人だなって、思ってたもん私」

その発言に何人かがうなずいている。Kもそれに関しては、思い当たるふしがあった。というより、そう考えると、カトチエたちがわけのわからない決めつけをしてくることの辻褄があった。数年前からも笑わずつまらなさそうな顔をしていたり、時折当たりが強いときもあったりした自分の振る舞いが、皆に認知されていなかっただけなのかもしれない。それまでは、色々と見逃されてきたのだ。皆、コミュニティの中で最年少だった俺のことを舐めきっていたというわけだ。それが、成功をおさめた途端、一挙手一投足に過剰に反応しだした。人が人を認知する過程において、先入観ほど厄介なものはない。

「しかしKくんがこんなに有名になるなんて、去年までは思わなかったよね」

「それが受賞にテレビに、トントンと……」

「待ち会にカメラ入れてたのがデカいよ。受賞の瞬間の閣下メイクの顔が画として使えて、それを利用して、皆が出ないようなテレビ番組に俺は勇気をもって出続けたから」

「でも、受賞の前にチエちゃんがツイートしたKくんの閣下メイクの顔が、すぐに世間に広まったよね。Kくんが芥川賞とる前の時点で」

「うん？　受賞の知らせの前だったっけ？」

「そうだよ、私、家でチエちゃんのツイート見て驚いたもん」

「ってことは、Kくんが成功者になれたのも、チエちゃんのおかげなんじゃないの？」

するとと女性作家たちは、KがカトチエΙに誘われてインターネット番組を始めたこと、待ち会で同番組のカメラが入っていたからこそ地上波の番組でも使われ世間に広まった等、Kの成功はカトチエのおかげだという説を勝手に展開しだした。

「ほんと偉くなったよね、昔みたいに、パン買って来いよって気軽に言えないわ」

ふざけた口調でカトチエが言う。

「そうだったんですね。じゃあ、カトチエさんがいなかったら、私はKちゃんとつきあえていなかったんだ」

富美那まで、真に受けたような反応を示す。

たしかに、偶然は重なったかもしれない。しかし俺が成功をおさめたのは、己の実力でもって芥川賞受賞を成し遂げ、それをきっかけとすることで、潜在的に秘められていたポップな才能を表舞台で開花させていったからだ。

Kは小学校三年生の頃に聞いた、クラスメートによる祖父自慢をふと思いだす。俺のじいちゃんは戦争の生き残りで、戦闘機に乗っていながら無傷で帰ってきたからこそこの俺が無事に生まれたんだぞ。その自慢話に対し、皆「すげー」と賞賛したり「嘘つけ」と羨ましがりの反作用のような悪態をついたりしていた。ここにいる同級生たち全員の祖父が戦争の生き残りであり、そのうえで自分という存在が生まれる確率を考えることになんの意味があるのだろう、若くして死んだ人に孫が生まれることなんてありえないのに。今ここにいる自分が存在しなかったかもしれない無数の分岐点を今の時点から仮定してみることになんの意味もない、というようなことを思い、白けた感じでKは当時見ていた。

それと同じで、いくつか重なった小さな偶然を事後的に考えるのは全く意味がなく、カトチエのおかげだと言ってくるこの人たちは、あのときの祖父自慢の同級生と同じだ。まわりに持ち上げられるかたちで、カトチエも思い違いをしているんじゃないか。成功者Kの成功は、自分自身によるコントロールにより成し遂げられたのだ。

だいたい、仮に、この成功が自己コントロールによる、たとえば芥川賞受賞とか、テレビの出演を断らなかったという己の意思決定によってではなく、受賞前のどうでもいい偶然の重なりに左右されていたのだとしたら、恐ろしすぎるではないか。努力とか意思決定の否定だなんて、青少年たちへの教育上もよくないだろう！　この人たちの言っていることは、唾棄すべき、危険な思考だ！　ＰＴＡは下品なバラエティ番

組とかではなく、カトチエたちをこそ問題視するべきなんじゃないのか⁉

いつのまにか他の小説家や評論家、新聞記者や編集者等、人の増えていた会場に、ようやく受賞者の女性作家が現れた。定刻より二〇分遅れで二次会がスタートし、受賞者のスピーチが終わり乾杯が済んだ直後、今回の賞の選考委員のうちの一人、六〇代男性文芸評論家がKたちの輪に近づいてきた。Kが初対面の挨拶をするのも束の間、男性文芸評論家の目は富美那にしか向けられなくなった。

「あ、あなた、女優さん」

「はい、はじめまして、森史奈と申します」

「最近よく見ますね」

するとまだ少し緊張しているKの目の前で文芸評論家はとりだした携帯電話をカメラモードにし、そばにいた編集者に富美那とのツーショット写真撮影をせがみ、富美那も快く応じていた。この手のパーティーに、顔の広い小説家の知人の俳優やモデル、ミュージシャン、お笑い芸人なんかが来るのは珍しくないためか、文芸評論家は、誰とのなに繋がりで女優がここに来たのか、特に訊ねもしない。富美那との写真を何枚か撮り終えると、ついでというふうに、Kとのツーショット写真も一枚だけ撮った。

すぐに別の誰かと話しだした文芸評論家の背を見ながら、Kは呆気にとられていた。自分が小説家デビューした頃から知っていた文芸評論界の大御所が、テレビに映っている人との写真を率先して撮りたがる、ミーハーの権化のような人だとは思わなかった。その素直なミーハーな反応には、なにがしかの影響を受けてしまいそうだとさえKは感じている。世間の凡庸な男たちは、なんとも思っていないという顔をするが、大御所文芸評論家のように非凡な人は、それを抑えず素直に出すのだろうか。そして、南米文学ばかりを読んでいる印象のその人が日常的にテレビを見たりして「森史奈」を知っていることに、驚かされた。自分はテレビを買って、もっとテレビを見たほうがいいのかとさえKは思った。

立食の会場で料理を取りに行き新聞記者等色々な人につかまった末、小説家たちがなんとなく固まっている場所にKが戻ると、受賞者の女性作家と富美那が親しげに話していた。初めましての感じがあまりしないなと思ったKが傍らにいたカトチエにそのことを訊くと、どうやら女性作家と富美那は二年前に女性ファッション誌で一緒に仕事をして以来の知り合いらしかった。その直後に出版業界の有志たちで行われた正月の餅つき大会に、富美那はモデル軍団の一人として参加し、Kとも一度顔を合わせているはずだという。それはおかしいとKは思った。富美那のほうが、鳴かず飛ばずだった不人気作家Kの存在が眼中になかったのは理解できるとして、K自身が、富美那のような美人を見て覚えていないはずがない。

しかし、自分抜きで女性作家と親しげに話している富美那の顔を見ているとKは、自分の努力によりつきあえた富美那を紹介しに来たのにもかかわらず、まるで女性作家に富美那を紹介してもらったかのような気がしてくるのだった。さらには、本当は不人気作家のままでいる自分は富美那とつきあってなんかいなくて、女性作家が連れてきた女優の美しさに、ただ指をくわえながら見ているだけのような心地にもなってくる。こういう感覚に、Kは馴染(なじ)みがあった。

午後六時半にバラエティ番組の収録を終えたKは、期待薄ではあるが、スタジオのエントランスに数人いるスタッフたちの前をゆっくり歩く。やはり今日もタクシーチケットは出ないらしい。Kは挨拶して外に出てすぐ、帽子とマスクをつけた。もう何度か出演させてもらっている、東京で収録する大阪の局の番組で、ゴールデン帯で視聴率がいいわりには低予算の番組だった。出演料は六本木の局の三〇分深夜帯番組より少ないくらいで、タクシーチケットも出ない。地方局で出演料が低い番組はもっとあるが、タクシーチケットが出ない番組は少ないため、そういう番組ほどKの記憶によく残った。

次の目的地である三軒茶屋へは、世田谷のTMCスタジオから歩いてすぐのバス停からバスで行ける。成功者Kはスタジオから歩いて五分弱のバス停で待ち、やがて都バスに乗った。空いていた後方左側の席に座ると、滝野由利さん宛に、今から向かう旨を記したメッセージをSNSで送る。するとすぐに、帰宅は一時間後になるという返事があった。

松山のトークショーで連絡先を交換したフリー司会者の由利さんと、一週間前に赤坂の韓国料理屋の個室で食事した後、ホテルでセックスした。由利さんとのセックスは、視覚的刺激や肌触りやテクニックといい、すべてが最高だった。それに、あれだけ美人の女性が寄ってきてくれたことが、ドッキリではなかったという確信がもて、嬉しかった。予期していた以上にすっかり虜になってしまった成功者Kは、日が浅いのにまた会うことを頼み込み、そうしたら由利さんは彼女の自宅での食事を提案してくれた。なんでも、クライアントからもらった高級ステーキ肉を冷凍庫の中で持て余しているらしかった。

携帯電話がバイブし、追加の連絡かと思い見ると、新着のメール着信が一件あった。「紗友子」からだった。

〈お仕事がお忙しいのは承知しております。…が、私が東京に行く候補日をあんなに沢山出したのに、会ってくださらないのは、とても悲しいです。

お願いします、また抱きしめてください。

こんなことは書きたくないですが、私はもう、あなたについて、色々知っています。本やインタビューやテレビでの情報しかない他のファンの方々が知り得ない、個人的なことも沢山、です。

だから、必ず、お願いします。

紗友子〉

Ｋはぞっとした。ディスプレイを見ながら、つい先ほどまで心を満たしていた由利さんと会う期待感もすべて消え、身体がこわばった。

〈私はもう、あなたについて、色々知っています〉〈他のファンの方々が知り得ない、個人的なことも沢山〉――。導き出される彼女の一つの意思を、否定しようがなかった。

自分は、脅されている。成功者Ｋは頭を抱えた。自分は、紗友子にどんな秘密を握られただろうか。公開されたらまずいなにかは、あっただろうか。沢山ある気がする。そもそも彼女とは性交しかしていない。その関係性こそ、世間に暴露されたらマズい個人的な情報の塊だ。

また紗友子とセックスをしないと、脅されるのだろうか。一度セックスしたら数週間は彼女も満足するとして、それはいつまで続くのだろうか。

気落ちした成功者Ｋは三軒茶屋のバス停で下車する。どこかで時間をつぶそうかと辺りをうろうろ歩いていると、やがてスーパーの前で若い男に声をかけられた。

「あの、Ｋ・Ｋさんですよね？」

「え……はい」

「握手してもらってもいいですか？　……ありがとうございます、応援しています」

　Ｋが握手をすると、若い男はさっさと歩いていった。Ｋは突然のことに驚いている。つば付きの帽子とマスクをつけていたのに、どうして気づかれたのだろうか。これから交際相手に隠れ世間から見ても後ろ暗いことをするというときに、成功者Ｋがここ三軒茶屋にいることがバレてしまうとは……。これ以上自分の顔をどう隠せばいいか成功者Ｋにはわからない。もう、スケキヨみたいな覆面（ふくめん）でもかぶるしかないのか。

　レトロでもなんでもない、ただ古いだけの外観の純喫茶に入ったＫは、壁を向く席に座った。三〇分ほど時間をつぶすため、持ち歩いている日経新聞を開く。経済をとおした世界のニュースに触れていると、心が落ち着いた。言ってみれば、ちっぽけな自分、になれた。三軒茶屋で顔がバレたことも、複雑に絡み合い誰にも一望することはできない世界経済の前では、塵芥（ちりあくた）のような出来事にすぎない。ベルギーのブリュッセル空港では、テロ事件が起きていた。犯行直前に撮られた空港の防犯カメラの映像によると、犯人グループの三人は全員、素顔をさらしたまま乗り込んだという。自爆テロであれば珍しいことではないが、自爆した二人をのぞき、一人は事件後に逃走している。つまり、素顔をさらしたまま犯罪を行いつつ、逃げるつもりであった可能性が高いわけだ。たしかに、目出し帽やフルフェイスのヘルメットをかぶった状態で空港に乗り込めば、はなから怪しまれ計画通りに犯行におよぶことはできなかっただろう。怪しまれないためには、顔をさらさなければならない。そして顔をさらすと、誰であるか知られてしまう。

人はどれほどの月日をかければ、もう見なくなった人の顔を忘れるのか。今の状態が終わり、自分がテレビに出なくなってもしばらくは、ISのメンバーみたいに顔を隠した格好での外出が続くだろうとKは思った。自分が誰であるかを気づかれないためには、マスクと帽子でこの顔を隠さなければならない。ただ、マスクと帽子をつけると、その怪しさから、道行く人々に一瞥(いちべつ)されてしまう。どちらをとるべきなのか。

Kは携帯電話のアドレス帳を開き、なんとなく「あ」行から順に下へスクロールしてゆく。もう一〇年近く会っていない人の名前も結構あったが、ほとんどの人に関し顔はちゃんと思いだせた。ブラウザを開き、デタラメにたどりついた、古いドラマについて紹介しているテキスト情報だけのページを眺めていると、一〇年以上前のドラマのキャストを見ても、もう芸能界を引退したらしい俳優やアイドルたちの顔がKにはちゃんと思い浮かんだ。人の顔は意外と忘れられないんだと思うと、絶望感にさいなまれた。もう遅いということも、Kにはわかっている。半年間で、あまりにも表に出過ぎていた。

下手をしたらこの密会も好恵にバレる、という変な感覚にKはおそわれた。もうとっくに別れた女の目を気にしてしまうのは、彼女と約二年間もつきあったからだろうか。不思議と、富美那にバレるという心配は感じなかった。富美那もテレビに出る側の人間で、好恵のような素人じゃないからだろうか。交際期間以外の大きな違いはそれくらいしかKには思いあたらない。富美那はKが思っている以上に有名らしく、素人じゃないから、これまでに性交してきた好恵やファンたちとも違う。富美那は自分の恋人だが自分という感じもした。

Kが自分の身バレに気をつけるのは、不用心な富美那の代わりでもあった。女優は、誰かとつきあっているということがバレなければ、もしバレたとしても相手がどんな人物か特定さえされなければ、仕事上被る(こうむ)ダメージは最小限で済む。富美那が顔を隠さないなら、Kが顔を隠すしかなかった。

時間になり、Kはマンションへ向かった。

「いただきます」

「焼いただけですが」

「いえ、サラダとスープまで作っていただいて」

2LDKのマンションには四人掛けのダイニングテーブルがあり、二人は向かいあわせに座り、Kが持参したワインで乾杯した。メインディッシュの飛騨牛のステーキの他には、玉ねぎのスープに、カルパッチョサラダ、全粒粉パンが並んでいる。シンプルなその献立は、Kのために作りたいというような、ままごとめいた雰囲気とは無縁で、食事の場を成立させるためにこしらえられた感じだった。Kには、それが気楽でよかった。

由利さんは昔、プロのモデルをやっていた。一九歳から一〇年ほどファッション誌のモデル等をこなし、三〇歳近くになりモデルの仕事が減ってからは、知人のツテでクラブDJもやるようになったが、向いていないとすぐやめた。アナウンス専門学校に入り話し方を学んでいる途中で今のプロダクションに入り、司会業を始めたのだという。だから、テレビに出ていないのにアナウンサーどころかモデルのように綺麗な人だなとKが思ったのも、当然だった。スポーツジムとヨガに、週に一度ずつ通っているらしく、一七〇センチのすらっとした肢体は二〇代前半といわれてもとおるくらいだし、そこらの若い美人の女性よりよほど美しいはっきりとした顔立ちだ。

そんな由利さんは、性交のありとあらゆることが上手だった。シャワーを浴びたKがベッドに入ると、キスをされて一瞬でペニスがギンギンに勃起した。唇に吸いつかれ上下の歯茎を舌先でいじられていたかと思うと口内の中央を細かくかきまわされたりと、翻弄されるような快楽におそわれた。どうやっているのかわからないその技をもち帰って、口移しのように富美那に使ってあげたいくらいだ。

Kが由利さんの女性器を舌と指で攻め痙攣(けいれん)させた後、今度はKの男性器を由利さんの口に含まれたが、そこでも信じられない快楽におそわれた。Kのペニスが貫通してしまいそうな小さな頭部なのに、半メートルくらいの柔らかく温かい管の中を陰茎が行き来しているような体感があり、まるで魔法だった。

挿入してすぐ、由利さんは騎乗位で休みなく貪欲に動いてイった。正常位でも、Kの太ももや睾丸にしっとりと吸いつく由利さんの太ももの感触が気持ちよくて仕方なかった。筋肉と脂肪のほどよいバランスの乳房も、手に吸いつく。表情が歪んでもなお美しい顔を眺めつつ、両方の胸を両手でソフトにつかみながら腰を動かすと、由利さんに接している皮膚のすべての部分が気持ちよくペニスの硬さは最高潮に達し、こんな快楽が存在するのかとKは背中がぞくっとし、爆発しそうになった。

二回連続で射精し終えた後、またすぐ勃起してきそうなペニスをもてあましたKは、スキンシップの延長で由利さんの肩を揉んでみた。

「ああ……気持ちいい」

するとうつ伏せになり、本格的にマッサージを受ける体勢になった。

「上手だね、すっごく気持ちいい」

「イっちゃう?」

「うん」

「セックスより気持ちいい?」

「うん」

「ひどいなあ」

こんなに美人なのにテレビに出ないなんてなにを考えているんだ、とKは思った。そして彼女をテレビに出させようとしない世間もおかしい。あるいは、自分も世間のミーハーな人たちと同じように、テレビに出ている美女に対し、実物以上の魅力や幻想を付与させているだけなのか。由利さんくらいの美女は、そこらへんにごろごろいるということなのだろうか。美女全員と会ったわけでもないKには、わからない。テレビに出ていない美女を、心のどこに位置づけておけばいいのか、迷う気持ちがあった。

「そこっ……背中が凝ってて」

「凝るもんなの？」

「私、すごく身体凝っちゃうの」

「ジムとヨガにも行って、こんなに筋肉があって、しなやかな身体してるのに？」

「私もう四〇よ」

枕に向けて発されたそのくぐもった声の言葉が、彼女自身の年齢をいっているのだと、Kは少し遅れて理解した。

本当に四〇歳？　と訊こうとしてやめる。驚いていた。

「四〇には見えないね……てっきり、三四くらいかと思ってた」

「そんなことないよ」

トレーニングで鍛え、紫外線対策を徹底的に行えば、二〇代前半のような身体にしっとりと吸いつくような綺麗な肌を保てるのか。Kは感動した。人間の無限の可能性を感じるようだった。

「なんで、由利さんみたいにバリバリ仕事している美しい人が、一〇も年下の僕とセックスしてくれるんですか？」

腰を揉んでいるときにKは質問した。由利さんは「なんでだろう」とつぶやいてからしばらくおいた後、少し顔を起こしてから言った。

「うーん、暇だから、かな?」

その答えが、Kにはしっくりきた。たぶん、そのとおりなのだろう。こんなにも美人で、経済的にも精神的にも自立し、家庭をつくりたいとも思ってはいなさそうな人が自分とセックスしてくれる理由として、「暇だから」という理由以外、Kにも思いつかなかった。あくまでも暇つぶしの遊びのセックスなのだ。由利さんからは、セックスを通じての要望等は何も感じない。セックスがセックスで完結している。

脚の長い由利さんとは少々やりづらい後背位でのセックスで三度目の射精をしたKは、由利さんの横で仰向けになる。やはり性交に安心感は必要だと思った。仕事や家庭などを通じて形成した社会的地位といった、失うものを沢山もっている人とでないと、自分を解放したリラックスしたセックスはできない。だから、フリーの司会者も含めた広義の、女性芸能関係者は最高だ。秀でた容姿と、秀でた容姿によって作り上げた社会的地位という失うものをもっていることは、二重に素晴らしい。逆に、いくら美しくても、失うものがない人は怖い。これ以上、失うものが少ない人とむやみやたらとセックスをするのはやめようとKは思った。

数時間前に脅しめいたメールを送ってきた紗友子の顔が、まっさきに浮かぶ。モデルから転身しフリー司会者として一生懸命働き今の地位を築き上げた由利さんや、芸能事務所に入り売りだし中の富美那、高給取りの会社員として働く坂本可奈代など、失うものを沢山かかえている人とセックスすると、紗友子のような人間の危なさを肌で感じる。相対化して冷静になることは大事だとKは思った。密室に紗友子と二人でいると、彼女の大丈夫そうなところを自分から探しにいき安心しようとしてしまうが、他の女性たちと比べると、紗友子はやはり危ない。

翌日の早朝、タクシーに乗り自宅へ帰っている途中、Kは眠気で意識が途切れがちだった。由利さんという嘘みたいな美女とつい数時間前まで性交をしていたことが、なんだか信じられない。もう二回目であるからドッキリではないはずだが、どこか腑に落ちない感覚があった。

すると、携帯電話にメールの着信があった。密着番組のディレクターからだった。

〈……編集作業中です。長きにわたりご協力いただき、ありがとうございました。放送を楽しみにしてください。〉

早朝に届いたメール本文の末尾には、そう記されている。Kは眠気からいくらか醒まされた。まだ続くとばかり思っていた密着取材が、放送予定日から三週間弱を前にして、なんの前触れもなく終了した。同じような質問を何度もされてきて同じように答えてきたのに、なにをもって尋問から解放されたのかKにはわからず、呆然とする。本当の顔が撮れないとカズマにはこぼしていたようだが、それらしきものは撮れたのだろうか。気になったKはすぐさまディレクターに電話した。ディレクターがメールの内容とほぼ同じ内容を話すのを途中で遮り、Kは訊く。

「本当の顔とやらは、撮れたんですか？」

――ええ、色々撮れました、おかげさまで。

一瞬の間をおいた後、ディレクターはそう返答した。質問の意図が伝わっていないのか、色々撮れたでは、何が本当の顔なのかはわからなかったが、Kはそれ以上を訊きそびれてしまった。

家に着くと、眠気が増した。午後一時からのイベントの仕事に備え、アラームを五つセットし、Kはベッドへ横になる。するとなんだか、ずっと家にいて、眠れず朝を迎えただけのような妙な気分に陥った。

法人口座の開設手続きのため、Kは銀行へ足を運ぶ。受付のマスクの中年女性に、開設の申請がとおったと電話連絡を受けた者ですと話した。するとマスクの中年女性は「K様ですね」とうなずき、席で待っているよう促した。

帽子とマスクをつけたままのKは名乗ってはいないし、来店予約の電話もかけていない。つまり小説家K・Kが今まで取引のなかったこの銀行で法人口座を作るという情報は、この変装姿でも一瞬にして気づかれてしまうほど、支店の行員たちに知れ渡っているわけだ。途端にKには、空調の効いた清潔な空間にいるすまし顔の行員たちが、噂話好きの不気味な集団に見えた。

あの番組の影響も大きいのだろう、とKは思う。

四月に入ってすぐ、密着番組のKの特集回が放送された。反響は大きく、会う人ほぼ全員に、密着番組の感想を言われた。テレビ出演の仕事は三月から減ってきていたが、放送の数日後から、五月以降の新たな出演依頼がまた次々と入ってきている。テレビやイベントの打ち合わせをすると、密着番組で放送されたことを真実だと思い込んでいるのか、皆、疑うことなく同番組の内容を叩き台に構成案を練ってきた。だから放送を見ていないKも、どんな内容だったかはなんとなくわかった。皆がKの番組を見ていても、Kにとっては相変わらず不気味で、見る気にはなれない。

番号札の番号を呼ばれたKは、簡易的なパーテーションで区切られただけのカウンターに足を運ぶ。マスクの若い女性に頭を下げられ、Kは帽子をとり、マスクを顎下にまでおろした。

「それではK様、無事、社内の申請はとおりましたので、本日はこちらの用紙に……」

ずいぶん若い女性の制服のベストには「研修中」の札がピン留めされている。言われたとおり用紙に記入するKが時折質問したりすると、後ろに控えている三〇代くらいのマスクの先輩女性行員が顔を出し、後輩行員にアドバイスを耳打ちする。それにしてもマスクだらけの空間だなとKは思った。さっと見渡すと、どういうわけか女性行員のほとんどがマスクをしている。花粉の飛散も終わったし冬でもないし、なによりこの施設内は空調が効いている。空気清浄機が数台稼働しているのに気づいたし、乾燥もしていない。日焼け止めの目的ならわかるが屋内だから当然日差しもない。Kは既に苛ついてきていた。どこかの精密工場や実験室でもなく客商売をしているにもかかわらず、人をバイキン扱いして、いったいなんのつもりなのか。それともあんたたちは、自分が何者であるかを知られたくないほどの有名人なのか？　顔バレしないよう、必要にかられて普段マスクをつけている自分ですら、この場では失礼のないよう外しているというのに。Kは冬でもないのにマスクのオフィスワーカーたちが、昔から嫌いだった。たぶん連中は、ありもしないなにかを吸い込んでしまうことに脅えている、なにかしらごく軽度の精神疾患なのだと思う。

「K様、私、当店副支店長の……」

口座開設の手続きを終えてすぐ、今までとは別のマスクの中年女性行員が現れ名刺を渡された。資産運用について担当する、この店で偉いポジションの人らしい。他の行員と目配せしていた雰囲気から、Kが何者であるかを知っていて、ある程度の資産を持っている人間だと判断し、金融商品を売りつけ手数料ぶん稼ごうとしている魂胆は丸見えだった。どの銀行も同じだとKは思う。芥川賞を受賞する前の不人気作家時代は、こういう人たちと会うこともなかった。受賞後は、ただの口座振替手続き程度でも、他の行員を紹介され、勝手に口座をのぞかれ資産運用を提案されたりするようになった。たまに電話もかかってくる。ただ、相手がなにか説明し終えるのを待った後、Kは毎回同じことを口にして話を終了させた。

「証券会社の口座で、自分で運用していますので」

そう、Kはなんでも自分でやる。〝東証の狼〟の存在を知らないとは、不勉強な人たちだ。法人口座の通帳を受け取ったKは、マスクと帽子をつけ銀行をあとにした。

電車に乗った成功者Kは車内で、ものすごく美人の女性が立っていることに気づいた。すぐ、明るい気持ちになった。公共の場で美女を見ると昔は、面倒くさい、と感じたものだ。もし自分がつきあったとしたらわがままを聞いてあげるのが面倒くささそうだし、そもそもそんな美女とどう自分が関与していいかがわからなかった。凡人の自分が関与できないのにどうやったら関与できるか考えてしまうのは、面倒だし辛かった。どんなに頑張っても絶対に手に入れられないものがあるのだという残酷さをつきつけられているような気がした。富美那とつきあうようになってから、そういうのがなくなった。街中で八頭身の美女を見ても、面倒くさいと思わなくなった。自分にも、門戸が開かれている感じがした。だから、美女を見たとき、勝手な僻(ひが)みを覚えなくなった。

新橋駅で降り、愛宕(あたご)の撮影スタジオを目指して歩く。もう訪れるのは四回目の、雑居ビルの上階にある小さなスタジオだ。本棚に囲まれていて、本関係の番組をそこで撮ってきた。狭いスタジオだから、パーテーションで区切っただけの仮の控え室があるのみだ。Kが足を踏み入れると、今日も案の定、MCの女性タレントと男性芸人の控え室だけは小さいものが用意されているが、ゲストである小説家たち七人ぶんの控え室は、大部屋だった。

Kが最初に控え室入りをしてからしばらくすると、他の小説家たちが、付き添いの人たちを連れてぞろぞろとやって来た。芸能プロダクションに所属している小説家たちはマネージャーを連れてきていたし、あまりテレビに出ない無所属の小説家たちも、各社の編集者たちを二、三人は連れてきた。弁当を食べながらKは、全員が立つスペースすらなくなるほどに控え室がどんどん狭くなるのを迷惑に思いながら、大袈裟な人たちだと感じる。地上波の深夜番組の収録で、付き人がいなければ困ることなどなにかあるというのだろうか。身一つで来たのはK一人だけだった。つきあいのある何社もの出版社の編集者たちから、名刺を渡される。

「君最近よくテレビ出てるけど、二〇年くらい前の俺のほうがすごかったよ、あの頃はテレビも勢いがあったから、海外で……」

大御所ミステリー作家からKは、小説家がテレビを利用するための心得について教え諭される。Kはうなずいたりしながら、一ヶ月前のディレクターとの打ち合わせを思いだす。この企画は、まずKが出演することが確定してから、他の出演者を決めてゆく手はずだった。共演NGの小説家はいるかと訊かれたが、Kはいないと答えておいた。テレビは本業じゃないんだから共演NGも糞もないだろうと思った。

　半年以上もテレビに出続けていると、自分にとっての苦手な番組がどういうものかはっきりしてくる。実のところKは、全体におけるアクセント程度にではなく、小説家三人以上がメインのしゃべり手として出演する類の番組が、苦手だった。

　やがて始まった本番収録でも、Kの嫌な予感は当たった。小説家たちは色々と風変わりなことを考える仕事だから、しゃべれる人は沢山いる。なんならここにいる自分以外の小説家は全員、日常的なおしゃべりは上手なんじゃないかとKは思う。だが、それがテレビ的なしゃべりに適しているかといえば、話は別だ。どうせ使われもしないような地味で脈絡のない話を演説みたいに数分間ずっと話し続けたり、Kがしゃべる画がほしいというスタッフたちの意を察さず勝手にKの代弁をしてしゃべったりと、小説家たちの空気の読めなさには参った。Kは普段バラエティ番組でふられない限りしゃべらない寡黙な出演者だが、こうして小説家が沢山出る深夜やBSの番組では、いつも以上に無口になった。そんな話は誰にも求められていないのに、と過半数の同業者たちがしゃべっている間中ずっと思う。

　やはりゴールデン帯でメジャーなバラエティ番組じゃなきゃダメだとKは痛感した。小説家としてのイメージ戦略や自己保身には走らず、地上波のメジャーな番組でテレビの流儀に従い、プロフェッショナルな芸能人たちに容赦なくイジってもらわないと、小説家を活かしようなどないのだ。Kの自己判断では、地上波テレビの大ざっぱな方法論や流れに乗れる小説家は、自分を含め三、四人しかいない。テレビのことを鵜呑(うの)みにする視聴者はどうせ本など読みやしないのだから、言いたいことは文章で表現すればいいんだし、こだわりは捨て道化に徹し、知名度の向上のみを狙うべきなのだ。テレビ的なわかりやすい小説家としての真面目っぽさを一瞬だけ見せれば、その番組での小説家の役割は果たされる。テレビ番組収録は、共同作業だ。それがわからない客観性のなさには、小説家としての能力も疑いたくなるとＫは感じた。媚びる必要はないが、客観性は大事だ。

Ｋは疲弊しつつも、自分が呼ばれた理由を分析してはいるから、話す番がまわれば、自分をデフォルメして大袈裟にしゃべることになった。昔は、もっと素でやっていた。

番組収録は午後六時過ぎに終わった。他の小説家に頼まれての写真撮影につきあったあとＫは、付き人をぞろぞろと従えている他の小説家たちの輪から真っ先に抜け出し、最寄り駅まで歩きだす。なんだかストレスのたまっている状態で、一発、テレビのプロたちが集結する地上波バラエティ番組の収録に参加して、スッキリしたいと思うほどだった。大袈裟で端的な言葉のかけ合いで進む、あの過剰な感じを、Ｋの心身は欲していた。まったく、小説家たちをテレビに出しても、ろくなことにはならない。小説家は小説を書いていればいいのだ。

新宿の書店で物色し少し時間をつぶした後、京王線に乗り桜上水で下車したＫは、目当ての焼鳥屋へ向かう途中、山路と合流した。

「おう、K先生！」

スーツ姿の山路はKと同じ大学付属校に中学から通っており、よその法科大学院で学んだ後、三年前にようやく弁護士になった。身をおく事務所が、ここ桜上水にある。

「忙しいところ悪いな」

「何言ってんだよ、K先生のほうが忙しいだろう。あれ、見たよ」

山路も密着番組を見ていた。

まだ空き気味の店に入ると、カウンター席奥のL字の部分に座った。カウンターの遮蔽物と煙で、うまい具合に顔は隠れる。乾杯し、互いに馬鹿笑いを交えての近況報告もし、山路が知人たちから頼まれたというKの本八冊にサインも書く。山路が本を紙袋にしまったところで、Kは本題である紗友子の件をきりだした。まだ相談段階だから、料金はいらないと事前に言われている。

「まずはっきりさせたいけど、Kはその女のこと、妊娠させてはいないの？」

「いや。コンドームは毎回つけているし、した後も、漏れてないか確認して、精液も流してゴムは持ち帰ってるよ」

「なるほどな。……って、おまえ、警戒しすぎだし、そもそもKがそんなにモテるなんて、中学時代から知ってる身としては全然信じられないんだけど。おまえそれ、ぜんぶ妄想じゃなくてか？」

「いや、俺にもよくわからないくらい、モテちゃってるんだよ実際。そんな中で、警戒心が足りなかったよ」

「脅されてるんだっけ？　どんなふうに脅されてるの？」

Kは紗友子から送られてきた最近のメールをいくつか選んで見せた。

「殺すとか、死んでやるとか、そういう文面はないの？」

「ない。ごく遠回しに、なにかを暴露する可能性をほのめかしているだけで」

「なるほど。で、Kはさ、なにか暴露されたらマズい秘密でもあるわけ？」

いくら中学からの友人相手でもそんなことをこんな焼鳥屋で簡単に言えると思っているのか、とKはいったん感じたが、暴露されたらマズい秘密といってもそもそも特に思い浮かばない。

「せいぜい、今の本命の彼女とつきあうようになってからも、他の女性たちとセックスの関係が続いてる、ってだけかな」

女優とつきあっている、ということをKはなんとなくふせた。

「それだけ？」

「うん」

「おまえが送った変な文面のメールとか、ヤバい写真やら音声はないの？　週刊誌でよくあるだろう、お笑い芸人がハニートラップにひっかかって、ＳＭの最中に亀甲縛りされてる状態の写真とかが」

「そんなののないよ。俺は普通のセックスしかしない」

「なんだよ、だったら、問題ないよ」

「問題ない？」

「個人的な情報を暴露とかそういうことをされた場合、少なくとも、法的手続きにすぐもちこんで、おまえは簡単に勝てるよ。それにいくらテレビに出てるとはいえ、Kは清純さを売りにしている女優とかじゃないんだし、仮にセックス中の写真を暴露されても、作家として箔がつくくらいで、社会的な実害はほとんどないだろう。彼女への言い訳が大変なくらいか」

　山路からの助言を聞き、そうなのかもしれない、とKも思う。紗友子には特にマズい具体的ななにかを握られているわけではないだろうし、もしなにかを握られていて暴露されても、山路を通じて即座に法的措置をとれる。

　だが、どんな脅し材料を行使してくるか不明というわからなさが、心をすり減らすうえでの絶大な効力を有しているのだ。

　なんなら、縄で縛られた写真でも撮られていてそれをばらまかれでもしたら、一時的に大きな痛みはともなうものの、裁判で戦うというふうにとるべき行動はシンプルになる。しかし紗友子のあらゆる行動の可能性が考えられる今の状況では、あらゆることがKにとっての恐怖になった。

「ところでその紗友子って人の、他の情報は？」

　紗友子は……と言いかけて、Kはその後の言葉が見つからなかった。おそらく全身に美容整形をほどこしていて顎はシャープで鼻も高く目はびっくりしたように見開く感じの幅広の全切開で、おっぱいはポルノヴィデオでたまに見るような詰め物入りの二段式で、挿入すると大きな声を出して、フェラチオがあまり上手じゃないというのも今にして思えば演技かもしれなくて、両手首にはリストカットっぽいうっすらとした線状の色素沈着の跡が何本もあって……。ただ、今しゃべっても仕方のないそんな情報以外、Kは何も知らなかった。

「ない」

「ないって、どういうことだよ。紗友子って人と、身体で関わり合ったんだろ。どこの誰で何してる人なのかくらいは、わかるだろう」

紗友子とは、誰なのだ？

仮に有事の際訴えようにも、苗字も知らず、「紗友子」が本名なのかもわからない。職業も住所も電話番号も知らない。ＳＮＳのＩＤとメールアドレスと身体の感触しか、Ｋは知らなかった。

「彼女は、俺に苗字も言わないままだ。たしかに、本当に怪しいぞ」

「おまえが訊きそびれてるだけじゃなくてか？　……それにだいたい、文化祭で来た他校の女子生徒たちにもガチガチにビビりながら出店の接客してたおまえが、そんなに上から選び放題の態度で接してるなんて、どうも信じられないんだよな」

酒が頭にまわってきたのか、山路が赤ら顔で言う。仕方がない、ここで具体的な話をするしかあるまいか。Kは男の嫉妬を買いたくないため、これまで男たちにはその話をしたことがなかったが、ここ一番の話を旧友にしてやることにした。驚かれてしまうが、仕方ない。

「俺、実は女優とつきあってるんだ、二三歳の、テレビとかにもちょくちょく出てる子と。……あんまり言いふらすなよ、ネット社会は怖いんだから」

「また嘘カノジョの話かよまったく、おまえは、中学の頃から変わらないな。あの頃の嘘カノジョはいいかげんスロバキアから帰ってきたのか？　それに、脅されてるとかなんちゃらのモテ話、やっぱりぜんぶKの妄想なんじゃないの？」

次の瞬間、山路がカウンターに突っ伏しながらゲホゲホと咳こんでいた。Kは、自分が彼の腹を殴っていたことに気づいた。

「……おま、マジかよ」

いくら旧知の仲とはいえ、弁護士相手にマズいことをしたかもしれないと、笑いながら「悪い、やりすぎた」と言い背中をさする。意識中の自己コントロールがおよばない領域から暴力が発動されてしまうなんて、自分も酒を飲み過ぎなのかとKは反省した。

「いや、俺が真剣に悩んでるっていうのに、おまえが信じてくれないからさ。童貞だった中一の頃からの知り合いは、心の中で、最後のよりどころみたいなところがあるからさ、俺のことを理解してくれるだろうって、こっちも勝手に期待していたわけよ。

「悪かった」

ウンザリしたような顔で煙草に火をつけた山路は、吸ってしばらくして、怒るでもなく、憐れむような目をKに向けてくる。日々の生活で身に染みついた所作を、状況に関係なく発露させているのだろう。弁護士になって三年目、山路も弁護士として色々な人を見てきたのだろうなとKは思った。

約束どおりの午前四時三〇分ぴったりに、Kの電話が鳴った。ロケバスが、マンションの前に着いたらしかった。十数分前に起きたKは荷物を確認すると、部屋から出てロケバスに乗った。

「おはようございます」

挨拶をしながら、ハイエースを改造したロケバスの右側真ん中列の席に座る。他に出演者は乗っておらず、スタッフたちが乗っていた。カメラや三脚等の機材が床や席に置かれていて、ほとんど足の踏み場もない。まだ暗い中を、ロケバスが出発した。河口湖へ行く。

二〇年以上活躍している舞台出身の男性俳優がメインの三〇分番組のロケ企画で、あまり外へ出ない男性俳優と小説家の成功者Kが、アウトドアが趣味の中年男性お笑い芸人に、釣りを教えてもらうという企画だった。成功者Kは一〇代の頃、ルアーを自作し埼玉の自宅から千葉の手賀沼や茨城の霞ヶ浦まで自転車で釣りに行くほど釣り関連のアウトドアには精通していたが、今日のロケではもちろん、糸の結び方もわからないインドアのヘタれド素人に徹するつもりだ。それが、役割なのだ。小説家は体力がなく内向的で日陰を生きているというテレビ的な役割を、全うすればいいのだ。そこで自己主張のため逸脱しスタッフたちを困らせるのは、子供だ。

高速道路から降りたらしい車が赤信号で停車するようになって、成功者Kは眠りから目が覚めた。アラームをセットしなくても、ロケバスの中ではとてもよく眠れる。目的地に着いたら必ず起こされるという安心感があるからだろう。やがて、既に数台のロケバスが停まっている河口湖の目的地に着いた。

ロケバスの中でメイクを済ませてから外に出ると、スタッフではなさそうな人たちの姿もあった。平日の朝に釣りをしに来た風体でもない。やがて、他の車から降りてきた男性芸人にKは挨拶し世間話をしたりしながらしばらくすると、ミニバンから男性俳優がやって来た。ピンマイクと送信機を各々つけられながら、改めて挨拶をする。どこからわいてきたのか、こんな山奥なのにもかかわらず、ギャラリーの数はまた少し増えていた。ベテラン男性俳優の愛称を呼ぶ声が時折聞こえ、勝手に写真を撮ろうとする人に注意をうながすスタッフの姿も見える。

「さすが、すごい人気ですね」

「ロケなのに、まるでこの日の撮影を知っていたかのように、ファンが集まるんですね」

Ｋが男性俳優に言い、男性芸人もあとに続いた。

「あのピンクのコートの女性、わかります？　あの方、僕がロケに行く先々に、いつも来ています」

「関係者の方なんですか？」

Ｋからの質問に、男性俳優は首を横に振る。

「わかりません。どの現場にもいるので。だからといって、声をかけてきたり、接触してきたりはしないんです」

「え、なんか不気味じゃないですか？」

「いえ、全然。これだけスタッフがいれば、情報が漏れるのは当たり前ですよ」

平然と口にした男性俳優に、Ｋは驚いた。信用できない人、裏切り者が身近にいる状況を、当たり前のこととして受け入れてしまっている。

達観する二〇年選手の男性俳優に対し、まるで厳しい修行をくぐりぬけた行者のような凄みと穏やかさをＫは感じた。

ロケは午後一時頃に終わり、ロケバスで運ばれたＫは午後三時前には自宅に帰り着いていた。その後しばらく休憩し、電車に乗り新宿の小田急ホテルセンチュリーサザンタワーのカフェへ行く。受付の女性を無視し店内を見回すと、すでに来ていた相手はマスクと帽子のＫに気づき会釈してきた。

「お忙しいところわざわざすみません」

リクルートスーツ姿の康平くんは、まだ何も注文しておらず、Kはウェイターを呼び一杯九〇〇円のコーヒーを二つ頼んだ。

「今日どこかで面接あったの？」

「筆記試験です。放送業界とは関係ないところですが……」

大会場で開かれた、広告代理店の筆記試験を受けてきたとのことであった。

「結局、就職浪人したんだね」

「はい、どうしても夢を諦められなくて」

夢、と聞いてKは、その言葉は書き言葉や会話でなにかを茶化すときに用いられるのではなく、真面目な口調で発されたりもするものなのだなと感じた。

「キー局はダメだったんで、これからは準キーと地方局ですが」

「キー局は、運が良くなきゃ無理だよ。本当の就活はこれからでしょう。まあ、俺が康平くんのためにできることは、エントリーシートで落とされないためのアドバイスくらいだけど。俺が就活終えてから九年も経ってて、最新の就活事情はわからないし」

「いいえ、芥川賞作家さんにエントリーシートの文章を添削していただけるなんて、贅沢すぎます」

「就職浪人ってそういえば、康平くん、今いくつなんだっけ？」

「今二二で、八月で二三になります」

姉弟そろって八月生まれなのか、とKは思った。Kは今年三一歳になるから、康平くんとの年齢差は八歳だ。ということは、康平くんは富美那の一つ下ということになるがそうは見えず、康平くんのほうが大人というか老けているなとKは思った。男女の差なのだろうか。ただ、既に一度機会を設けたエントリーシート添削の折にKが話を聞いてみた限り、企業の採用選考で落とされる康平くんの悩みと、オーディションで落とされる富美那の悩みは、かなり似ていた。

コーヒーをおかわりしながら、エントリーシートの添削を三社ぶん終えた。

「康平くん、もうコツつかんだね」

「まだまだですが、だいぶマシにはなったと思います。ありがとうございます」

「これだけ書ければ大丈夫だよ。自分のどこをアピールする材料として使えるか、客観的にとらえられる人は、二〇歳前後だとなかなかいないから」

「でもKさんはESで落ちなかったんですよね。小説家の人ってやっぱり得意なんですね、客観視とか」

「まあ、物語世界を創造する、神の視点に立つ仕事だからね。少なくとも創造主である自分のことくらいは、冷静に客観視して、ちゃんとコントロールできているかな」

「客観視の鬼ってことは、ご自身の出演番組なんかもちゃんと見るんでしょうね。徹底しててすごいなあ」

このあいだの医者と同じことを言われたとKは思う。やがて、Kが出演したテレビ番組の感想を康平くんが語りだした。当然のように、密着番組は見ていて、康平くんはその番組でのKのことを鵜呑みにしていた。皆どういうわけか、なんでもホームセンターの材料でDIYするキャラクターとして、Kのことを見てきた。密着撮影が始まってごくはじめのうちに、ホームセンターに行ったような記憶もあるが、どう編集されたらDIY大好き人間になるのか、当の映像を見ていないKにはわからないが。

「ああ、あの海鮮丼食べるロケね。あの番組も見たんだ。っていうかもう放送されてたんだ」

「はい、三日くらい前に。姉たちと一緒に見てました」

「え、好恵も？」

「はい、その日は姉も実家に帰ってきてたんで。居間で食事してたらテレビの中のKさんが海鮮丼の列に並びだしたんで、笑ってましたよ」

「笑ってたんだ」

「はい」

Kに非のあるひどい別れ方をした元交際相手の好恵が、テレビの中のKを見て、弟と一緒に笑っている――。そんな画を想像すらしたことのなかったKは、口を少しだけ開けたままぼうっとしてしまった。

「あと、他にいくつかの番組を、おもしろかったって言ってましたよ」

「俺が出てた番組？」

「はい」

康平くんは、Kが出演した番組のタイトルや内容をいくつか話した。どれも、Kが好恵と別れてから放送されたものだった。

「俺から離れてから、かえって見るようになるものなんだ……」

「うーん、姉は今札幌へ赴任中ですし、たまにしか帰京しませんしね。仕事以外ではすることなくて、テレビ見るようになったんじゃないですか？」

Kは当時の自分の狭い1Kの部屋にもテレビはなく、一緒にKの出演番組を見たりは一度もしなかったことを思いだす。

交際中の好恵は、今のKと同じく、Kの出演するテレビ番組を見ていなかった。だから、以前の彼女は自分に近いような気がKにはしていた。否、自分のほうが、ミーハーなものには興味がなくテレビも見ない好恵に近かったのかもしれない。好恵は彼氏に対し幻想を付与せず、ありのままで見てきた。彼女は現実主義者であり、自分もそうだった。つまり、好恵はそうでなくなったということか？　Kが出演するテレビ番組を遠く離れた地方で見て、チヤホヤしてくるファンたちと同じく、夢見がちな人になったのだろうか。

「っていうかKさん、ご自身の出演番組、ひょっとして見ていないんですか？」

「うん」

「なんでですか」

なんでですか。康平くんから訊かれたとおりにKも思った。

「見てらんないから。恥ずかしいよ」

そう答えつつKは、その見ていられない感じはなんなのだろうと思った。世間の人気者になりたがる人だったら、己を正確にコントロールするため、自分の出演番組は見るだろう。その反対に客観性を排除するということは、自分の人生を自分でコントロールしないことにもつながる気がするが、違うのだろうか。自分は自分で人生をコントロールしているはずだとKは思う。不遇な小説家時代もやめずに実力をつけ、日の目をあびたらブルーオーシャンにとびだし挑戦するという、自分の意思決定があった。偶然性ではなく、必然によって、この人生は成り立っている。

「家にテレビを置いていなかったというのも、よくなかったとは思うんだよね。あんな狭い部屋に二人でいても、好恵の話を聞くしかなかったからさ、会話も似たようなものになりがちで、なんというか、マンネリになっちゃってたし」

Kの独白に、康平くんはコーヒーを飲んだりしつつ控えめにうなずく。

「もう聞いてるかもしれないけど、俺たちパークハイアットで……その後、実は、泣いちゃったんだよね」

「え、そうなんですか」

「色々、考えるよ」

「引っ越したりしないんですか？」

「そうなんですね。姉の目がなくなったから、他の女性とかを連れ込んだりですか？」

「いや、そんなのいないよ。仕事ばっかしてて、女の人と出会う暇なんかないし」

Kの口から、自然と嘘が漏れた。

たった今、康平くんをとおし繋がっている好恵の目から、富美那の存在を隠したとKは思う。なぜ好恵に新しい彼女の存在を知られまいとしているのか、自分でもわからなかった。好恵に執着する理由は、なんなのか。

ひとついえるのは、彼女から別れを切りだされたことを、まったく予測していなかった。世間の女性たちが成功者のもとへと集まってくる流れの中、Kの不遇時代を二年間一緒に過ごした好恵は当然、日の目をあびたKを離さないよう縛りつけ、結婚にもっていきたがるものとばかり思っていた。それが呆気なく別れを切りだされ、成功者Kにとっては理解不能だった。

Kは大学時代に出演した、「一度はやってみたかった」コーナーでの、五人が同時に1の目を出すまでサイコロを振り続けたときのことを思いだす。好恵から別れを切りだされたことは、芥川賞受賞前後から揃い続けていたサイコロの1の目が突然、揃わなくなったような感じなのだ。その後、富美那とつきあい再び1の目は出たが、いったん不揃いになってしまったサイコロの列に並ぶ、1でない目が放つ不穏さは無視できない。

　やがて映画の撮影が終わりマネージャーの運転する車に乗っているという富美那から連絡が入り、もう少しで新宿に着くとのことだった。Kは会計を済ませ康平くんと別れると、新宿駅西口のロータリーに向かった。

　これから、とある芸能人の家で行われるパーティーに、Kは富美那を連れて参加する。きっかけは、数日前に行われたチーム対抗の大人数のクイズ番組の収録現場で、有名なバンドのギタリストから誘われたからであった。高校時代からCDを聴いていましたとKが話すと喜んでくれ、強面(こわもて)で知られているものの実は気さくな人柄だったその人から、今日のパーティーに誘われた。俳優やお笑い芸人やミュージシャンや文化人など、三〇、四〇名くらいが出入りする気楽な会だという。「彼女も連れてきなよ。いるんでしょう?」と見透かすように言われたKは、富美那を連れて行くことにした。ギターで音楽の極みを追い求めるその人に対し、嘘はいけない気がした。ただその後、いくらか迷いはして、Kは行ってみてもいいものかどうかカトチエに相談した。すると、カトチエは他の女性芸能人経由で、同じパーティーへの参加が決まっていた。Kの一〇分の一もテレビに出ていないカトチエには、Kの一〇倍以上テレビ業界人たちと交流がある。

　地下のロータリーで待っていると、ミニバンから富美那が出てきた。運転席にいるマネージャーらしき人に挨拶すると、すぐに辺りを見回し帽子とマスク姿のKを見つけだした。マネージャーの運転する車がロータリーから去るのを確認してから、二人とも歩み寄り、すぐタクシーに乗る。

成功者Kは、運転手にカーナビへの住所入力をお願いする。目的地である高級マンションは芸能人が多数住んでいて、高速道路への入口になっている道路からしか入れない場所に位置しているらしかった。

「煙草臭くない？」

「……鼻近づけたら、ちょっと臭う程度かな」

「自分の服にすごく臭いが染みついちゃって、本当に嫌」

富美那は一〇代の一時期だけ、煙草を吸っていたらしいが、今は吸っていない。

「エキストラの読モの人たちが、控えの大部屋でずっとスパスパ吸っててさ」

「今日の映画撮影、どんな仕事だったの？」

「私は、今日の監督と前に仕事してたから知り合いで、頼んでみたら、脇役で出してもらえたの。エキストラに毛が生えた程度の役だけど」

「プロのモデルをやったりする子が、読者モデルたちと一緒に仕事したりもするんだね」

「ドラマとかCMでは、読モを使うことはないんだけどね。ちゃんと事務所に入っているプロの人を使うし、エキストラなんかも業者で手配するから。低予算映画だと、とにかく経費を安く抑えるために、監督が自分のSNSとかで読モを募集したりもするの」

「じゃあ、読モが映像メディアに出るのは、映画のエキストラ以外ではありえないんだね」

「そう。素人だし」

富美那の厳しい口調からは、よほど読者モデルたちから不快な思いをさせられたのであろうことが伝わってくる。

「なんか大部屋の真ん中に陣取ってた五、六人の集団は顔見知りみたいで、ずっと煙草を吸いながら大きな声でツイッターとかインスタのフォロワー数自慢大会なんかしちゃっててさ、その人たちのアカウント見たら、ほとんど裸みたいに露出してた」

「男たちに性欲の発露に使われて消費されるだけだって、わからないんだな」

出版業界人としてファッション誌の不況を知っているKは、己の自己顕示欲を満たしたいがために自分から選考に応募し、タダ同然の労働をしている読者モデルたちの懐具合（ふところぐあい）がわかる。

「で、聞きたくなくてもずっと会話が聞こえてたんだけど、CMほしい、とか口々に言ってたその集団の中で一番目立ってた人、大学卒業して四年経ったとかで、浪人してなかったとしても二六歳以上だよ？　他の人たちも同じくらいだったっぽい」

「自己推薦でタダ働きするのも、その年齢だと厳しいのかもね」

「ホントそうだよ。はっきり言って、二六歳で煙草吸いながら事務所にも入れずCM

ほしいとか夢みたいなこと言っちゃってる勘違いしたオバサンたち、痛すぎるよね」

それは言い過ぎだぞ、と言いかけたKだったが、言わずにとどめた。二六歳は、オバサンではない。富美那からは、三〇歳の彼氏がどういうふうに見えているのだろうとKは思った。自分が今の富美那と同じ二三歳だったときの三〇歳の男の見え方を思いだそうとはするが、すでによくわからなくなっていた。

やがてタクシーは高速道路に通じるトンネルの道にさしかかり、このまま本当に高速道路に入ってしまうんじゃないかとKが不安に思ったところで、トンネルの途中にあった穴みたいな空間へ左折する。都内の少し広めのコインパーキングほどの広さの敷地の先は行き止まりで、マンションが三棟、空き地に対しコの字の配置でそびえ立っていた。

会計を済ませ車外に出たKは、タクシーが去った途端、置き去りにされた、と感じた。日常的な買い物に出かけたり緊急車両の行き来もあるから他の道もマンションの反対側にでもあるのだろうが、Kたちの位置からだと、他に道はないように見える。まるで、普通の人がその存在を知る由もない亜空間へ、道を間違え足を踏み入れてしまったようだった。なぜだか、もう帰れない気さえKにはする。ふと、初めて手をだしたファンである、高部清美の家にタクシーで行ったときのことを思いだした。

無人エントランスのオートロックも複雑でどうやって入ればいいかわからず、誘ってくれたギタリストへ電話しようとしたところで、以前Kが共演したことのある女性お笑い芸人がやって来て、ここへは来慣れている様子のその人についてKたちもおそるおそるエレベーターで上階へ向かった。

開錠されたままのドアを開けると、大人数のしゃべり声が玄関まで聞こえてくる。不安な気持ちで女性芸人の後ろから富美那と二人で長い廊下を歩いてゆくKだったが、いざリビングに足を踏み入れると、既に来ていた人たちはできあがっている状態で、Kたちのあとにもすぐ新たな客が来たりと、お構いなしにやっている気楽さから緊張は解けた。家主の大物女性歌手に初対面の挨拶がてら小田急百貨店で買ってきた食料品の紙袋をKが渡すと笑顔で受け取られ、持ち寄り品の山になっているダイニングテーブルの上に置かれた。富美那が昔何度か一緒に仕事をしたという売れっ子の巨乳グラビアアイドルもいて、富美那はその子のもとへ寄って行った。

ソファーや床に座るかたちで、広い空間になんとなく三つの輪ができていて、人々は入れ替わり立ち替わりで輪を行き来する。カトチエもいた。すぐに誰とでも気さくに話せてしまうカトチエの、元からの知り合いは誰で、今日初対面の人が誰なのか、Kには見分けがつかない。

「見ましたよ、密着」

一〇年近く前のお笑いブームの折、中高生向けのネタでブレイクし、当時Kが友人たちと時折似非(えせ)お笑い批評をする際いつも散々な悪口を言い見下していたピン芸人の男性に初対面で言われ、Kは「ありがとうございます、すみません」と言いながら頭を下げた。ピン芸人男性はとても物腰の低い人で、知り合いも少ないであろうKを気遣ってKとの世間話を他の皆にむけて広げてくれたりもした。Kは当時の似非お笑い批評のことを、心の中で詫びる。若かった自分にはなにも見えていなかったのだなと思った。

Kがそのとき身を置いている輪では、「週刊文春」をはじめとする各誌が抜いた芸能ゴシップの話題になった。芸能人たちは皆、「週刊文春」に怯(おび)え、憎んだりしながら、けっこうな割合で「週刊文春」を読んでいた。それも素人と同じ視点で。時折、Kが他では聞いたことのないゴシップを誰かが話したりするが、ショービジネスの世界を震撼させるほどのものではなく、あの番組が終わった本当の理由だとか、誰がヤリマンらしいとか、誰が引っ越した、誰が実はものすごい稼いでいるとか、小ネタがほとんどだった。

芸能人たち成功者が集まる会も、身を置いてみると、作家同士で集まる会と変わらないんだなとKは思った。当たり前だが、同じ人間なのだ。初対面の人には挨拶し、共通の話題を探し、なんとかその場を盛り上げようとするプロセスに、変わりはない。テレビ収録の現場が意外と静かなルーティーンで成り立っているということはKも半年以上前に知ったが、芸能人たちが集まる裏の世界もまた同じく、静かで、非日常がないようだった。

その後も輪や座る場所を変えたりしているうちに、ブログで稼いでいるママタレントの隣になった。ママタレントはKの二、三歳上で、元売れっ子アイドルで今はスポーツ選手と結婚し子供が数人いる。Kが中学生だった頃からずっと芸能界にいるこの人は夫の稼ぎを除いても小説家の自分よりよほど人気も貯金もあるのだろうとKには推測できたが、不思議と成功者という雰囲気はほとんどなかった。午前中にロケで一緒になった、二〇年選手の男性俳優にも、成功者感は覚えなかった。ずっと成功をおさめ続けている人には、成功者感はたちあがっていない。つまり成功者とは、成金だったり、急に世間からモテだしたぽっと出の奴なのだろうか。しかしこの場に成功者を感じさせる雰囲気が漂っていないのは、それら以外の大きな理由もある気がKにはした。

全員が表に出ている人たちで構成されている空間なんてすごいな、と思いながら会話したりしているうち、Kはやがて気づいた。ここには一般人がいないから、相対化されない。成功者限定の集まりだから、単なる世間になってしまっているのだ。ここに来て自分から成功者感が剝奪(はくだつ)された理由がKにもようやくわかった。成功者でいるためには、素人たちがいる現実世界に出なくてはならない。マスクと帽子が必要な、あの世界に。

「密着、大変だったでしょう」

四〇代の女優が密着番組の感想を言うと、その輪でも三分の一くらいの人たちがKの特集回を見ていたようで、感想を言ってくれたり、かつて同じ番組の密着取材を受けた男性シンガーソングライターと若手女優の二人も当時の撮影の裏話や撮影スタッフたちへの不満を口にしたりした。

「自分で見てどうでした？」

「自分では見てません」

シンガーソングライターに訊かれたKが答えると、輪にいる半分くらいの人たちがきょとんとした目でKを見た。

「自分が出てる番組、見ないんですよ、僕」

「なんで自分が出てる番組見ないの？」

顔を赤くさせ、だいぶできあがっている様子のお笑いコンビのツッコミ担当の男性芸人が、赤ワインのグラスを持ったまま訊く。

「そうですね……現場でろくにしゃべれなかったってことを自分は知っていますし、発言内容とか表情とか、見ていられないというか、恥ずかしいからですかね」

「そんな気持ちでやってんなら、おまえ、素人がテレビ出んなよっ」

本業のツッコミのように間髪入れず、Kを指さし声を張り上げて男性芸人が言ったのを、まわりの芸能人たちが「なに言うとんねんおまえ」とか「やだもう連れ出してよ」とか言い酔っぱらい扱いしながら笑い、四〇代の女優もKに微笑みかけながら「私も昔は自分の演技見るの苦手だった」とフォローしてくれる。Kは微笑みながらなんとなくうなずくが、実のところ、ついに言われたと、かなりのショックを受けていた。

　いつか言われるだろうと、予期してはいた。しかしいざ言われると、予期していたのにもかかわらず、大きなショックだった。

　ここへ来るタクシーの中で、富美那が読者モデルを勘違いした素人だと切り捨てた際の顔をKは思いだす。あのときの富美那の言葉は正しいし、本気の目でツッコんできた男性芸人の言葉も正しいのだろう。そうだ、表舞台に出る仕事では、自分は富美那や男性芸人と違い、外見が良いわけでもなくおもしろいことも言えない、専門性のない素人にすぎない。パセリのように各番組の端(はし)に添えられる、いくらでも代替可能な文化人枠の消耗品だ。

　自省するKだったが、他の話題に耳を傾け、ツッコんできた当の男性芸人とも何度もワインで乾杯しているうちに、また楽しい気分になっていった。

　ちらほらと帰る人が増えてきた午前二時過ぎ、Kは帰る他の芸能人たちのぶんとまとめてタクシーを呼んでもらい、残る人たちに挨拶すると富美那や他数人と一緒にエレベーターに乗った。タクシーは二台到着していて、元サッカー選手とギタリストをお辞儀して送りだした後、Kと富美那と巨乳グラビアアイドルの三人でタクシーを待った。するとオレンジ色の光に照らされたトンネルの切れ間から、車ではなく、帽子にマスク着用のジャケットにパンツ姿の男が現れ、Kと目があったかと思うと、またトンネルに消えた。変装時の自分にとてもよく似た格好の男だったが、今頃車にひかれているのではないかとKは不思議に思う。それとも見間違いかなにかだろうか。マスクと帽子で顔を隠しているなんて、あの人もまた、日常的に世を忍ぶ仮の姿で外を歩く、パーティーに来そびれた有名人なのかもしれない。

「Kちゃん、私たち、すっごく仲いいもんね！」

「えー、モリフミ、こんなとこでイチャつかないでよ！　えー、いいな、ラブラブだ。私も彼氏ほしいっ」

酔っぱらった富美那が大きな声で言いながらKの肩にしがみつき、巨乳グラビアアイドルが大声ではやす。やがて、タクシーが二台連続で到着した。


街で見かけた憧れの美人女性に告白する内容のロケ撮影の準備待ちで、Kは原宿のコインパーキングに停車中のロケバス内にいた。運転手は外で煙草を吸っている。密着番組の放送から一ヶ月が経ち、また増えだしたテレビの仕事でスケジュールが埋まっていた。こんなに出演オファーがくるとは、密着番組ではどんな映像が流されていたのだろうかとKは思う。

おかげさまで眠い。本業とテレビの仕事だけであれば平気だが、さらに連日の性交で体力と時間を奪われると、疲弊し目は充血した。さっきもヘアメイク担当者に、充血防止の目薬をさされたばかりだ。

全国セックスツアー中の現在、Ｋはとにかく性交しまくって仕方ないが、ここ最近誰としたか、すぐには思いだせないほどだ。全員、目が大きくて巨乳で背が高かった気がする。一人の人間の好みは同じなのだろうか。顔がすぐには思い浮かばず全員が同じように見えるほどヤりまくっているのも、いかがなものか。少し自重しようかともＫは思った。

ツアー中だが、紗友子のことは避けている。彼女からたまに届く脅迫まがいのメールには、返信しないことにしたのだ。自分が送るメールの文面が、また新たな脅し材料になりかねない。Ｋとしても無視はよくないと思うが、相手の出方が不気味で不可解なだけに、そうするしかない。

撮影の準備が長引いている。風が強い日で、空には雲一つなく、時折ロケバスが揺れた。Ｋは携帯電話のＳＮＳアプリを開いたところで、目に飛び込んできたヘッドラインニュースの一つが気になった。キー局の番組のヤラセを誰かが告発したらしい。本文を読むと、Ｋが一度出演したことのあるゴールデン帯のバラエティ番組に対し、とある特技をもった一般人として出演していた数人のうちの一人が、番組放送後、収録の際とは異なるように事実をねつ造されたと自身のＳＮＳで告発したとのことだった。なにやら他人事ではないなと感じたＫはその後も他のニュースサイト等から同じ記事を調べていったが、撮影した順番とオンエアでの順番が違うだとか、自分が活躍したところが根こそぎカットされていただとか、告発した男性の主張に目をとおすにつれ、Ｋにも事の次第がわかってきた。

「ただの演出じゃねえか、クソ素人が……」

　誰もいない車内でＫは吐き捨てる。そう、これは、ヤラセでもねつ造でもなんでもなく、演出、もしくはただの映像編集だ。素人が、国民の義務でもないのにテレビ収録の現場に喜び勇んで足を運び、自分が思い描いた放送内容ではなかったからとギャーギャー怒り狂いやがって、頭がおかしいんじゃないのか。己に対しての理想が高い夢見がちな奴なのだろうとＫは思う。自分が見たいようにしか自分を見ていない。テレビ的につまらなかったから編集された現実を、素直に受け入れるしかないというのに。陰謀論好きのネットの馬鹿大衆も、テレビへの悪口を言う前提で阿呆みたいに騒ぎやがって、クソ素人たちが！　表現の自由をつぶさせはしないぞ！　演出と編集は、表現の自由だ！

　やがてイタリア料理店の中で、ロケ撮影が始まった。日曜日の日中なので一般人の客もいるが、店の奥のほうの席はスタッフたちが占拠していて、一般人のフリしてカメラをかまえたりしている。Ｋは二人掛けのテーブルに座っている、この店の元店員である同年輩の女性のもとへ行き、対面の席に座った。

「あ、どうも、はじめまして、小説家のＫと申します」

　世間話から始まり、携帯電話にメッセージで届くスタッフからの無茶ぶりにも応えつつ、最終的に告白してフラれるという流れをひととおりやりきったあと、Ｋは意気消沈した男として店を出た。

　店を出て数歩の位置で立ち止まると早速一般人たちに気づかれ、カメラで無断撮影される。素人たちが勝手に、俺にカメラを向けてきやがる。そんな拙い技術と安いレンズでこの俺を撮ってんじゃねえぞっ！　不本意な姿が、世間に広まったらどうするんだ！　早くロケバスへ戻りたいとKが苛つきだしていると、ディレクターや数人のスタッフたちが店から出てきた。

「ありがとうございます」

「とんでもないです」

「Kさん、あの、もう一度流れで撮影させてください」

「違う画で撮るんですね、了解です」

　カメラマンが職人気質だったりするロケ撮影の現場ではよくある。出演者は一回目と同じように動きしゃべるのだが、同じ画を、カメラの位置等を大きく変えて撮っておくのだ。どれを使うかは、編集段階での決定となる。

「いえ、あの、ちょっとお願いがございまして。Kさん、もう少し、バラエティっぽい大袈裟な感じは消してください」

「……はい？」

「今のだと、自然に見えないというかですね、おちゃらけみたいになっちゃってて。今の視聴者はそういうのをすぐ見抜くんで、もっと素の……そうだな、テレビに出始めの頃のKさんの朴訥とした感じでお願いします」

ディレクターに頼まれても、Kにはわけがわからなかった。わざわざ言われるまでもなく自分は、朴訥な素人としてやったつもりだ。自分がテレビの現場に呼ばれる理由を考えたら、本職の芸能人でないがゆえの捨て身の発言や、テレビ的に映えない地味さや素人感が逆に新鮮に映り、それを求められているのだと理解していた。だからKはいつもと同じように、素人感を大事にした振る舞いをしたのだが、それを「大袈裟」と言われてしまった。

自分が思っていた以上に、自分はなにかに染まっていたのだろうか。そういえば最近は、スチール撮影では一切笑わないのに反比例するように、テレビのバラエティ番組の収録では表情筋をめいっぱい動かし大笑いするようになった。撮影再開の準備が整った段階でもKは、自分の素の振る舞いがどういうものか、よくわからないままでいた。

三月までついていた、密着番組のディレクターが追い求めていた〝本当の顔〟のことをKは思いだす。それと同じで、〝自然な自分〟がどういったものかわからなくなっていた。

何回か撮り直し、ディレクターもそんなに納得していない様子のままロケが終わる。風景や店のインサート撮影を行うスタッフたちを残し、Kは次の仕事場である下北沢までロケバスで送ってもらった。小さなブックバーでトークショーがある。余裕をもったスケジュールのつもりが、〝自然なK〟で出演する撮影に手間取り、下北沢に着いたのは開演三五分前だった。

トークショーと、じっくり時間をかけたサイン会を行い、すべてが終了したのは午後八時過ぎだった。とっくにサインをもらったのにいまだ帰らず店内で待ち伏せているファンの人たちが結構いた。ブックバーには出入口が一つしかなく、裏動線もない。裏動線のない仕事現場は、待ち伏せされるからKは嫌だった。事前に運営スタッフに頼んでもらっており、店外に出たらKさんへの個人的な接触はおやめくださいとのアナウンスがなされる。店内にいる分にはファンは身内のようなものであるから、いくら数人の女性たちから話しかけられても嫌ではなく嬉しいものだが、十数人からの拍手で送り出されるようにしてマスクと帽子をつけ店外に出た途端、小走りでブックバーから離れた。最寄りの下北沢駅で待ち伏せしている客がいるかもしれない。Kは、Kについて特になんとも思っていない大勢の人たちの前で、「Kさんですよね？」とか「ファンです」とか言われるのが恥ずかしくて嫌だった。ここは小田急線の下北沢駅からではなく、裏をかき、数キロ離れた京王井の頭線の池ノ上駅から電車に乗るほうがいい。歩きだしてすぐ、背後から駆け寄ってくる足音と息づかいにKは気づいた。

「あの、Kさん、すごくファンなんですっ」

まだ二〇歳くらいのあどけない雰囲気の女の子から言われ、Kは考える間もなく彼女を思いきり抱きしめ、「ありがとう。また本読んでね」と言い、手を振り早歩きで去った。

念のため尾行をまくように、人気の少ない道の角を何回かでたらめに曲がってから、再び池ノ上駅を目指す。するとしばらくして、道を間違えていることにKは気づいた。いったん戻ろうと来た道を引き返すと、曲がろうとした角の先に突如マスクの男が現れ、ぶつかりそうになったKは足を止めた。マスクの男は驚いたようで、しばらく動きが止まり、再び歩きだそうとしたところで、Kのほうが気づいた。

「沖さん?」

「……あ、Kさん!」

文藝春秋の社員で、去年Kの芥川賞受賞作の担当編集者だった沖氏は、なぜだか、マスクと帽子姿のKの正体をすぐ見破った。

「こんなところで、なにしてるんですか」

「いや、さっきまで張り込みの仕事だったんですが、収穫ゼロで終わって、やけ酒飲んでました」

笑いながら言う沖氏だが、まだ午後八時過ぎだ。

「Kさんは?」

「トークイベントをついさっきまでやってました」

「ああ、そうでしたか!」

沖氏は一年間だけ純文学文芸誌である「文學界」に編集者として配属された後、今は古巣の「週刊文春」に記者として戻っている。

「やけ酒にしては、時間帯が早すぎですよね」

「いやあ、まあ、明日も早いんで」

「下北沢駅はあっちですよ」

「ああ、そうでしたね、それでは、また！　失礼します」

Kは会釈し、沖氏が角を曲がり視界からいなくなるのを確認すると、走って大通りまで出て、タクシーを拾い自宅に向かった。

あまりにも不自然な遭遇だ。

ひょっとして、俺を狙って張り込んでいたのだろうか？

わけがわからない。小説家には小説家特権があると聞いている。小説家は小説を書くから、その版元である出版社が出す週刊誌からは、スクープを抜かれないというのがその理由だ。しかしKは新年初めから続いている、「週刊文春」によるスクープ連続の実績を思いだす。「週刊文春」の発行部数はうなぎ昇りで、文芸部よりよほど、社内での存在感と発言力も増しただろう。つまり、小説家を大事に扱わなくても、「週刊文春」の部署は、独立して自由にやれる可能性を有している。

すると、先月大物女性歌手のマンションで開かれたホームパーティーの帰り、トンネルの切れ間から亜空間のような場所に姿を現しすぐに去ったマスクと帽子の男の姿を、Kは思いだした。途端に怖くて仕方がなくなった。さっきのファンへのサービスのハグも、写真に撮られたのではないか。異性との交際禁止の事務所に所属している富美那との関係に、全国の女性たちとの性交の数々――中には紗友子のように、なにかの暴露をほのめかしている人までいる。メディアには出ていないKの個人的なことをある程度知っていて、かつ多少なりとも恨みをもっている人たちが、沖氏たち文春の記者と接触すれば、最悪の事態になる。

Kは、文藝春秋の文芸誌に掲載した作品によって、文藝春秋の役員を中心として成る日本文学振興会主催の芥川賞を受賞し、成功者になった。つまり、文春によってつかみとることのできた成功を、文春によって破滅させられるのだろうか。それではまるで、神のいたずらだ。

富美那にも、もっと自覚をもって気をつけてもらわなければならない。俺は有名人だし、彼女も有名人だ。Kは自宅最寄り駅のコンビニで富美那用のマスクを買い、インターネット通販サイトで女性用の帽子を三つまとめ買いした。

Kは目を覚ました。

アラームの音は聞こえない。ベッドにいるKの手元に、アラームがかかっていたであろう目覚まし時計や携帯電話もない。

つまり自分がアラーム音によってではなく、自然に目覚めたのだと気づいた途端、リビングからの日光がわずかに届いている寝室の目覚まし時計に目をやった。デジタル時計の表示は、午後四時一二分。

焦るKだったが、そんなわけはないと思い、昨日と今日の関係性について頭をめぐらす。今日は、午前一一時に六本木のテレビ局に入り、正午ちょうどから、大人数のクイズ番組の収録に参加する予定だ。それは明日だったか、もう収録し終えたのか……だがどう思いだしても、その収録が行われるのは、今日、というか今だ。

僕は寝過ぎていたようだ！

なんということだ、アラームを五つもセットしていたというのに、わけがわからない。

Kは昨夜用意しておいた服に着替えすぐ家を出て、駅へ向かい走っている途中、通りかかったタクシーに乗った。

二〇分ほどでテレビ局に着き、警備員の立つ関係者出入口を走って顔パスで通過したKは、地下の収録スタジオ近くにいる関係者たちの中で、知っているスタッフに話しかけようとする。ちょうど、衣装を着た出演者たちがスタジオから出てきたところで、人でごったがえしていた。Aブロック、Bブロックの予選が終わったばかりで、決勝ブロック収録直前の休憩時間に入ったらしい。Kはやがて、トランシーバーを持っているあまり見覚えのない若い男性に話しかけた。

「あの、すみません、小説家のKです」

「ああ、Kさん、お世話になっております」

「今日、Aブロックから出演する予定だったんですが……」怒られると思い焦っているKと反対に、若手スタッフは怪訝（けげん）そうな顔ではあるが急いで確認する様子もない。進行台本も持っていないようだ。

「Kさん、今日、ご出演でしたっけ……？」

出演者とスタッフが多すぎる番組の末端スタッフだからか、キャスティングのことについてはよくわかっていないらしい。もっとも、出演者交代制の大人数のクイズ番組だから、代役をたてたり欠員だったりしても問題なく進行できてしまい、四時間以上収録をしてしまっている今となっては皆、次の段取りで忙しくて、Kのことなど忘れてしまっているようだ。Kは誰にも怒られず、決勝ブロックの撮影が始まってほどなくして、テレビ局を出ると六本木駅から電車で帰った。

それにしても、収録に参加しないと、テレビ局に行っても芸能人とは全然会わないのだなと当たり前のことをKは思う。ましてやテレビ局の外で会うことなどほぼない。自分が一年弱身を置いてきた世界が確かに存在するという現実感が、希薄になった。業界の人たちはどうせ顔を隠しているから、街で会っても気づかないのは当たり前だろうか。

家に着くと、玄関の下駄箱の上に置かれたままの、帽子三つとマスクがKの目に入る。富美那のために買ってあげたのだが、Kが渡そうとしても、彼女は笑ってとりあってくれなかった。有名人なのになぜ無警戒に顔を外でさらすのか。内心怒るKだったが、その場は笑って誤魔化した。街中でも顔を隠さないほどすれきった、浮き世離れした有名人の側に富美那がいってしまいそうで、Kは危機感を抱いている。まだ若く分別がつかない彼女を、自分がいる現実世界の側に引き留めておかなくてはならない。

大阪にも行き慣れているKは、早めに到着しても新大阪駅周辺に時間をつぶせるところはあまりなく、東京のテレビ局より小さめの局内の控え室へ早く行きすぎるのも先方にとっての迷惑になることを学習したから、局入り時間から逆算してきっかりの時間に家を出た。すると品川駅で、とんでもない事態に陥った。関西のテレビ局からは新幹線東京新大阪間のグリーン席回数券を二枚渡されていたが、土曜日とはいえ昼間なのに、新大阪行きの「のぞみ」のグリーン席は、直近の便から三〇分後まですべて、埋まっていた。当然、指定席もすべて埋まっていて、自由席に「△」の表示があるのみだった。遅れるわけにもいかず、六分後に出発する「のぞみ」の自由席に変更し、Kは乗った。

運良く三人席の真ん中に座ることはできたが、Kは成功者になって初めて乗る、新幹線の普通席、それも自由席が、こんなにもひどい空間だったかと実感する。家族連れや外国人観光客や大学生くらいのガキたちの話し声がうるさく、グリーン車と比べ遮音材が少ないためか車外から響く走行音も耳につくし、カーペットじゃない病院みたいなツルツルの床が気持ち悪かった。同じ新幹線であるとは思えない地獄だ。

　関西で何か大きなイベントでも多数開催されるのだろうか。Kはグリーン車に移りたくて仕方がなかった。たとえ満席でぎゅうぎゅう詰めのグリーン車でも、こんな一列五人掛けの豚箱みたいな普通車よりマシだ。これでは一時も、帽子とマスクを外すことはできない。盗まれるかもしれないから貴重品も肌身離さず持っていなくてはならない。これから二時間半もここで過ごさなくてはならないと思うと、何度でもため息が出た。Kはグリーン車の席に空きが出ていないか、乗務員に問い合わせてみたが、だめだった。ただ富美那によると、女性にとってグリーン車は値段の差ほどの快適さは感じないらしい。地方で仕事がある際、若手タレントはほとんどの場合普通席のチケットを渡されるが、富美那も最近はグリーン席のチケットを渡されることが多くなった。しかしグリーン車の静かで空いている空間でも、とにかくスーツのオジサンたちの不快さには耐えられないのだという。オジサンたちは靴や靴下まで脱ぎ異臭をふりまくし、通路ですれ違う際なんかも決して道を譲ろうとはせずなにか恨みでもあるのか特攻隊のごとく体当たりや舌打ちをしてきたりと、とにかく女性に対して偉そうで不快な態度をとりまくるのだという。Kには、そんなオジサンたちの姿は見えていない。自分より腕力が弱そうな相手に対してだけ強く横柄(おうへい)に振る舞おうとする哀れなオジサンたちは、男たち、特に一目で成功者とわかる風貌の男に対しては、決して同じ態度はとらないのだろうとKは思う。哀れだ。女性たちの鬱憤を晴らすためにも、Kはそういうくだらない卑屈な非成功者のオジサンたちをどんどんイジメてやらなければいけないような気さえした。

仕方なく、事務作業等で時間をつぶすことにする。Kは先日、四ヶ月前に受け掲載期間も終了したウェブ広告のギャランティが未払いであることに気づいた。請求書はとっくに郵送済みで、過去に窓口となった広告会社の担当者と社長の二人に問い合わせのメールを送ったが丸一週間返事はなく、社長ではない女性社員の携帯番号に電話をかけてみたが、気の抜けたような声しか発さない女は、既に広告会社を辞めていた。個人の携帯電話の番号を会社からの連絡に使わせていたよほどの零細企業なのだろうと悟ったKは、その時点で雲行きが怪しく思えた。広告会社というより実態は、もっと大きな広告会社からの孫受けの仕事をこなすライターがマイクロ法人化しただけの会社だったのだ。社長の番号も記してあったのでかけてみたが、数コール鳴ったあと、意図的に切られた。Kが初めてその会社のホームページにアクセスしてみると、三三歳と若めの社長のSNSと連動していて、人気アプリゲームの進行状況について、Kが電話をかける数分前に投稿されていた。くだらない書き込みをしている暇があるならギャランティを払えと頭にきたKが再度電話をかけるも、今度はワンコールで切られた。再度社長宛の督促メールをKは昨夜送っておいたが、携帯電話を見る限りいまだに、返信はない。関係があるかはわからないが、機を同じくしてそれ以降、Kのもとには度々無言電話がかかってくるようになった。

裁判を起こさなければならないのか。ギャランティの額は消費税別一四万円だからたいした額ではなく、友人山路に頼む弁護士費用でほとんど消えてしまうかもしれないが、Kにとっては金額の問題ではなかった。約束を破る卑劣な人間は、赦しておけない。それにしても、色々なところで一年近くも仕事をしてきて、ついに頭のおかしな仕事相手に出会ったかとKは思う。

久々に自分のブログを開いたKは、コメント欄に目を通してみる。有名人が多数契約しているこのブログの運営ではNGワード等の制約が多く、一般人からのコメント投稿に関しても、少しでも攻撃の意図があるものは運営側から投稿を承認されない。つまり、ブログの書き手を賞賛する投稿しか表示されないため、ちょっと見ぬ間にKのブログのコメント欄も北朝鮮みたいになっていた。

「これじゃ将軍様じゃねえか……」

小声でぼやいたKは、喜び組の女性たちのごとくKを賞賛してくるおそらく女性たちからの投稿を読んでいった末、コメント欄ごと封鎖した。なんならブログ自体を削除してもいいかなと考えたが、狂信的なファンたちによそで暴れまわられるよりは、自分のブログを防波堤にしておいたほうがいいだろうという判断で、消さずに残すことにする。

もう何度かKが共演したことのあるお笑い芸人たちが司会を務める、関西ローカルの番組収録が始まった。暴露話系番組で、半年ほど前にも依頼をもらった際、Kは内容が嫌で出演を見送ったが、今回は引き受けた。

スタジオ前の前室に行くと、大物歌手のホームパーティーで会った男性芸人がいた。あの日のことをなんとなく話しながらKは、突然連れて行った彼女共々お世話になりまして、と言った。すると男性芸人は、煙草を吸いながら、要領をえないというような反応を示した。

「あの、森史奈という、売りだし中の子なんですが……」

男性芸人は森史奈のことはなんとなく知っているようだが、あの場にいたことや、Kの交際相手だということは、知らないようだ。入れ替わり立ち替わりで人が多かったし無理もあるまいとKも思い直す。ついでにいうと、欠点のない綺麗な顔は、印象に残らないのかもしれない。巨乳が売りのグラビアアイドルがいたことは、男性芸人も覚えていた。

やがて、収録が始まった。

「それでは続いて、芥川賞作家Kさんの、わたしヤバいんですかね話は、こちら！」

「私は、ファンと関係をもったことがあります！」

「ええっ⁉」

Kは、芥川賞受賞後の二、三ヶ月間で、ファン数人と性交をしたと話した。いつもはつまらない話しかできないKだったが、共演者たちの食いつきが良いこともあり、饒舌(じょうぜつ)に、事前に話そうと決めていた以上のことを話した。テレビに出るからには、いつまでもボソボソした素人しゃべりではいけない。自分もここらで肝を据えて、プロにならなければならないだろう！　Kは話せば話すほど、心身が軽くなるような気さえした。紗友子やその他性交をした女性たちしか知らないことを減らすように、彼女たちの前で見せたり話したりした、思いつく限りの個人的なことを、ここ数日間に参加したテレビ番組収録でどんどんさらけだしている。

「週刊文春」に狙われ紗友子にも脅されている今、Kは、変態プレイをしたわけでもない自分の普通の情報を世間に暴露されるのが、恥ずかしくて怖かった。だったら自分から秘密を消さなければと、今までテレビではNGとしていた情報を率先して公開している。たとえば今住んでいる家賃が高く広いマンションの室内も写真で公開した。富美那のことと、富美那と出会ってから以降にした性交のことは隠す。それ以外のことは、だいたい話した。

収録が終わったのが午後五時半で、行き先の決まっているタクシーで新大阪駅まで行った後、Kは由利さんと待ち合わせているビジネスホテルへ歩いて向かう。司会の仕事で大阪に来るという由利さんのスケジュールを知ったのは今朝で、会う約束をとりつけてすぐ、旅行チケット予約サイトから、まだ空きのある新大阪駅から徒歩圏内のホテルを探し宿泊予約した。

ずっと雲行きの怪しい天気だったが、小雨が降りだした。由利さんも少し前に新大阪駅に着き、ホテルへ向かっているらしい。あの抜群の肌触りの、吸いつく皮膚に早く自分の身体を重ね合わせたい。最終の新幹線があるから、午後九時頃までのリミットはずらせない。

急ぐKだったが、駅から徒歩六分のはずのホテルに、なかなかたどり着けなかった。駅の南側の線路沿いをずっと歩いていて、ホテルのある北側へそのうち抜けるだろうと思っていたが、高架下の抜け道等がなく、歩道橋を見つけたと思っても行きたい先とは全然違う場所へとわたされていたり、えらく無駄道を踏んでしまった。息を切らせながら、Kは小雨の中、小走りで目的地を目指す。新大阪が歩行者にとって不便なつくりになっているのは、鉄道路線と幹線道路しかないエリアだからか。ターミナル駅にしては人気のあまりない、無機的な街だ。

歩きだして二〇分経ちようやくビジネスホテルに着いたKは、狭いエントランスにいた由利さんと合流した。マスクと帽子着用のまま、フロントで名乗り、用紙に氏名、住所、電話番号をわざと汚い字で記入する。クレジットカード決済のインターネット予約で個人情報は伝達済みで、無駄な抵抗であるとはKも自覚している。

「あの人、芥川賞とった人」

うつむいたままペンを動かしているKの耳にも、その声は聞こえてしまう。Kへの応対をしている女性の後ろにいる、男女二人のフロントスタッフのうち男が、たいして声をひそめもせず口にしていた。土曜当日の朝でもとれた格安のビジネスホテルだから、入った部屋の内装もみすぼらしく、掃除も甘かった。ただ値段なりだから、内装や掃除がいくら低レベルでもかまわないとKは思う。そのかわり、これから女性となにかしようとしている俺の正体に気づいていても、俺の前で、俺に気づいている素振りは絶対に見せてほしくなかった。最悪なホテルだ。安ホテルには、接客マナーが最低レベルの人間も集まってしまう。見た感じ四〇歳くらいの年頃にもかかわらず客の至近距離で思ったことを口にしてしまうような馬鹿は、今日明日にでもSNS上でKの目撃情報を書きかねない。Kは本当に気が滅入った。

経済力に見合った、たとえばまだ空きのあった外資系の高級ホテルなんかを予約しなかった自分もまた悪いと思い、Kは由利さんに「ごめん、こんなところで」と謝った。由利さんは、特に気にしていない様子を見せてくれたが。

性交自体は、素晴らしいものだった。こんなに美しい女性がどうしてテレビに出ていないんだろう、とKはいつものように思った。

事を済ませた二人が新大阪駅に着いたのは、午後八時ちょうどだった。梅田に戻ると在来線の改札へ向かう由利さんと別れ、Kは新幹線グリーン券回数券で、一〇分後に出発の列車のグリーン席を予約する。前後に人はいるが、なんとか窓側で隣に人のいない席を確保できた。

テレビ局の控え室で弁当一個しか食べておらずセックスもして空腹だったKは、改札内の弁当屋で弁当とアイスコーヒーを買う。喉が渇いており、弁当屋から出てすぐの場所でマスクをおろしコーヒーをストローで飲んでいると、自分に向けられる視線に気づいた。三〇歳前後とおぼしき女二人連れのうちの片方、太った女が、Kの顔を見ながらずんずん近づいてくる。

こんなところで握手か、と思いKがいったん視線を床におろし身構えたところで、左腕になにかがぶつかった。

「ゴタンダくんに、よくもぉ！」

口をとがらせながらKの前に立つ女は、ポスターか何かを丸めた棒を持っている。

殴られた、のか？

「変なこと言って」

呆気にとられるKをよそに太った女は口をとがらせごにょごにょ言い、また棒でKを叩き、友人らしき連れの眼鏡の女性に止められる。Kは我に返るとエスカレーターに乗り、「のぞみ」の到着するホームへ逃げた。

棒で殴られた。

乗った新幹線が発車しても、Kは呆然としていた。

太った女が口にした「ゴタンダくん」とは、間違いない、先月共演したばかりの、男性アイドルグループのメンバーだ。彼らの冠番組に呼んでもらったKは、事前打ち合わせをもとに構成作家やディレクターたちが考えてくれた筋書きにのっとり、それをアイドルたちも了承のもと、彼らにギャーギャー噛みつく役を台本のとおりに演じたのだ。たしかに、「ゴタンダくん」に対し極論を言いまくるシーンをKも記憶しているが、あれもやりすぎなくらいにバラエティとしてデフォルメしていたはずだ。

しかし、さっき棒で殴ってきた女には、あの一連のやりとりを真実だと鵜呑みにされた。演出として、役回りでやっていることをさすがに見抜いているだろうと、視聴者のレベルを買いかぶり過ぎていた。皆、テレビで放送していることを、真実だと思うらしい。

思えば、他の番組の放送後もそうだったとKは思いだす。両親ですら、たまにKが帰省すると「合理的人間」と初期の出演番組で散々言われたレッテルを、実の息子に貼ってくるようになったのだから。

それにしてもまさか、自分がテレビでやったことに対し、暴力という強い悪意を直接的にぶつけてくる人がいるとは、Kは考えもしなかった。悪意はすべて、能動的にアクセスしないと認知できないようなインターネット上だけにしか存在しない、バーチャルな感じでつかみどころがないものだと思い込んでいた。

Kは弁当を食べ、靴を脱ぎフットレストに足をのせても、あまりリラックスできないでいた。行きの自由席と違い、ここはグリーン席だ。そうであるにもかかわらず、新幹線の中で、以前ほどの成功者感を覚えなくなっていた。

直接悪意を向けられるにいたった原因を、Kは考える。視聴者が放送内容を鵜呑みにしてしまうことをあまり考慮せず、無警戒にテレビに出過ぎたからだ。それも、芥川賞受賞後二、三ヶ月で終わると思いながら出続け、もうすぐ受賞から丸一年が経ってしまう。

テレビにはしてやられた。それに自分は新作小説も書かずに、約一年間、なにをやっていたんだ？　Kは、まぎれもない純然たる小説家のKに、いったん意識して戻らなければならない気がした。

新作小説も書かずテレビに出続け、テレビに負けかけている自分がテレビに負けないようにするには、約一年間の特殊な体験をもとに、小説を書くしかない。さっき収録したバラエティ番組と同じだとKは思った。色々な女性たちと獣のように性交におよんだ話とかも、作者本人を連想させる主人公の物語として書くことで、逃げから攻めの立場へと転じるのだ。タイトルは……「成功者K」、なんかがいいかもしれない。

自宅最寄り駅で富美那とおちあい、低層マンション最上階の角部屋5LDKへ帰宅したKは、嬉しい報告を聞いた。彼女のドラマ出演が決まった。それも、地上波の午後九時から放送の連続ドラマに、主要キャストのうちの一人としての出演だという。Kは自分のことのように喜び、近々お祝い会をすることを約束した。

その夜、Kは富美那に対しいつもより一段と丁寧な性交をする。そして正常位で富美那の弾力のある硬い腹や太ももを触っている最中、突然気づいた。

元モデルでフリー司会者の由利さんの肌が四〇歳なのに吸いつくような気持ちよさ

なのは、あの人がジムやヨガに通い日焼けに気をつけているからではない。単純に、肌の張りが衰えているからだ。いくら余分な脂肪がなくしっかりとした筋肉を保っても、肌表面のコラーゲン繊維の衰えは防げない。肌が細胞レベルで衰えているから、あんなにも、他者の身体に吸いついてくるのだ——。

Kは、老化して張りを失った肌が嫌というわけではない。ただ、あの素晴らしい感触が、由利さんの特性ではないということに気づいたのだ。たとえば今若くて弾力のある肌の富美那も、四〇歳になったら、ああいう気持ち良い感触の肌になるのだ。なんだか、誰と性交をしても同じような気と、誰とも性交なんてしていないような変な気さえKにはした。

まだ日のあるうちにテレビ収録を終えたKは、お台場から高速道路に入り、すぐレインボーブリッジにさしかかった。急いでいないのと、左ハンドルの車だとそちらのほうが海や橋下の風景が見やすいという理由で左車線を走るが、自分で運転しているとよそ見もできず、結局景色は楽しめない。

Kが運転しているのはメルセデス・マイバッハS600だった。Kはともすると、そのことを忘れる。納車されたのは、たしか先々週だった。本の印税や各メディアへの出演料に契約料、そして〝東証の狼〟として負け知らずの株取引での含み益も莫大で、資産はとっくに一億円を超えていたから、新車価格二六〇〇万円のマイバッハS600をキャッシュで買った。K自身、自動車にものすごく思い入れがあるわけでもなく、マイバッハという名前もどこで知ったのかはわからない。ただ、法人名義で節税にもなるし、テレビにおける成功者としてのキャラ作りも見込める。なにより、電車は嫌でタクシーも怖いと公共交通機関で移動するわずらわしさには耐えられなくなってきていて、もう他人の運転する車には乗りたくないと思っていたところだった。どこへ連れていかれるか、わかったものではない。自分のことは自分でコントロールしたいから、足回りがしっかりしていて存在感のある高級ドイツ車を買った。しかし自分は、メルセデス・マイバッハの足回りがしっかりしているなどと、どこで知ったのだろう。Kにはわからなかった。

ハイヤーなんかにも使われているクラウンやレクサスと比べても段違いに静かなマイバッハを自分で運転するのは、新しいおもちゃで遊ぶような楽しさがあるものの、不思議とKの中で成功者感はほとんどたちあがらなかった。下道で渋滞に出くわしたりすると、成功者どころか運転させられている労働者のような心地になった。車幅が一・九メートルで全長が五・二五メートルもある車体を運転するのは、実質的に中型トラックを運転しているのとほぼ同じで、都心で運転し疲弊するのも当然かもしれない。案の定、下道に出てすぐ、Kは夕方の混雑に巻き込まれた。

買って後悔はしていないが、バラエティ番組でのトークで活かして元をとろうともしていたのに、思いのほか共演者やスタッフたちの食いつきは芳しくないとKは感じている。突然金を手にした三〇男が高級外車を買い、今時珍しい成金の成功者キャラクターとして笑ってもらおうとしたつもりが、同エピソードを話したいくつかの収録現場でスベりにスベっていた。テレビに成功者は求められていないのだろうか。そして不思議なことに、不人気作家Kとして振る舞うと、ウケて放送にも使われているようだった。Kの中で、おかしな結論が導きだされる。成功者Kが成功者Kでいるためには、不人気作家Kに戻らなければならない。

マイバッハを買って、失ったものも多いことにKは気づかざるをえなかった。二六〇〇万円という金はもちろん失った。しかしそんなことではない。二六〇〇万円でマイバッハを買っても、費やした額ほどの気分の変化は味わえていない。いってみれば、お金ではなく、お金にこめられていた可能性を消費してしまったのかもしれない。金さえあればいくらでもどうにかなるだろうという可能性が、実際に金を得て使ってみることで、完全に失われてしまった。

Kは、色々なテレビの仕事でのベテラン共演者たちの顔や雰囲気を思いだす。ぽっと出じゃない感じの、ひとまわりもふたまわりもした成功者たちは、案外地味な生活をしていることが、段々わかってきている。つまり自分も、この先成功をおさめ続け、ゆくゆくは地味な生活――かつての不人気作家Kと同じような生活を送るようになるのだろうか。海外旅行やグルメもせず、家や仕事場で地味に仕事するしかない生活を、だ。まるで一億円程度の株式をもっている配当生活者が、稼ぎの元である株を切り売りできないため、実質的に生活保護費受給者と同レベルの質素な生活を送っているように。

路上のストップアンドゴーで眠くなってきたKは、オーディオから流れてくる音楽を選曲する。Queen の「The show must go on」のキーボードのイントロが流れ始めてすぐ、遮音性の高さをいいことに、音量をめいっぱい上げ、そして歌った。

「ワライウィリービフォー、アバウドッ、プレーセズ……アゲスウィノーザスコー……」

帰宅したKは、すぐに書斎で本業の仕事を始める。書かなければならない文章はたくさんあった。新作小説「成功者K」の本編執筆はもちろん、芥川賞受賞後断ってきた小さな文章の仕事を、Kは最近引き受けてしまっている。「文學界」や「文藝春秋」本誌からの依頼もあり、文春からの仕事は当然断れなかった。同じく新潮社や講談社といった、週刊誌を発行している出版社に、Kは逆らってはいけないと気づいてしまった。まるで各社の奴隷になったようだとKは思う。自身も過去に張り込み部員を経験しているから、週刊誌記者たちの手口や有能さは手に取るようにわかった。連中はとっくに自分に関してのネタなどいくつかつかんでいて、単に発表していないだけだ。小説家特権など幻想だったのだ。というより、答えははじめからそこに明示されていた。小説を書かなくなったら、暴露ネタで脅されるだけだ。小説を書かなくなった小説家出身の政治家たちなんか、コテンパンにやられてしまっている……。不人気作家ならまだしも、もはや俺は、小説を書かなくなったとしても、有名人であることからは逃れられないからな……。首にリモコン式の爆弾を巻かれてしまっていたことに、

Kは最近ようやく気づいた。

夜、執筆の集中力が途切れたところでKはメールチェックをしているうち、パソコン画面のニュースヘッドラインに表示された「芥川賞、直木賞決定」の文字に目がいった。自分が受賞して、一年が経ったのだ。調べると、芥川賞ではKの友人の女性作家Mが受賞していて、インターネット動画で記者会見の様子が生中継配信されている。

新芥川賞作家、成功者Mの誕生だ。帝国ホテルの二階、「孔雀の間」の金屛風の前に立ち、無数のカメラのフラッシュを浴びている。Kはディスプレイ越しにその様子を見ながら、一年前の、そこにいた自分を思いだす。あの時は、無限の可能性があった。セックス以外の楽しみや、自分の人生の未来を期待させるものが、沢山あった。

芥川賞を目指していたわけではないと自負してきたが、芥川賞を受賞し、そこから付随する色々な経験をしてしまうと、一年前まではあった、漠然とした幻想や期待感は消えてしまった。あとに残っているのは、個別で具体的な楽しみでしかない。良い作品を書いたり、美食や、旅行や、セックス。それとも結婚し子供をつくり家庭の幸せとやらで、この先数十年生きていけるのだろうか。曖昧な期待は、曖昧なままにしておかなければならなかったのだとKは最近知った。美食してリスクをおかし性交し

続けなければならない人生など、地獄だ。

では芥川賞をとらないほうがよかったのか。そんなことはない。芥川賞をとる前の生活に、戻りたくなんかない。

携帯電話のSNSで、メッセージ受信の通知があった。

〈来週のニャーゴで紹介したいおすすめ本、決まった？〉

カトチエからだ。インターネット番組の来週水曜の生放送に、Kは約一ヶ月ぶりに出演する。忙しいため本当は断りたいところだが、成功者になる前から目をかけてくれている番組だから、最低でも月に一度以上は出演という義理は果たさなくてはならない。同番組で紹介する本を挙げなくてはならないが、最近めっきり本を読んでいないKとしては、そのために読書するのも面倒で仕方がない。

新芥川賞作家である成功者Mについてのニュースをあらためて検索すると、文藝春秋から数日後に単行本が発売されるという。受賞後二週間以上経ちようやく同社から出版となった自身のときとはえらい違いだとKは思う。Kのケースでの出遅れた失敗をふまえ、改善がなされたのだろう。誰にでも、タイミングはある。K自身も、色々なタイミングが良い具合に重なった。芥川賞の待ち会にインターネット番組のカメラが入っていなかったら？　カトチエからインターネット番組のMCに誘われていなかったら？　自分が休んだ放送回で投稿した付け句を先輩作家にひろわれていなかったら？　カトチエが選考待ち会でKの閣下メイク写真をＳＮＳで拡散していなかったら？

どれか一つの要素が欠けても、Kが今見ている世界は存在しなかった。「Kの成功はカトチエのおかげだ」と、女性作家たちから冗談交じりに言われたとおりなのかもしれない。Kは、大学時代にテレビの素人投稿コーナーでやった、五人で振ったサイコロで同時に1の目を出したときのことを思いだす。成功者Kの自分が見ているこの世界は、サイコロの1の目が奇跡的に揃ったうえに成り立った、奇跡のような世界なのか。サイコロの目が一つでも欠けていたら、芥川賞を受賞しても、受賞作の単行本発行部数が一〇万部以下で、半年後には世間から忘れられる、ごく平均的な芥川賞作家としての日々を送っていたはずだ。

Kはようやく、気づいた。

芥川賞の受賞は、成功者としての今を構成する要素の中では、蛇足でしかない。自分が成功者として有名になったことと芥川賞の受賞には、直接的関係はないのだ。カトチエにより拡散されたKのメイク写真といった、受賞前になされた一連の出来事の組み合わせのほうが、よほど大きな要因だった。

金屛風の前に笑顔で立つ成功者Mの顔を見ながら、Kは愕然とする。自分が日々、色々な女性たちと性交をし、富美那のような素晴らしい女性とつきあえた背景には、カトチエによるSNS拡散という、なんとも頼りない後ろ盾しかなかったということか。それがなければ、バラエティ番組からの出演依頼も来ず、富美那たち好意をもってくれる女性たちからKが認知されることもなかった。

急に不安に、怖くなりさえしたKは、インターネット番組で紹介するためのおすすめ本をなんとか選びだし、カトチエにSNSで伝える。カトチエに対し邪険（じゃけん）な態度をとったら、この世界が崩れてしまうのではないか。不可逆的に時間の流れるこの世界でそんなことはないと理性ではKにもわかっているが、本能的に、カトチエを大事にしなければならないとどうしても思ってしまう。そして、Kに対する態度として、カトチエのそれが最も変わらない。まるで彼女は二酸化マンガンのような存在だとKは思う。触媒として他人の人生に分岐点をもたらし変異させても、彼女自身は変わらない。

しかし、自分の成功者としての人生はカトチエを中心とした不確実な要素の組み合わせではなく、自分の努力により必然的に成り立った確固たるものだなどと、どこで勘違いしてしまったのだろう。俺の記憶は、いつ上書きされたんだ？　Kにはわからない。芥川賞をとって成功者Kに変身したと信じてきたが、有名になったのは成功者Kだけだ。小説家Kは、たいして有名にもなっていない。しかも、成功者Kとは、俺ですらなく、メイクの元ネタとなったD閣下ではないか。

遊んでる場合ではない。Kは新たな小説を書き、小説家の自分が己の力で成功者にならなければならないと、「成功者K」の執筆にいそしんだ。

遅い夕食を、ドラマの衣装合わせ終わりの富美那と一緒に神楽坂の古民家ふうイタリアンレストランでとった。店を出た二人は、タクシーに乗りKの自宅を目指す。

「ドラマが放送されだしたら、富美那も帽子にマスクしなきゃだな」

「困るようになったら、そうする」

そんなときはすぐくるに決まっているじゃないか。Kはそう感じたが、彼女にとって顔バレして困ることはなんだろうとも思った。男である自分のように、あちこちで性欲を発散したりという後ろめたいことはしない感じがする。

タクシーが自宅に近づいた頃、Kは乗車時に外したマスクと帽子をつけ、財布からクレジットカードを取りだした。富美那と同じ方向に顔を向けていると、赤信号で停車した際、小さな公園の出入口付近に、長袖(ながそで)の女が立っていた。誰かと待ち合わせでもしているのか道に迷っているのか、携帯電話を手に持ちふらついている。女の顔をぼうっと見ていたKは、とんでもないことに気づき、反射的にシートに身体をうずめた。

紗友子だ。

大阪在住だという彼女がなぜ平日の夜中、こんなところにいるのか。やがてタクシーは発進した。

「今、変な女の人いたね、夏なのに長袖の」

彼氏の様子が少し変であることに気づいたのか急に振り向いてきた富美那に対し、Kは動転してそう口走った。

「そんな人いた？」

同じ方向を見ていた富美那だったが、怪しい女の姿には気づかなかったようだ。Kは少し安堵する。気づいたのは自分だけだ。

自宅に着いたKは、勘をはたらかせタクシーを追いかけてきた紗友子につかまりやしないかと、すぐに支払いを済ませるとマンションのエントランスまで走った。エレベーターに富美那と乗っても、動悸が治まらない。紗友子からの脅迫めいたメールを無視し続け、最近は音沙汰がなくなったと思っていたら、まさかこんなことになるとは。なんで住所が割れていたのかはわからない。このマンションにまで足を運んだのだろうか。Kはエントランスの集合ポストにも部屋のドア付近にも、表札は出していない。どこかのホテルで性交をした折、なにかの隙に住所の記された書類や運転免許証でも見られたか。それとも、新居の最寄り駅がどこであると、ネット上に出回りでもしているのか。

これは、急いでどうにかしなければならない。Kは、紗友子のもつ武器である〝Kの個人的な情報〟を無効化させるべく、新作小説の「成功者K」やテレビでも、もっとさらけ出し過激にやって、すくわれる足をなくさなければならないと感じた。

テレビの仕事も月に数本程度とだいぶ減ったこともあり、Kは連日集中して新作小説の執筆に取り組んでいた。朝から執筆をし集中力の途切れてきた夕方、気分転換をすることにした。不人気作家時代の生活で最も苦労したのが、これだった。気分転換のネタを毎日ローテーションさせるのが、難しい。自分が成功者になって最もよかったことは、外での用事等で忙しくなったから、気分転換のネタに困らなくなったことかもしれないとKは思っている。

郵便受けをチェックすると、いくつか届いていた物のうち、インタビュー記事が載っている写真誌を手に取る。その写真誌の編集者に、小説家特権について訊いたところ、文芸書を作っている出版社の週刊誌部署が小説家に対しては手をださないという、巷(ちまた)でいわれる小説家特権など、存在しないと言われた。週刊誌配属時、報道に偏りがあってはならないときつく言われ、おそらく他誌も同じなのではないかと話していた。じゃあなんで週刊誌各誌に小説家の記事が全然出ないのか、とKが訊くと、単に小説家がなにをした程度の記事を書いてもつまらないからだという。それを聞いてKは、だったらなおさら気をつけなくてはならない、と思った。俺は普通の小説家とは違う。皆、俺の動向に注目している！　俺がやることなすことはすべておもしろく、皆の興味の対象であるから、いよいよ本当に、各誌に狙われてしまう！

書棚に並べてある、テレビ局から送られてくる資料や同録のＤＶＤが目に入る。ふとKは、放送から三ヶ月の間で、色々な人から感想を言われもうなんとなくその内容を知ってしまっている密着番組を、自分で見てみてもいいかと思った。DVDをパソコンに入れ、再生させた。

スタッフとの打ち合わせの飲み会のシーンから始まるオープニングで、Kはいきなり調子を狂わされた。こんなシーンがあったとは聞かされていない。遠慮しあって料理を注文しないスタッフや編集者たちの中で自分が率先して注文を済ませてしまおうと、料理を注文してゆく姿が散々重ねられた後、「経費じゃないと外食しないですね」との発言で締められる。サービス精神で料理を注文したのに、これじゃまるで、タダ飯を食うケチな野郎みたいじゃないか。特におもしろくもないしマイナスイメージしか残さないどうでもいいシーンの後、テレビ収録や雑誌取材時の画が、めまぐるしく紹介されてゆく。時系列がバラバラで、Kの髪形や体形がワンカットごとに変わっていた。

インタビューを受けている画しか抜かれていないだろうと思っていたら、出演番組の請求書を作っているシーンを抜かれ、しかも金額が映っている部分を静止画で拡大表示までされ、ナレーターによる明瞭な声で読み上げられた段階で、Kははっきりと怒りを感じていた。

完全に、騙し討ちだ。

Kが原稿用紙を前にじっと動かず思索している姿は、日常的な仕事の風景であり、そのことを再三カメラの前で説明したにもかかわらず、「今日も仕事は進まなかった」というナレーションを当てられていた。真実が、曲げられている。

その後も、Kの作品やK自身に関する的外れなナレーションでの説明が流され、挙げ句の果てには、Kが言っていない内容の言葉を勝手にねつ造され、Kの言葉として、ナレーターが読み上げていた。昔深夜の「ツール・ド・フランス」ダイジェスト番組のナレーションも担当していたそのナレーターのことをKは好きだったため、その声で自分の発言をねつ造されるのが、ショックで仕方なかった。自転車選手――英雄たちの夏物語の語り手だったあの人に、成功者の偽物語を語らせるだなんて……。小説における地の文のように、信頼できる語り手としてその声は届くから、こんなものを見せられたら視聴者は全員信じてしまうだろうとKは感じた。ナレーターの陰に隠れ、頓珍漢な台本を作成した制作スタッフたちを、Kは恨む。

おい、あんたたち、俺はそんなことは言っていないぞ！　あんなに散々カメラを回しておいて、フタを開けてみれば、悪意をもって攻撃したがる人たちのなにかを刺激するどうでもいい画ばかり使いやがって！　散々探していたらしい本当の顔とやらも、あんたがたがボツにしたフィルムの中にちゃんとあったんじゃないのか？　まったく、言っているそばから、勝手にそんな嘘のナレーションをつけるな！　俺はそんなのじゃないぞ！　クソ、完全に騙し討ちにあった！　連中のいいように、俺を仕立て上げられた！

映像を見終えたKはパソコンから取りだしたDVDを割りかけ、あることを思いつき、とどまった。でたらめな台本にのっかったナレーションをミュートしてみて、自分でナレーションをつけたら、納得のゆくものになるのだろうか。Kは再び冒頭から再生させ、音声だけミュートした。

「Kは、テレビ収録で時間をとられる日も、頭の中では常に小説のことを考え続けていた」

声に出してみると、素人の自分の声ながらも、なんだか安定しているようにKは感じた。約一年間テレビに出続け、意識した際のしゃべり声もいくらかマシになったのかもしれない。なにより、ナレーションの内容に嘘がない。放送されたままのパッケージでは、ノンフィクション番組のはずなのに、フィクションの匂いがしてどうにも気持ちが悪かった。映像自体は現実を撮ったものなのに、ナレーションと編集がフィクションだったからだ。自分でナレーションをつけてみると、フィクションの匂いがなくなった。

「Kは印刷された原稿を熟読しながら、頭の中で、いかにして作品としての高みを目指すか、考え続ける。傍目(はため)には、なにもしていないように見えるかもしれない。しかしながら、ベッドで寝転がっているときも、タクシーで移動しているときも、密着スタッフたちと別れこれから女性と性交しようとしているときも、常に小説のことを考えていた」

「性交するときも、Kは小説を書いているといえた。決して、浮かれてうつつを抜かしているわけではない。彼は、根っからの小説人間であるという真実から、抜けだすことができないでいる」

いつの間にか夢中になり自分でナレーションをつけているうちに、エンディングまで迎えてしまっていた。Kは満足し、同録DVDをパソコンから取りだす。やはり、ナレーションが重要だ。そのことを再認識する。小説家の自分が、そんな大事なことになぜ今まで気づかなかったのか。

テレビは、嘘しか言わない。それはディレクターという他人により作られた筋書きにのっとり、編集作業を経て、事実上、他人により勝手に語られてしまうからだ。もう、自分で書く文章しか信用できない。誰かに語らせてはだめで、自分で完璧にコントロールした言葉しか、発信してはいけないのだ。自分の読者には、自分が書いた小説やエッセイだけを読んでほしい。そうだ、皆もっと、俺の発する言葉を信用しろ！　俺が発する言葉だけが真実を伝えているのだから。出演テレビ番組は見るが本は読まないというファンは、俺の本当の声に耳を傾けようとしないのだからファンでもなんでもない！

憤慨（ふんがい）したままKは、「成功者K」の執筆を再開した。

新芥川賞作家である成功者Mの芥川賞受賞作の単行本が、発行部数三〇万部を突破したとKは知った。発売から二週間も経たないうちの、驚きのペースだ。

Kの芥川賞受賞作は、一年かけて、二十数万部止まりだ。Kは成功者Mともたまに連絡をとっているが、Mはあまりテレビに出ない方針をとったようだった。そうであるにもかかわらず、二週間で三〇万部を突破した事実は、友人としてKも嬉しく思う反面、テレビに露出し自著と作者の顔を宣伝するやり方を否定されたようにも思えてくるのであった。

もちろん、成功者Mの作品は素晴らしかった。だが、中身が良いが売れていない作品などいくらでもある。つまり、売れたのは中身が良いからだけではない。本を買う人は、読むまでは、当然ながら中身を知らない。だから作品の魅力の伝わり方に大きく左右される。

成功者M自身の露出は少ないかわりに、テレビ等各メディアでの宣伝のされ方、そして発行元である文藝春秋のプロモーションの仕方は、洗練されているようだった。Kが初期に出演したバラエティ番組からは、Mのもとへもひととおり出演オファーがあったのだという。Kのときに培ったスキルを出版社やテレビ局も踏襲し、成功者が手早く量産されるシステムが、できあがっているらしかった。Kはここ最近、自分が量産型成功者のうちの一体になった気がしている。そして、自分の受賞時にも、記者会見のインターネット中継であるとか、広告の出し方等、すでに歴代の受賞者たちにより培われた生産方式をあてはめられていた事実に、気づいた。自分の前にも無数の成功者たちがいたことが、見えていなかった。

成功者Mの本が売れているのは、小説や世間に対する彼女の純真さが、広く伝わっているからではないか。自分が、自著を宣伝しようとするほど、卑しい売文家だと思う人も出てきてしまうのかもしれない。K自身も、各メディア上で慣れない仕事をするより、小説を書いているほうが精神的に安定する。だったら、真面目に小説を書くことに集中すべきではないのか。それに小説以外で自分を表現しようとしても、他人に勝手に語られてしまうのだから。小説家にとって、小説という虚構の話を紡いでゆく以外に、リアルはない。Kは、心が洗われるような気がした。簡単なことだったのだ。答えは身近なところにあった。受賞から一年間、色々と回り道をしたが、ようやく、自分がいるべき場所に戻ってくることができた。

午前中いっぱい執筆にうち込んだKは、遅い朝食の準備を始める。ベランダで育てているゴーヤを一本収穫し、簡素なゴーヤチャンプルーを作り、玄米と一緒にダイニングテーブルの上に並べた。

Kは性交に頼らない幸せを探すため、質素になり小さな出来事に幸せを感じる精神修行が必要なのではないかと考えるようになった。場当たり的にとりあえず玄米を食べだし、ベランダ菜園も始めた。玄米や野菜を薄味で食べて満足するための、日本の伝統工芸品の食器を百貨店で買ったりもした。座禅とかも組んでみたほうがいいのかと、半畳分の大きさの琉球畳を買い、たまに思いついたようにあぐらをかいたり瞑想したりもした。肉を肉屋で、野菜を八百屋で買い分けるようになった。コーヒー豆等、フェアトレードの商品も買うようになった。「丁寧な生活」、とたまに声にだして言ってみた。

午後、新作小説「成功者K」の打ち合わせのため、Kはメルセデス・マイバッハS600に乗り出版社へ向かった。新国立競技場の建設が全然進んでいないだだっ広い空き地近くのコインパーキングにぞんざいに車を停め、Kは出版社の社屋に入る。

「露悪的な話で読ませる推進力があるから、楽しく読めていいんだけど……書き方が、なんというか……」

高校三年生の小説家デビュー時から世話になっている編集者との打ち合わせが応接室で始まってすぐ、Kは自身の予想に反した態度をとられた。

「どこか、まずいですか……？」

「まず、一人称なのか三人称なのかが、わかりづらい」

「たしかに最近の僕は、一人称的三人称で書いていますけど。それが最も得意なんで」

「いや、この作品は、最近Kくんが書いた他の作品とも違うよ。主人公の名前が、僕にも俺にも彼にも置き換えられる。視点がブレすぎで、落ちついて読んでいられない。人称が説明なしにころころ変化して、人格の持続性が感じられないよ」

「……僕の密着番組をご覧になったんですよね？　あれ、嘘八百のひどいナレーションをつけられて。だから、自分の経験を元にした、露悪的なフィクションを精確に構築してゆくには、この語り方が必要だと思ったんです」

「作家がナレーターやったら駄目でしょう。ナレーションは、小説の外側から聞こえてくる声のはずだよ。なのに、作家自身が小説内に入って好き勝手にナレーションをつけたら、それはただの作家にとってのご都合主義な状況説明になる」

小説家が自分の作品にナレーションをつけてなにがいけないというのだ？　Kには編集者が言っていることが理解できない。小説家はいわば作品世界の造物主だ。自由にやって悪いわけがない。不服の意思を伝えるためにKが無言でいると、編集者が口を開いた。

「Kくんは、小説を書こうとしているんだよね」

「はい」

「現状の原稿だと、小説を書くことによって君自身の現実を書き換えようとしているように見える。というか、もうひょっとして、Kくんの現実は書き換えられてしまっているんじゃないか？」

「そんなことは」

言われてすぐ否定したKだったが、それ以上の言葉は出てこなかった。

「だから、小説もうまくいっていないんだよ。現実を書き換えつつ、小説の中ではフイクションを作ろうとしている。作家の人生なんてそもそもフィクションみたいなものなんだから、小説には現実をそのまま書けばいいんだよ。作家がインタビューで作品について語るときに言いがちな、これはあくまでも創作した話であり、なんてよくある説明をするとかそういう次元でなくてさ。いくら虚構を書いたつもりでも、作者の想像力の範囲を規定しているのが実人生なんだから、それはもう、現実をそのまま書いている、という自覚が必要なんだよ。そのまま書けばフィクションになるんだから、小説で現実を書き換えようとはしないで、自分の現実をそのまま書いて小説にすればいいんだよ。たとえば、そうだな、Mさんを見てみなよ。作家がコンビニのアルバイトで直面した現実を、加工せずそのまま書けたからあんなにおもしろい小説になったんじゃない」

Kは怪訝な顔をするのをもはや隠さなかった。成功者Mが、現実をそのまま無加工で書いているわけがない。

「生の経験をそのまま書いても小説にならないって、昔、ご自分がおっしゃっていたじゃないですか、高校生だった頃の僕に」

「そんなこと言ったかな。小説家の力は、どれだけ現実に手を加えずに描写できるかで決まるんだよ」

Kは唖然とした。あったことをそのまま書いても小説にはならないし、もし小説になったとしても、スキャンダルになるか名誉毀損で訴えられる。どうなるかわかったものではない。この人は、高名な成功者の立場を理解できているのだろうか？　本当に、ド素人もいいところだ。

二時間弱の打ち合わせを済ませマイバッハに乗ったKは、混んでいる下道を自宅まで帰る道中、編集者のアドバイスを果たして信頼しきってしまっていいものかと疑問に思っていた。たしかにあの人は数々の有名作家を世に送りだし日本の文芸界を支えてきた第一人者で、一三年前のデビュー当時高校生だったKは、スポンジのように素直にその影響を受けていった。

だが、いくら名編集者といえども、同じ仕事を長くやりすぎて、ついに焼きがまわったという可能性も考えられるのではないだろうか。K自身も、当然高校生ではなく、もうすぐ三一歳になる、デビュー一三年目のベテラン小説家だ。脂がのっている自分の視点のほうが正しいということだってあるだろう。「現実をそのまま書けば小説になる」などとあの編集者は言った。昔からお世話になっているからどんなアドバイスも真剣に受けてきたが、いよいよつきあいきれなくなってきたぞ。俺は俺の言葉を信じて、書きたいように書かせてもらうつもりだ……。そうしないと、あのナレーションのように、いつの間にか他の誰かに俺の言葉を勝手に発信されることになりかねない。

帰宅したKは、注意して原稿を読み直してみた。すると、たしかに、主人公のことは俺にも僕にも彼にも置き換えられた。編集者からの指摘に正しい部分もあるということは、Kを悩ませた。悪すぎるタイミングで、夏になってもいまだに続いている頭皮頭痛におそわれた。どうやら神経が疲弊しているらしい。

ストレスを消すには、ストレスをもたらしている要因を解決させるしかない。Kは、自身が書いた「成功者K」を丹念に読み直してみることにした。なんといっても自分は今朝、小説に対する無垢な態度を取り戻したばかりではないか。見当違いな指摘をしてくる編集者の意見もまずは受け入れてみて、問題点を洗いだそう。それに、午前中に抱いた小説に対しての無垢で友好的な気持ちと、さきほどまで編集者と打ち合わせしていたときの不機嫌で好戦的な気持ちの間に、差がありすぎる。まるで別人のようだ。今ここで、二つの気持ちを統合させなければならない。

携帯電話の電源をオフにしてじっくりと取り組んでいると、途中で眠くなり意識が途切れたりもした。それが休息になるのか、霧が晴れたような明晰さで小説を――編集者がいうところの、そのまま書けば小説になる、フィクションみたいな小説家の現実をKはとらえ直すことができた。

端的に、この一人称的三人称の使い方はまずいかもしれないと感じる。そして、小説の中でその人称を用い色々語ることで、たしかに自分の現実の記憶までところどころ書き換えているかもしれないと気づいた。それには幾分、反省させられた。原稿用紙二〇〇枚の小説を仕上げるのに全面改稿を五度くらい繰り返し一〇〇〇枚近く捨ててきたデビュー直後と同じ気概でもって、ここはいったんこだわりを捨て、ありのままの現実を書いてみようとしてもいいのかもしれない。

その日の夜、すっかり消耗したKはソファーに寝転がり、携帯電話でとあるホームページへアクセスした。〝森史奈〟の所属事務所が最近たちあげた、彼女のオフィシャルファンクラブページだ。

連続ドラマの撮影も始まり忙しくなった富美那と、Kは最近なかなか会えていない。無理をすれば会えるが、それは得策ではなかった。なぜなら、「週刊文春」が二人のことを狙っているに決まっているからだ。張り込みをしていた沖氏の姿が脳裏に蘇る。張り込み記者の考えていることなど、Kには手に取るようにわかる。かつて自分も取材のため張り込みをしたことがあるからだ。すると不気味なことにKの中で、沖氏の顔がKの顔になった。自分が自分に見られているとは、どういうことだ、気持ちが悪すぎる。

ともかく、売りだし中の若手女優である森史奈の足を引っ張ってはいけない。同じ業界人としてそのあたりのことをちゃんとわきまえていると、Kは自負していた。次なる成功者になるのは、富美那だ。日陰で目立たないように、彼女を支えなければならない。そう思うKは、ネットで更新情報を確認し、ディスプレイを通して森史奈の姿を見る日々が続いていた。

午前中に東京都内の撮影拠点で衣装に着替えヘアメイクを施してもらったKは、千葉県内陸の撮影場所へ向かうロケバスの中で、数分おきに台本を読みセリフの確認をしていた。同じテレビの仕事とはいえ、ドラマ出演は初めてのことで、周りに迷惑をかけないようにしなければといつもより緊張している。脚本家になぜかKは見いだされ、演じる役をあて書きされた。つまりKをもとにして脚本家が作った役を演じるということで、そこまでされたら断れないと、Kは出演を決めた。

セリフを空でぶつぶつとつぶやき台本を見て答え合わせ、をしながら、昨日収録したバラエティ番組なんかとは全然違うとKは思う。

新刊小説『成功者K』のプロモーションのため、Kは自分の顔写真と「成功者K」というタイトルから成る表紙画がプリントされたTシャツを作り、それを着てテレビに出ていた。そして、紗友子や「週刊文春」から己の身を守るべく、思いつく限りの個人的な情報をどんどんさらしていった。今の住まいにも書斎限定で何回もカメラを入れて撮影しているし、それどころか自宅の住所は既に地番まで公開している。ペニスの大きさに関しても、「途轍もなく大きい」と正直に話すことで、短小包茎だと自虐を言い笑いをとる保身のむしろ逆をいった。自分についての個人的なことにカメラを向けさせるほど、Kは安心感と富を得られた。

「昨日Kさん、渋谷にいませんでした?」

ロケバスの通路を挟んで左後方に座っている役職のよくわからない細身の中年女性

から、Kは訊かれた。

「いえ、昨日は赤坂にしか行ってませんけど」

「そうですか。あのTシャツ着ている男性を見かけたんで、てっきりKさんかと」

「成功者Kシャツ、あれ物販してるんですよ。イベント会場や書店、古着屋なんかで」

Kを目撃したという誤認情報にK自身がふれるのは、珍しいことではない。Kのファンなのか、アイロニカルな感じでおもしろがって着ている人たちなのかわからぬが、『成功者K』Tシャツを着た人たちが全国に多数出没しているようだった。そしてインターネットの世界をのぞくのが怖いKは未確認だが、なかには意図的にKを名乗っている偽者もネット上に出現し、なにかを勝手に発言しているとのことだった。人気商売にはつきものだとKは、ほとんど誰も信じていないらしい偽者を放っておいている。

バラエティ番組では共演することのない有名な役者たちと挨拶をしてすぐ、Kは屋外の現場に立たされ段取り確認やリハーサルの違いもわからぬまま演技をし焦っているうちに、いつの間にか本番撮影が始まった。

長まわしで同じシーンを何回か撮り、良い部分をつぎはぎして使う監督だと聞かされている。カメラに映らない位置に大勢のスタッフたちがいて、プロの役者たちが決められた手順通りにセリフを言ってゆく中、Kは自分がしゃべる番が近づくほどに恐怖を感じた。台本に書かれていたセリフを自分が言わないと、他の役者たちがKを待ち、時間が止まってしまう。リハーサルで一度、Kは自分がセリフを言うタイミングがわからず、時間の流れを止めてしまっていた。まるで悪魔の化身である自分が世界の時間を止めてしまったかのような罪悪感は、とんでもない恐怖としてKの身に刻まれた。

本番テークを一度撮った段階で、メイクを直され団扇(うちわ)で扇がれているKのもとへ、物腰の柔らかい監督が台本を持ちやって来た。

「Kさん、今のでも大丈夫です。で、同じセリフを、普段のKさんのテンションと同じように読めますか？」

言われたKは、先ほどよりも少し声を小さくしてボソボソセリフを言ってみる。

「さっきより、こっちのほうがいいです。脚本家さんがKさんにあて書きをして作ったキャラクターなので、もう本当に、演じるというより、素のKさんのままでやってみてください」

「わかりました」

監督のもとで、Kはもう何回か〝素のK〟でセリフを空読みしてみる。監督は満足はしていない様子だが及第点はとれたようで、モニターがある位置へ戻ってゆく。

ここでも、〝素のK〟を求められた。考えてみれば当たり前だとKは思った。変幻自在なプロの役者としてではなく、脚本家が認知しているK本人のキャラクターをあて書きされたのだから、役を演じてはいけないのだ。別の何者かに変身するような演技を求めるのなら、最初からプロの役者が起用されている。

じゃあいつもの自分のように振る舞おうとKは試みるが、原宿のレストランで女性に告白するという内容のあの日のロケ以来、カメラの前で発露されるべき素の自分をつかめないままでいる。どうしてもギクシャクしてしまった。まるで自分が何人もいて、そのうちの一人になろうとしてうまく制御できていない感じだ。

それでもなんとか、Kは素の自分を演じセリフを言ったりすることで、脚本家の作った世界を他の役者たちとともに具現化させてゆく。普段と真逆のことをしているおもしろさはあった。自分が小説の作品世界を作り、映像化に際し役者たちに演じてもらうことはあっても、小説家であるK自身が他の誰かの作った作品世界で演じることなど今までなかった。今のKは、作品世界を作る神の側とは対極の視点を得ている。肉体を通して演じてみると、脚本家の思考の癖なんかがわかるのだった。それは台本を読んだだけの段階ではわからず、演じてみて初めてKが体感できたことだった。

それなら、自分がいつも作っている世界はどうなのだろうと、Kは思った。

日中のシーンを撮り終え、夜のシーンを撮るまで、少し時間があった。Kは、コンビニに行くという一〇歳ほど上のベテラン俳優について、田畑に囲まれた田舎道を歩く。控え室として使っている部屋から帽子とマスクを持ってきたKだったが、ドラマや映画なんかの主演も数多くこなす人気俳優が帽子すらかぶらないぶん、なんとなく自分だけかぶりづらいと思った。

地元の中高生たちとおぼしき数人組に気づかれてもかまわず歩き続ける俳優の斜め後ろから、Kは訊いた。

「普段も、変装とかはしないんですか」

「うーん、特にしないですね。せいぜい、冬は防寒でニット帽かぶるくらいで」

「ここは田舎ですけど、都心でも、ですか?」

「そうですね」

「え、なんでですか?」

「人に知られたいと思ってこの仕事始めたわけですし」

Kは納得しかけたが、やはりわからなかった。誰にも頼まれていない小説を投稿し本名で小説家デビューを果たすなど、自己顕示欲以外のなにものでもない。しかし、街中で人々からこの顔に気づかれたくはない。コンビニに着く前にKがそのことを話すと、

「じゃあ、出ないようにするしかないですよね。それ以外、選択肢はないっす」

物腰の低い有名俳優に言われ、Kは、それしかないのかと真剣に考えざるをえない。そろそろ、ただの小説家だった自分にとっての不相応な顔を、外に出さないようにすべき時期がやってきたのだろうか。

夜遅くにロケが終わり、まだ撤収作業をしている部隊を残し、先に東京へ戻るロケ

バスに乗りKは帰路につく。ちょうど撮影全体のクランクアップということで、車内では缶ビールが振る舞われた。車内灯が消された闇の中で、鼾や、小さな声での話し声が聞こえる。女性スタッフ二人が、既婚者らしく、夫の悪口を言っていた。中年以上の人たちが結婚生活について話しているのを聞くと、最近のKは気が沈んだ。たとえば今交際中の富美那は、今までつきあってきたどの女性たちより容姿も性格も良く家事だって要領よくこなしてくれる。だからこそ、Kはこんなできた子とまだ出会いたくなかったと変なことを思ったりもした。これまで考えもしなかったような華やかな経験をここ一年間でしてきたのだから、これからもそういうのが待っているかもしれないと思ってしまうし、逆にそういうのがもうやってこない、つまり人生のピークは過ぎてしまったとも仮定できるし、どっちに転んでも気が詰まった。

ただKにも、なんとなくわかってきたこともある。

かつて浮かれた一瞬も、今となっては大したことがないから、これからやってくる浮かれも、大したことはないのだと思う。

明日朝早くから仕事だという富美那と、今夜は会えない。疲れで性欲が増しているのか、誰かと性交をしたいと思ったKは、大学のクラスメートの坂本可奈代に、今日自宅へ行っていいかという旨を記したメッセージを木更津のあたりから送信した。すると、東京湾アクアラインを渡り東京側に出たところで、返信があった。

〈もう、Kとするのはやめておこうかな…。〉

闇の中で光る携帯電話のディスプレイを、Kは思わず胸に当て隠した。ショックだった。知り合って一〇年以上経ち、突然あの美乳もろともむさぼり楽しめる権利を手にし、いつでもいつまでもそれを行使可能だと約一年間、思ってきた。その権利が、突然無効にされた。

そしてそんなことに、Kは少しずつ慣れてきてもいる。最近、坂本と同様に突然Kとの性交の終焉をきりだしたり、連絡が返ってこなかったりする女性が、他にも三人いた。そのどれもに、Kはショックを受けていた。そして気づいた。自然消滅という形をとり、自分は何人も傷つけてきたのだろうか。

では彼女たちと肉体関係をもたないほうがよかったのかといえば、そうではない。彼女たちに望まれ、自分が応えるという形が多かったのだから、なにもないよりは、なにかあったほうがお互いにとって絶対によかったとKは今もなお思っている。寝たきり老人のような、退屈こそが人生にとっての一番の地獄だ。ただ、双方にとって最適な行いが、最終的にはどちらかをうっすらと傷つけるのだと知ったのだ。

いつから、自分のモテに陰りが見えてきたのかとKは思いだしてみる。少し前、「成功者K」を大きく書き直したあたりから、それまであった女性たちの視線が徐々にひいていった気がする。

新宿西口のロータリーで解散した後、Kは久々に電車に乗ろうと改札口を目指した。すると目の前を、全身真っ青の服を着た人が通った。バラエティ番組で何度か共演した、年齢の近い売れっ子男性お笑い芸人だった。人混みの中でなぜそれがわかったかといえば、その人が、テレビに出るときと同じ衣装で歩いているからだ。後ろ姿を斜めから見る限り一応マスクはかけているようだが、案の定人々からジロジロ見られている。

Kは啞然とした。どうして今テレビで大人気のあの人は、ほぼテレビ出演時と同じ格好で、こんな素人だらけの人混みを歩けてしまっているのだろうか。さっきの有名俳優もそうだ。テレビでたいして活躍もしていないにもかかわらずマスクと帽子をつけたままのKは、自宅に帰り着く頃には、人前で顔をさらす彼らの態度のほうが正しいのかもしれないと思うようになっていた。

新作小説の執筆に取り組んでいるKは、本業に関してはマイペースに仕事をしていた。連載が終わり単行本化した長編小説と、新作『成功者K』の二作を世に送り出したばかりで、しばらくはそれらの宣伝活動に力を注ぐことにしていた。それに、あまりにも連続で本を出しても、売れ行きは悪くなるらしい。

切りの良いところで直しを止めたKは、正午、まとめてメールチェックを行った。

昔は絶対に断っていたような、暴露して顰蹙を買うようなかなり際どい企画のバラエティ番組の依頼に対しても、引き受ける旨を返信した。もっと本の宣伝をしたいからと、Kのほうでも、以前に依頼がきて自分が保留したままだったり先方からの連絡待ちだったりしたはずのテレビ番組出演依頼について、積極的に問い合わせていた。Kが自分で直接交渉をするようになる前、まだ文藝春秋の長谷川氏に全部窓口をやってもらっていた頃のもの、たとえば、Kが口頭で出演を了承していた人気バラエティ番組のドッキリ企画の進捗状況等についても、問い合わせた。

長谷川氏は、夏にプロモーション部から離れ、以前いた営業部に戻っていた。未だにKの窓口として、たまに各社からの依頼メールを転送してくれる。そんな長谷川氏が、次の異動でスポーツ誌の編集者になることだってあるし、「週刊文春」の記者として沖氏のようにKを嗅ぎまわるようになることだってあるだろう。会社員は容易に、突然にして別の何者かに変身をさせられるし、東大、京大出身者だらけの優秀な社員たちはそれに適応できてしまう。

ポルノ動画を見てオナニーを済ませたKは、パソコンの電源をオフにしてから、セックスを八日間していないことに気づいた。一週間以上誰かとセックスをしないことなど、本当に久しぶりだった。それまでセックスをしていた女性たちに断られるようにもなり、新規の希望者が激減したとなると、仕方のないことではある。

Kが、外で女性と会うときやテレビ出演時に、意識的に堂々と振る舞ってみても、状況は変わらなかった。恋愛指南でよくあるように、モテるために自信のある男を演じてみても、無駄なのだとKは気づいた。女性たちは、男から無意識的に発露されるごく些細ななにかを感じ取る。だから、芥川賞を受賞しただけでなんでこんなにモテるのかというほどKがかつてモテた理由も、自分が無意識的に発する自信やなにかしらの態度が大きくかかわっていたのだろうとKは思う。男が無意識的に発しているなにかに左右されるから、主体たる心身はモテをコントロール不能で、わけがわからないほどモテることもあるし、逆にモテなくなったら、どうあがいても自分で流れを変えることはできないのだ。

今の自分は、弱気なのだろうか。無意識に発露されるものを変えるのはなかなか難しい。ただ、無意識になにか変化を与えるような状況に、身を置いてみることは可能だろうとKは思った。

電車で出かけ、テレビの打ち合わせに行くと、初対面のディレクターから、「散々でしたね」とKは言われた。彼らは、Kが出演したドッキリ番組を見た、とのことだったが、Kにはそんなものをやった記憶がない。収録番組では、多少のサプライズ演出だったものを、放送ではドッキリとして仕立て上げたのだろうか。すぐに打ち合わせが始まったため、それ以上は訊かなかった。次いで雑誌対談のため貸会議室へ行っても、Kは編集者たちから「ドッキリ、大変でしたね」などと言われた。放送をチェックしないKには、どの番組のことをいっているのかわからない。今度こそ訊いてみようとしたところで、対談相手が来たため挨拶もそこそこにさっさと対談が始まった。

二つの仕事をこなしたKは、新宿の伊勢丹メンズ館へ行った。テレビ的な新しいつかみが必要だろうと、高い服を買うつもりだった。着こなして見栄えを良くするもよし、成金のような下品さをイジってもらうもよしで、色々な展開が考えられる。サンローランのジャケットに目星をつけたが、同じインポートブランドコーナーのプラダの服のほうが、田舎の貧乏人でもわかりやすいブランドだろうとKは途中で思い直した。四〇万円のジャケットを買おうと黒いスーツの女性店員にクレジットカードを渡すと、しばらくして戻ってきた。

「申し訳ございません、お客様、このカードは現在、ご使用できないとのことです」

Kは、ここ一ヶ月間で他になにか高い買い物をしたかと思いだしてみる。カードの上限金額は七〇万円にまで上げたから、四〇万円の物くらい買えるはずだが、細々とした出費が積もり積もっていたのかもしれない。せっかく直しの採寸もしてもらっていたので、現金をおろしてくる旨伝えKは近くの銀行ATMへ向かった。法人口座のカードは持ってきておらず、財布の中には個人口座のカードが一枚あった。そして四〇万円をおろそうとしたら、残額が不足していた。照会すると、三六万四三二二円だ。ここ数ヶ月間の振り込みはすべて法人口座あてにしてもらっていたし、つい最近、証券会社の口座にまとめて資金を移したような気もKにはする。Kは店に戻り事情を伝え、また来ると約束し電車で自宅最寄り駅へ向かった。

朝からずっと晴天で冬にしては寒さの穏やかな日だが、電車の中も最寄り駅も、マスクの人たちであふれている。気味の悪い素人連中だと思うKの脳裏には、変装もせずコンビニへ行っていた有名俳優や、青い衣装で人混みの中を歩いていた男性芸人の姿が蘇る。どういうわけか日毎（ひごと）に、その人たちに対する尊敬の念がKの中で増していった。そしてふと、自分もああなりたいのかと、改札口の外に出て思った。

Kはしばらく考えてから、飲食店も建ち並ぶ商店街のほうへと歩き、やがて帽子を、次にマスクをとりバッグの中にしまった。金曜の夕方、早めに仕事を終えたらしき会社員や、学生らしき人たちが流れてきている様子で、Kは視線の多さに緊張する。自宅の近くで顔をさらすなど、まるでペニスをさらして歩いているような恥ずかしさだ。しかし下を向いて歩く人が多すぎるからか、すぐさま気づかれるというわけでもない。変装するようになって以来、一年数ヶ月ぶりに娑婆（しゃば）へ出てきたようだともKは感じた。

ロケ収録の際によくある、写真を無断で撮られたり、ツーショット写真や握手を求められたりすることもないまま、Kは数分間歩いた。高名な成功者Kが、顔をさらしたまま表を歩くことなどないと、皆の脳が自動的に判断を下し、成功者Kを成功者Kではないと無意識的に判別しているのだろうか。やがてKはオープンな造りの焼鳥屋に入り、出入口近くの、通りから丸見えの席に座った。

マスクや帽子なしで街中に出て、顔をさらしてみると、せいせいするものだった。やがてKはシャツを脱ぎ、上は雑誌取材のために着ていた『成功者K』Tシャツ一枚の姿になった。解放感で次々と飲み食いしてゆくが、店員以外に話しかけられることもなく、ストレスはない。世間の素人たちは、自分が思っているより大人で礼儀正しいのかもしれないとKは思い直した。

三時間以上飲んだ焼鳥屋から近くのバーへ行き、顔をさらしたまま飲んでいたKは、カウンターで一人で飲んでいた三〇歳前後とおぼしき美人女性に声をかけた。独身の三〇歳前後の女性たちは比較的、俺を受け入れてくれる傾向にある。その期待のもと、書影に自分の名前も書かれたTシャツ姿でKは話しかける。たいして自己紹介もせずフランクに話しかけると、女性からは誰だおまえ、というような怪訝な顔をされ、やがて迷惑だったのか帰られてしまった。数人いた他客からは冷笑されたり蔑みの視線を受けたりし、バーテンダーにも遠回しに注意された。

いつもどおりイケると思ったら、逆に迷惑がられた。おかしい。いくら小説がうまくいっても、女性にモテなくなり性交できなくなったら、成功者とはいえなくなる。成功者じゃなくなった自分が書いた『成功者K』など誰も読まないだろうとKは思い、ウィスキーを飲み干した。

せめて寝入る前に、成功者Kである自分のアイデンティティを確かめておきたい。バーを出たKは、深夜〇時まで営業している駅前の書店に行く。顔をさらして入るのは初めてだ。文芸書コーナーに行くと、Kの芥川賞受賞作や『成功者K』が一冊も置かれておらず、売り切れてしまうほど人気なのかと安堵した。

バラエティ番組の収録に向かうため、Kは素顔のまま、マンション近くの月極駐車場へと歩く。

家の近所などではたまに、顔をさらしたまま歩くようになった。やってみると、精神衛生上いいものだった。ただ、風景だった通行人から不意に視線を向けられたりしたとき、Kは毎度少し緊張するのを抑えられなかった。いくら素顔で歩いていても、一年数ヶ月前の成功者になる前とは、世界が決定的に違ってしまっていた。

月極駐車場に着いてKは、狐につままれたような気分になった。駐車してあるはずのメルセデス・マイバッハS600がない。盗難の可能性が頭をよぎるが、どこかのテレビ局の駐車場に置いたまま、タクシーで帰ってきてしまったのだろうかとすぐに思い直す。既に二度そのミスを犯しているから、今回もそうなのかもしれない。どこかに置いてきた記憶がすぐには思い浮かばないが、たぶんそうなのだろう。お台場の湾岸スタジオへは電車で行くことを決めたKは駐車場から去り際、五台分の駐車スペースしかないこんな狭い場所に、中型トラックと同じ大きさのマイバッハを置けるものかとふと疑問に思った。

番組収録を終え、メイクを落としすっぴんになったKは一階のゲートから出たところで、富美那がもうすぐ収録を終えることに気づいた。出演中のドラマの番組宣伝のために、同局のバラエティ番組に出演者数人で出演するのだった。Kはちゃんと情報を得ていた。

さっきと同じように顔パスでゲートを通ろうとしたとき、Kは警備員に入館証の提示を求められた。収録前の時間帯とは人員が交代し、融通のきかない新人になったのだろうか。仕方なくすぐそばの受付で入館証を発行してもらおうとするも、仕事を終えて出てきたのだから再入場のワンデーパスはすぐには発行できず、発行するには番組担当者への確認が必要だと説明された。自分の彼女と合流するためという理由が理由だけに、Kは不服ながらもゲート外で待つことにした。

テレビ局本社から近い場所にあるこのスタジオは、エントランスの天井がものすごく高い。ガラス張りの壁沿いに並んでいるル・コルビュジェのLC2ソファーに座りながら、Kは富美那を待つ。それにしても、いつもは空いているエントランスに、人気が多かった。十数人ほどが、ソファーに座ったりそこらに立ったりしている。中にリュックサック姿の怪しい男もいた。このスタジオのエントランスには、実のところ、一般人も簡単に入れてしまう。ロータリー前の出入口にこそ警備員が立ってはいるが、大きな紙袋でも持ちスタイリストやマネージャーのフリでもしていれば、声をかけられることもなくエントランスには入れる。

途端にKには、ここにいる自分以外の人たちの大半が怪しく思えてきた。誰かの出待ちをしている事情通の素人たちなんじゃないだろうか。ここにいる、業界人のフリを、誰かのフリをした一般人は帰れよとKは思う。俺にはそのやり口がわかる。ここは、君たちのいるべき場所じゃない。偽者ではなく、本物だけが、ここにいることを許されるのだ。

やがて、ゲートの向こう側、エレベーターホールから富美那が姿を現した。Kは帽子とマスクをつけずにソファーから立ち上がる。

スーツ姿のマネージャーが一緒だ。事務所の車ではなく、テレビ局手配のタクシーで帰るらしい。Kは富美那と一緒に帰ることを断念した。二人の関係は、バレてはいけないのだから。

それでも富美那には気づいてもらおうとエントランスの中央にKが変装もせず立っていると、富美那の視界にKの姿は映っているはずなのに、富美那は一瞥（いちべつ）もせず真横をすれ違った。

彼氏に気づかず他人のような顔だ。マネージャーが一緒だから意図的に目をそらしたというわけでなく、本当に、Kの顔についての記憶がないという顔だ。

「富美那」

不安になったKは思わず声をかけた。すぐにKを振り向いたマネージャーの警戒する険しい顔とは反対に、富美那はごく自然な演技で声のした方向を探し、やがてKに目をとめ、ファンに向けての優しい笑みを浮かべながらの会釈をした。Kも芝居につきあい会釈を返し、彼女を見送る。

Kはしびれた。まるでKのことなど本当に知りもしないというような、完璧な演技だった。いつのまにあんなに腕を上げたのか。思わず自分もだまされそうになったほどだ。

富美那の演技はすばらしい。きっと、いい役者になると思う。

Kは帰ることにした。念のため地下駐車場で警備員に、メルセデス・マイバッハが停めてあるかと訊ねてみるが、「そんな車はないです」と言う。そんな車はない。Kの中で、初老の警備員が発したその言葉がなぜだか心の中で尾をひいた。そんな車は停められていないです、が正しい返答であろうが、そんな車はないです、だ。するとなんだかKにも、成功者Kが所有するメルセデス・マイバッハS600なんてものはないように思えてくるから、不思議だった。

帰路につく途中、モノレールからJR線へ乗り継ごうとした浜松町駅の人混みの中で、Kは自分が帽子もマスクもしていないことに気づいた。慌てて鞄の中からそれらを取りだそうとするが、スタジオからこの人混みの中に来るまで、誰にも視線や人さし指やカメラを向けられていないことに思い至る。ちょっと冒険してみるかと、Kは帽子とマスクで変装するのをやめ、素顔のまま自宅へ向かった。途中、Kに気づいたような素振り（そぶり）を見せる者は一人もいなかった。

家に帰り着いたKは、少し仮眠をとった後、新しい小説の執筆に取り組む。先々週から書き始めている小説だ。『成功者K』を書き上げることで、特に書き直しの作業を通じて、だいぶ勘が取り戻せたとKは自覚している。書き手である自分が小説世界の自分勝手なナレーターにならないよう気をつけながら、あの編集者が言うところのいい、ありのままを書いている。ありのままを書いても小説になるのは、自分の才能のなせる業なのだろう。

空腹でようやく、Kは今が夕飯時を過ぎた午後九時過ぎであることに気づいた。台所に立ち、部屋に匂いがこもらぬよう換気扇をまわしながら一口ガスコンロ上でブラジル産鶏胸肉を弱火で焼いているとき、洗濯物を干したままでいたことも思いだす。台所から一〇歩足らずで移動し掃き出し窓を開けると、外気が冷たく、暖房もつけていなかった部屋の空気の暖かさを感じる。狭い部屋だから、自分の体温だけですぐ熱気がこもってしまう。

デスク上から皿を片し、再び執筆に取りかかろうとすると、チャイムが鳴った。こんな時間に誰だろう。立ち上がったKはモニターで確認してからオートロックを開錠しようと思うが、そもそもこのマンションにそんなものはなかった。そのまま玄関へ向かい、ドアを開けた。

開かれたドアの向こうには、好恵がいた。

「途中で雨降りだして……」

そう言いながら、頭髪や服に水滴をつけた好恵はすっと玄関に入ってくる。事態が呑み込めないままKは、狭い靴脱ぎ場をあけるよう、廊下へ後退する。ふとKは、数ヶ月前に会った好恵の弟の康平くんが、姉は札幌に転勤しているいると話していたのを思いだす。帰京して、ウチへ間違って来てしまったのか。でもなぜこの家を知っているのだろう。そう思っているあいだにも好恵はごく自然に靴を脱ぎ終えたので、Kは数歩でたどり着いたリビングで率先して片付けを始める。深い意味はないが反射的に、森史奈が出演しているドラマのDVDと来年度のカレンダーをベッドの下に隠した。次いで、テレビがない空間でBGMが必要だと、ミニコンポでノイズ混じりのFMラジオを流す。

勝手知ったようにコートをハンガーにかけ、冷蔵庫から取りだしたビールを開ける好恵を見てKは、自分は引っ越してなどいなかったのかと思った。それに、彼女と別れずにつきあったままでいるような安心感が漂っている。好恵は相も変わらず、会社の愚痴を話しだす。Kはそれを聞きながら、自分はこのあと、好恵と性交するのだろうかと思った。不思議と、浮気するという後ろめたさがない。すでに長きを共にしてきた仲だからだろうか。

好恵がシャワーを浴びている間に小説の執筆を進めていたKに対し、パジャマ姿で頭にタオルを巻いている好恵が、訊ねてきた。

「次は、どんな小説を書いているの？」

「会心作、とだけ言っておくよ。やっぱり、芥川賞だけじゃ駄目だ。今どき、そんなのじゃ、受賞作が数万部売れて終わりなんだ。この作品で、僕は本当に世に出るよ。

外側にいる人たちにも、知らしめてやるんだ」

ＯＡチェアの背もたれにリクライニングしながらＫが言うと、ベッドの端に腰掛ける好恵が、微笑んだ。

「今度こそ、叶うといいね」

好恵に言われると、Ｋも自信が湧いてきた。紆余曲折(うよきょくせつ)を経て、長い旅をしてきた自分は、近いうちに、成功をおさめられるかもしれない。

好恵が音のうるさいドライヤーで髪を乾かし始めしばらくすると、またチャイムが鳴った。

Ｋは立ち上がり、壁の受話モニターに歩み寄る。モニターには好恵の姿が映っていた。それを確認すると、無言でオートロックを開錠した。すでにドライヤーの音はやんでいる。

数十秒後にやってきた好恵を玄関から招き入れた。

「前のマンションと、あまり変わってないね」

前のマンション――そういえば好恵はどうして、引っ越し先を知ったのだろう。康平くんにも住所は伝えていない。疑問にふれることなく、Ｋはうなずく。

「うん、部屋が一つ増えたくらい。それほど代わり映えはしないよ」

「へえ、意外。芥川賞とって、しばらくテレビに出て、お金もっと自由に使ってるのかと思った」

「テレビはプロモーションで出ただけだからね。出演料なんて雀の涙程度だし、本もそれほど売れていないよ」

好恵はコートを脱いだものの、慣れない空間に手持ち無沙汰そうにしている。それでも二人でソファーに座り、Kのほうから缶ビールを渡し、互いの近況について話しだした。転勤先の札幌での話を、彼女は楽しげに語る。

「新しい彼女は？」

その質問がなされたときKは、やはり自分は好恵と別れたのだ、と悟った。

「いない」

「ファンとかは？　色々な女の人に手だして、そのあと、誰かしらとつきあわなかったの？」

「結局そこまではいかなかったよ。欲望をかきたてられたりはしたけど」

嘘を話しながらKは、中洲での浮気がバレ、それがきっかけで好恵との別れ話に至った去年の痛みを思いだす。

そんな自分を……数々のテレビ番組に出演し、色々な女性たちと関係をもちうつつをぬかすばかりだった自分を救ってくれたのは、小説だった。前の住居より少しだけ広い2DKで、そのうえ天井もいくらか高く気づまりにならない、格段に静かなこのマンションに引っ越してきたのも、すべて小説執筆のためだ。

Kは好恵と別れた後、メディア出演と女遊びを自制し、放ってばかりいた長編小説の直しをすぐに終わらせた。続けざまに、芥川賞受賞後の経験をもとにした『成功者K』なる新作小説を、たった二ヶ月間で書いた。テレビ出演を極力控えても断り切れない取材等で忙しい時期に、地味で根気のいる作業に全力を注ぐことで、別離の苦しみや性欲という煩悩に打ち勝ったのだ。

別れた女といつまでも話している場合じゃない。Kはソファーから立ち上がりデスクに向かい、小説の執筆を再開する。

『成功者K』の書き直しをとおし、ありのままに書けばいいのだということにKは気づいた。今書いている、まったく新しい小説も、テーマや設定はもちろん創作であるものの、ありのまま書くことを、Kは念頭においている。我ながらほれぼれするような出来栄えになりつつあると、感じていた。

疲れたところで、風呂に入った。

猫足のバスタブから上がり、大理石の床の上で身体を拭く。ガウンを着て髪を乾かすと、冷蔵庫から取りだした天然炭酸水を飲んだ。リビングは無音で、どの部屋を見て回っても好恵はいない。ドアの鍵は開いていた。もう帰ったのだろうか。食べたミカンの皮をシンクのディスポーザーに流し捨てたところで、成功者Kはあることを思いだした。

今日は、富美那の主演ドラマの第一話が放映される日だ。掛け時計を見るとすでに、ドラマが始まって数分が経過している。

黒い牛革張りの巨大なL字形ソファーに座った成功者Kは、ローボードに置いていたこの部屋用のノートパソコンの電源をオンにした。二〇畳を超えるだだっ広いリビングに、大きなソファーやB＆Wの巨大なスピーカーはあっても、テレビだけがない。パソコンにUSB接続しているワンセグチューナーでチャンネルを切り替えるが、富美那の出演ドラマはどういうわけか見つからない。そのかわり、高価そうなスーツを着た自分が険しい顔のまま、自信満々な様子でしゃべっている姿が目に映った。真面目そうなトーク番組のMCを務めている。こいつと目をあわせてはいけない。成功者Kはすぐにノートパソコンを閉じた。

じゅうぶんに空調の効いた暖かい部屋でガウンを脱いだ成功者Kは、下着姿のまま長い廊下を寝室へ向かう。途中通過するバスルームのかごへガウンを投げ入れ、寝室のクローゼット内に置かれたパジャマを、廊下の自動センサー式の明かりだけを頼りに手探りする。間違って女物の下着を手にしたりした。ここには、気をゆるした美女数人の下着や着替えなんかも置かせてあげている。着終えたところで、廊下の自動光が消え、寝室が暗くなった。

電動ブラインドが開け放たれたままの窓が額縁（がくぶち）のようになり、外の夜景を切り取る。成功者Kは心もとないような心地で、窓辺に寄った。外には、建物や車の明かりで成る、東京の街並みを見下ろす景色が広がっている。

少し遠くのほう、成功者Kの視線とほとんど同じくらいの高さに、新宿パークタワーの三連屋根があった。

必ず対になっている航空障害灯の赤い光が目のように見え、まるで三人いるみたいだと成功者Kは思う。いや、赤い光は横にも縦にも、斜めにも対になっている。光の組み合わせを仮定すると、もっと無数にいるように感じられた。

解説　とんでもない小説――『成功者K』の考察

行定勲

よくもこんな小説を書いたものだ。

私小説のようだが三人称で書かれているのでそれとは違う、自らを模倣するような主人公Kをまるで恥部を晒すように、リアルで生々しくスキャンダラスに描いた稀有な小説だ。誰もがコンプライアンスを意識して消極化する時代に、こんな過激で攻め込んだ作品を書く大胆さ。そこに敢えて切り込むのが羽田圭介という作家の強さと逞しさである。

どんな時代にも〝成功者〟と呼ばれる時代の寵児が転落していく様を描いた物語を大衆は好んできた。それをメタフィクションの方法で娯楽作品に仕上げたところが大胆不敵で面白い。

実際の話、芥川賞受賞以来羽田氏は頻繁にメディアに登場し、そのユニークなキャラクターはお茶の間に受け入れられた。バラエティー番組やクイズ番組、ついには旅番組にまで、八面六臂の活躍である。気鋭の小説家がタレントとして有名になって芸能界を体感し何を得たのか。そもそも、この小説を執筆した原動力はどこにあったのかを想像してみた。

実際に彼が有名になってどんな想いをしたのかは知らぬが、この小説を読んで幾ばくかの有名税は払わされたのではないかと推測する。「有名人になっても、とり立てて良い事もないのに、プライベートを侵害されるような行為をされてばかりいるのが癪だ」という気分にさせられ、その支払った分を取り返すべく自分の経験した出来事を小説のネタにし、元をとろうと企んだのではないか。そして、世間が想像する絵に描いたような調子に乗った成功者が、途轍もなく恐ろしい〝有名税〟を払わされていくという様を滑稽に面白おかしく書いてやろうと考えた。しかも、餌食になる哀れな主人公の成功者を、架空のキャラクターを創造するのではなく、寵児としてもてはやされた自分自身をモデルにして描こうと思いついた。その自虐こそが何よりも説得力を持つからである。ドキュメンタリー番組に密着されている違和感、バラエティー番組の雛壇にいる空虚な感じ、テレビ局での受付の対応の裏表、書店でのサイン会やファンとの交流、ギャラのやり取りや楽屋に置かれている二個の弁当のことなど。どれも確実に有名になった作家自身の日常に入り込んできた、非日常的な裏の光景だ。一般の人間が知らないその裏の姿のディテールが小説の中に積み重ねられていく。しかもテレビで流布されている表の姿もリアルに描写されていくから余計に、裏の出来事すべてが羽田氏の実体験に思えてくる。だから、どこまでが羽田氏の実録で、どこからが虚構なのか境界線が曖昧になっていき、すべてが迫真にせまってくるのだ。

とにかく自分をモデルに作品を創作するなんて、私だったら好奇の目で見られるのが嫌で避けると思うが、羽田氏はそんなことはお構いなしだ。むしろ書き手の欲望や妄想を剝き出しにして生み出した、純度の高い娯楽小説に仕上がっている。……いや、羽田氏は衝動的に書いているのではなく、客観的に冷静に誰の追随も許さない小説を作り上げたのだ。読者を安易に想像しやすい世界に引き摺り込んでおいて、そこにある真実を拗らせ独創的な小説に到達させている。もしかしたら芥川賞受賞の瞬間のD閣下の「世を忍ぶ仮の姿」のメイクで登場したあの夜から、すでにこの小説の構想が頭にあって仕組んでいたのかもしれない。小説の中で「とにかく顔を売ってから本を売る、というチャンスを逃したくないと思ってしまうんでしょうね」とテレビに出演している理由をKは本の宣伝のためと明言しているが、むしろ小説を書くために羽田氏はその経験をしていたのかもしれない。ある意味、羽田圭介にしかできない、その作家の存在のすべてで表現された、とんでもない小説なのではないかと思えてくるのだ。まさに今までの私小説の在り方に逆らった革新的な小説なのだと思う。

（映画監督）

本書は二〇一七年三月、単行本として小社より刊行されました。
初出「成功者K」……『文藝』二〇一七年春号

成功者K（せいこうしゃけー）

二〇二二年　四　月一〇日　初版印刷
二〇二二年　四　月二〇日　初版発行

著　者　羽田圭介（はだけいすけ）
発行者　小野寺優
発行所　株式会社河出書房新社
〒一五一－〇〇五一
東京都渋谷区千駄ヶ谷二－三二－二
電話〇三－三四〇四－八六一一（編集）
〇三－三四〇四－一二〇一（営業）
https://www.kawade.co.jp/

ロゴ・表紙デザイン　粟津潔
本文フォーマット　佐々木暁
本文組版　KAWADE DTP WORKS
印刷・製本　凸版印刷株式会社

Printed in Japan　ISBN978-4-309-41881-0

黒冷水

羽田圭介　40765-4

兄の部屋を偏執的にアサる弟と、執拗に監視・報復する兄。出口を失い暴走する憎悪の「黒冷水」。兄弟間の果てしない確執に終わりはあるのか？当時史上最年少十七歳・第四十回文藝賞受賞作！

走ル

羽田圭介　41047-0

授業をさぼってなんとなく自転車で北へ走りはじめ、福島、山形、秋田、青森へ……友人や学校、つきあい始めた彼女にも伝えそびれたまま旅は続く。二十一世紀日本版『オン・ザ・ロード』と激賞された話題作！

不思議の国の男子

羽田圭介　41074-6

年上の彼女を追いかけて、おれは恋の穴に落っこちた……高一の遠藤と高三の彼女のゆがんだＳＳ関係の行方は？　恋もギターもＳＥＸも、ぜーんぶ“エアー”な男子の純愛を描く、各紙誌絶賛の青春小説！

隠し事

羽田圭介　41437-9

すべての女は男の携帯を見ている。男は…女の携帯を覗いてはいけない！盗み見から生まれた小さな疑いが、さらなる疑いを呼んで行く。話題の芥川賞作家による、家庭内ストーキング小説。

リレキショ

中村航　40759-3

“姉さん”に拾われて“半沢良”になった僕。ある日届いた一通の招待状をきっかけに、いつもと少しだけ違う世界がひっそりと動き出す。第三十九回文藝賞受賞作。

死にたくなったら電話して

李龍徳　41842-1

そこに人間の悪意をすべて陳列したいんです――ナンバーワンキャバ嬢・初美の膨大な知識と強烈なペシミズムに魅かれた浪人生の徳山は、やがて外部との関係を絶ってゆく。圧倒的デビュー作！

銃

中村文則 41166-8

昨日、私は拳銃を拾った。これ程美しいものを、他に知らない——いま最も注目されている作家・中村文則のデビュー作が装いも新たについに河出文庫で登場！　単行本未収録小説「火」も併録。

掏摸（スリ）

中村文則 41210-8

天才スリ師に課せられた、あまりに不条理な仕事……失敗すれば、お前を殺す。逃げれば、お前が親しくしている女と子供を殺す。綾野剛氏絶賛！大江賞を受賞し各国で翻訳されたベストセラーが文庫化。

王国

中村文則 41360-0

お前は運命を信じるか？　——社会的要人の弱みを人工的に作る女、ユリカ。ある日、彼女は出会ってしまった、最悪の男に。世界中で翻訳・絶賛されたベストセラー『掏摸』の兄妹編！

A

中村文則 41530-7

風俗嬢の後をつける男、罪の快楽、苦しみを交換する人々、妖怪の村に迷い込んだ男、決断を迫られる軍人、彼女の死を忘れ小説を書き上げた作家……。世界中で翻訳＆絶賛される作家が贈る13の「生」の物語。

どつぼ超然

町田康 41534-5

余という一人称には、すべてを乗りこえていて問題にしない感じがある。これでいこう——爆発する自意識。海辺の温泉町を舞台に、人間として、超然者として「成長してゆく」余の姿を活写した傑作長編。

この世のメドレー

町田康 41552-9

生死を乗りこえ超然の高みに達した「余」を、ひとりの小癪な若者が破滅の旅へ誘う。若者は神の遣いか、悪魔の遣いか。『どつぼ超然』の続編となる傑作長篇。

犬はいつも足元にいて

大森兄弟　41243-6

離婚した父親が残していった黒い犬。僕につきまとう同級生のサダ……やっかいな中学生活を送る僕は時折、犬と秘密の場所に行った。そこには悪臭を放つ得体の知れない肉が埋まっていて⁉　文藝賞受賞作。

しき

町屋良平　41773-8

“テトロドトキサイザ2号踊ってみた” 春夏秋冬――これは未来への焦りと、いまを動かす欲望のすべて。高２男子３人女子３人、「恋」と「努力」と「友情」の、超進化系青春小説。

青が破れる

町屋良平　41664-9

その冬、おれの身近で三人の大切なひとが死んだ――究極のボクシング小説にして、第五十三回文藝賞受賞のデビュー作。尾崎世界観氏との対談、マキヒロチ氏によるマンガ「青が破れる」を併録。

アカガミ

窪美澄　41638-0

二〇三〇年、若者は恋愛も結婚もせず、ひとりで生きていくことを望んだ――国が立ち上げた結婚・出産支援制度「アカガミ」に志願したミツキは、そこで恋愛や性の歓びを知り、新しい家族を得たのだが……。

呪文

星野智幸　41632-8

寂れゆく商店街に現れた若きリーダー図領は旧態依然とした商店街の改革に着手した。実行力のある彼の言葉に人々は熱狂し、街は活気を帯びる。希望に溢れた未来に誰もが喜ばずにはいられなかったが……。

消滅世界

村田沙耶香　41621-2

人工授精で、子供を産むことが常識となった世界。夫婦間の性行為は「近親相姦」とタブー視され、やがて世界から「セックス」も「家族」も消えていく……日本の未来を予言する芥川賞作家の圧倒的衝撃作。

著訳者名の後の数字はISBNコードです。頭に「978-4-309」を付け、お近くの書店にてご注文下さい。